Stefan Barz

Nimmerwiedersehen

Bisher vom Autor bei KBV erschienen:

Schandpfahl

Stefan Barz, geboren 1975 in Köln, wuchs in Kommern auf und lebt heute in Wuppertal. In Bonn studierte er Germanistik und Philosophie und arbeitete nebenbei als freier Journalist. Nach dem Studium wurde er Lehrer und begann mit dem Schreiben fiktionaler Texte. 2011 erschien seine erste Kurzgeschichte *Klassenzimmer,* 2014 sein erster Kurzkrimi *Erbsünde,* mit dem er gleich für den Agatha-Christie-Krimipreis nominiert wurde. Einen weiteren großen Erfolg feierte Stefan Barz im Jahr 2014 mit seinem Debütroman *Schandpfahl,* für den er den *Jacques-Berndorf-Förderpreis* verliehen bekam. www.stefan-barz.de

Stefan Barz

Nimmer-
wiedersehen

KBV

Originalausgabe

www.kbv-verlag.de
E-Mail: info@kbv-verlag.de
Telefon: 0 65 93 - 998 96-0
Fax: 0 65 93 - 998 96-20
Umschlaggestaltung: Ralf Kramp
unter Verwendung von: © Robert Kneschke, © Stillfx
und © Andrey Burmakin - www.fotolia.de
Lektorat: Volker Maria Neumann, Köln
Druck: CPI books, Ebner & Spiegel GmbH, Ulm
Printed in Germany
ISBN 978-3-95441-364-5

»Jeder ist an allem schuld.
Wenn jeder das wüsste, hätten wir das Paradies auf Erden.«

Fjodor Dostojewskij

Prolog

Er fühlte sich wie Gott.

Früher hatte er sein Leben immer als bedeutungslos eingestuft. Es gab Milliarden von Menschen auf der Welt, was bedeutete da das Leben eines Jungen, der in einem kleinen Kaff in der Eifel lebte? Er konnte sich damals nicht vorstellen, dass er irgendetwas bewirken könnte, und fand das Leben einfach langweilig, öde, ja fast überflüssig. Aber an diesem Abend wurde ihm endgültig klar, dass er zu großartigen Taten in der Lage war. Er konnte Dinge verändern, er konnte Menschen verändern. Er war wie Gott, nur dass es ihn selbst tatsächlich gab. Er spürte in dieser Nacht die Wirkung der schöpferischen Macht.

Es war ihm in nur einer Stunde gelungen, einen Menschen zu verwandeln. Er konnte sich gar nicht daran sattsehen, wie jämmerlich dieses Menschlein da auf dem Boden lag und ein ganz und gar anderer geworden war. Am frühen Abend noch war dieses Häufchen Elend ein Erwachsener gewesen wie er selbst, ein junger Mann, der bald eigene Wege gehen wollte und der sicher einige erstrebenswerte Ziele und Träume hatte wie jeder andere auch, der kurz vor dem Abitur stand und gute Leistungen brachte. Und jetzt, in die-

ser Nacht, war er eine armselige Kreatur, die auf dem Boden kauerte, um Gnade wimmerte und bereit war, alles zu tun, damit sie aufhörten.

Er fühlte sich wie Gott ...

1. Kapitel

10. November 2015

Eigentlich gab es nur einen Grund, warum Cornelius Beck so fest entschlossen war, zum diesjährigen Abiturjubiläum zu gehen.

Das Wiedersehen mit alten, fast vergessenen Freunden trieb ihn an diesem Abend jedenfalls nicht dorthin. Neun gemeinsame Jahre am Hannah-Arendt-Gymnasium in Bad Münstereifel waren zwar eine intensive Zeit gewesen. Hier waren ernste Freundschaften entstanden. Kindisch waren sie am HAG oft gewesen, aber sie hatten auch viel Spaß gehabt. Cornelius hatte mit seinen Freunden das Rauchen gelernt, zum ersten Mal Schnaps getrunken, eine Band gegründet und die ersten Mädchen verführt. Doch nach dem Abitur war jeder seinen eigenen Weg gegangen, und die Freundschaften waren alle in Vergessenheit geraten.

Warum also wollte er die alten Hannah-Arendt-Gymnasiasten vom Abiturjahrgang 1995 auf einem öden Pferdehof in Antweiler wiedersehen? Um zu zeigen, dass er es zum PR-Berater geschafft hatte? Oder um seine Jugendliebe Daniela wiederzusehen?

Nein! Er wollte endlich den Mörder seines besten Freundes stellen, der vor zwei Jahrzehnten ungestraft davongekommen war. Ganz einfach.

Cornelius schaltete einen Gang runter, steuerte mit seinem Audi auf das nächste Eifeldorf zu. Rechts auf einem Feld war eine besondere Attraktion ausgeschildert. Cornelius nahm den Fuß vom Gas. Er warf einen Blick über die Schulter und konnte trotz der einsetzenden Dunkelheit eine Kapelle erkennen, die kunstvoll aus Fichtenstämmen konstruiert war. Das besondere Gebäude machte Eindruck auf ihn, obwohl er nie viel für Religion übrig gehabt hatte.

Cornelius sah nach vorne. *Willkommen in Wachendorf* stand auf einem schmucken Holzschild neben den kahlen Bäumen. Er fuhr durch den Ort, in dem sich alte Backsteinhäuser mit Neubauten vermischten. Langsam bog er in die Petrusstraße ein. Rechts ließ er das malerische Schloss Wachendorf liegen. Hinter dem Ortsausgang beschleunigte er nur mäßig. Fast im Schritttempo erreichte er nach einem weiteren Kilometer sein Ziel. Antweiler.

Am Ende der Straße bog Cornelius wieder ab. Dann erschien ein alter Gutshof. Nach wenigen Metern lenkte er seinen A3 in die Hofeinfahrt. *Gut Hermannstein* stand groß auf einem hölzernen Schild am Zaun, der den Hof umschloss. Hier war es also. Cornelius erinnerte sich nicht daran, jemals in der Schulzeit hier gewesen zu sein. Er schaltete noch einen Gang runter und rollte langsam durch zwei hohe, weit geöffnete Stahltore hindurch. Am einfachsten wäre es, dachte er, wenn er das Tor heute Abend schließen würde. Dann hätte der Mörder seines besten Freundes keine Gelegenheit, sich aus dem Staub zu machen.

»Sie haben Ihr Ziel erreicht«, säuselte eine blecherne Frauenstimme.

Ach ja, hatte er das? Cornelius zog den Zündschlüssel aus dem Schloss und blieb einige Minuten im Wagen sitzen. Vor ihm standen die alten, rot-braunen Backsteinmauern eines großen Gehöfts mit Wohnhaus, Gästehaus und einer Stallanlage. Cornelius bekam eine Gänsehaut und schüttelte sich.

Sollte er nicht lieber umkehren? Wäre es nicht besser, zurück zu seiner Frau und seiner drei Jahre alten Tochter zu fahren und sein Leben wie bisher weiterzuleben?

Er war nun fast zweieinhalb Stunden von Marburg hierhergefahren und hatte jahrelang auf den Moment gewartet. Die Chancen standen gut, dass der Mörder kommen würde. In der *Doodle*-Umfrage für die Terminsuche hatte er sich für heute eingetragen. Er war es Chris schuldig – seinem vielleicht einzigen echten Freund aus der Schulzeit, der kurz vor dem Abitur auf mysteriöse Weise ums Leben gekommen war.

Alle hatten damals an einen Unfall geglaubt. Cornelius glaubte das nicht mehr.

Seine rechte Hand umklammerte den Zündschlüssel und suchte wieder nach dem Schloss. Schließlich landete der Schlüsselbund klirrend im Fußraum des Fahrersitzes. Blind tastete er nach den Schlüsseln, und als er sie endlich gefunden hatte, klopfte es an der Seitenscheibe. Cornelius zuckte zusammen und atmete dann erleichtert auf. Es war Marcus Dietrich, neben dem er früher manchmal im Musikunterricht gesessen hatte.

Marcus war damals ein unerträglicher Langweiler gewesen.

»Hey Connie, alles klar? Schön dich zu sehen, Mann!«

Cornelius stieg aus und ließ sich gezwungenermaßen von Marcus umarmen. Cornelius deutete seinerseits eine Umarmung an, denn mit seinen Armen kam er gar nicht um den breiten Körper seines Schulkameraden herum. Marcus hatte den Hof mit einer Reithalle, mit Stallungen für die Unterbringung von mehr als zwei Dutzend Pferden und einem großen Haus mit zahlreichen Gästezimmern und einer großen Kellerbar vor einigen Jahren von seinen Eltern geerbt. Die Erbschaft hatte Marcus wohl endgültig um die Möglichkeit gebracht, je aus der Eifel rauszukommen. Und so war er einer der wenigen HAGler, die immer in der Eifel geblieben waren. Das heutige Abi-Treffen war auch Marcus' Initiative gewesen, und er hatte bereitwillig angeboten, auf seinem Hof zu feiern. Inklusive Übernachtung. Marcus hatte sich schon zu Schulzeiten schwer damit getan, Anschluss in der Klasse zu finden, und Cornelius vermutete, dass seine Einladung zum Klassentreffen auch von dem heimlichen Wunsch nach Freundschaften getrieben wurde.

»Wie geht's dir, Alter?«, fragte Marcus fröhlich.

»Ganz gut«, log Cornelius.

»Und jetzt komm schnell rein, du bist nicht der Erste. Einige sind schon da. Alex, Dirk, Katrin, der Mattes, Judith, Steffi, Daniela und Martin sitzen schon an der Bar.«

Ja, lass uns reingehen, dachte Cornelius und stieg aus.

Eine halbe Stunde später stand Cornelius an der Bar. Eine junge Frau namens Astrid setzte sich plötzlich neben ihn auf einen Hocker und fragte, wie es ihm so gehe. Sie sei Anwältin geworden, gab sie preis und legte wie zufällig ihren BMW-Schlüssel auf die Theke. Cornelius sah unbeeindruckt daran vorbei. Im gleichen Moment schaltete sich von hinten Susi ins Gespräch ein und erzählte ungefragt aus ihrem Leben. Sie habe Sonderpädagogik studiert, und es sei ja so wichtig, dass man einen Beruf habe, der Sinn stifte. Cornelius schnaubte verächtlich. Als ob ein Beruf dem Leben einen Wert geben könnte. Aber einige dieser Spinner hier schienen tatsächlich zu glauben, dass das, was man hier auf der Wiedersehensparty aus seinem Leben offenbarte – mein Job, mein Auto, meine Kinder, mein Ferienhaus –, dass das irgendetwas mit Sinn oder sogar Glück zu tun hatte. Alles würde irgendwann zu Staub zerfallen, und nichts davon würde übrig bleiben. Cornelius' Blick glitt immer wieder durch den Raum. Er zählte knapp dreißig Abiturienten seines Jahrgangs, mehr als doppelt so viele hatten damals die Reifeprüfung am HAG abgelegt. Die meisten erkannte er spätestens auf den zweiten Blick. Nur drei oder vier ehemalige Mitschüler konnte er gar nicht mehr zuordnen. Aber einen hatte er sofort wiedererkannt: den Mörder, der auf der Eckbank saß und sich mit einem Mitschüler unterhielt, der unter die Spieleentwickler gegangen war, wie Cornelius schon erfahren hatte. Cornelius beobachtete die beiden und dachte an Krokodile, die stundenlang unbeweglich daliegen und ihre Beute beobachten konnten, ehe sie zuschlugen.

Er drehte sich um. Plötzlich traf ihn der Schlag: Mit eleganten Schritten tänzelte eine schwarzhaarige Frau auf ihn zu. Daniela! Sie blickte ihm vertraut in die Augen, als hätte sie ihn gestern erst zuletzt gesehen. Es blieb kaum aus, dass er hin und wieder an sie denken musste, denn Daniela konnte kleinere Erfolge als Schauspielerin feiern. Zuletzt hatte sie eine Nebenrolle in einer Daily Soap gehabt. Cornelius steckte seine rechte Hand in die Hosentasche und streifte sich mit Daumen und kleinem Finger den Ring ab.

»Wie geht's?«, fragte Cornelius betont locker.

»Habe mich gerade von meinem Freund getrennt, aber sonst gut. Und wie geht es dir?«

Die Worte hätte er fast überhört, weil er sich gleichzeitig, während sie vor ihm stand, immer wieder nach dem Mörder seines besten Freundes umsah. Der bewegte sich unauffällig in der Menge. Dass der sich überhaupt hierher traute!

Alle hatten damals geglaubt, dass es ein Unfall war. Aber Cornelius wusste inzwischen, dass es keiner war, sondern dass Chris in eine tödliche Falle gelockt worden war. Es war beim jährlichen Bad Münstereifeler Feuerwerksspektakel »Burg in Flammen« gewesen, als er Chris zum letzten Mal lebend gesehen hatte. Nachdem die schönen Feuerwerksbilder vor der Münstereifeler Burgkulisse in die Luft gegangen waren, hatte die Clique noch ein paar Bier getrunken, und Chris war als Erster müde geworden und wollte alleine runter zum Stadtzentrum gehen, wo er wohnte. Mit Maria hatte Chris gerade Schluss gemacht, deswegen hatte er wohl mehr getrunken als üblich. Beim Überqueren der

Nöthener Straße, die sich serpentinenartig den Berg runter nach Bad Münstereifel schlängelte, war er plötzlich von einem Auto erfasst worden, das ein wenig zu schnell hinter der Kurve aufgetaucht war. Der Notarzt hatte Chris noch am Unfallort wiederbeleben können, aber im Krankenhaus war er in der gleichen Nacht den schweren Verletzungen erlegen.

Ein tragischer Unfall.

Nur dass es kein Unfall war.

Darüber hatte Cornelius nun Gewissheit, und diese Gewissheit hatte ihn in den letzten Wochen mächtig aufgewühlt. Vor Kurzem hatte er die Eltern von Chris zu seinem 20. Todestag besucht, und Chris' Mutter hatte Cornelius eine Kiste mit den Büchern ihres längst verstorbenen Sohnes geschenkt. Weil sie endlich loslassen wollten, hatten die Eltern nun angefangen, Christians Hab und Gut unter seinen Freunden und Bekannten zu verteilen und sein Zimmer, das sie zwei Jahrzehnte unberührt gelassen hatten, aufzulösen. »Zwanzig Jahre haben wir hier gelebt, als würde Christian jeden Moment nach Hause kommen. Aber wir wollen nun unser Leben so ändern, wie Christian es gewollt hätte. Jetzt, nach seinem zwanzigsten Todestag, ist es endlich an der Zeit, loszulassen und unser Haus zu verändern«, hatte seine Mutter gesagt. Es waren hauptsächlich Bücher von Stephen King und Friedrich Nietzsche – Bücher, die Cornelius und Chris beide mit Leidenschaft gelesen hatten, wobei Cornelius damals gar nicht sicher war, ob Chris sich wirklich für Nietzsche interessierte oder die Bücher nur gekauft hatte, um Cornelius zu imponieren. Die meisten Bücher von Chris hatte Cornelius selbst zu Hause und brauchte sie eigentlich nicht. Während Cornelius Christians Bücher auspackte und sich vorstellte, wie Chris darin gelesen hatte, war aus Kings Roman *Shining* ein zusammengefalteter Zettel gefallen. Vermutlich hatten Chris' Eltern ihn nicht bemerkt, oder sie hatten ihn für ein Lesezeichen gehalten. Aber was Cornelius da in der Hand hielt, war eindeutig: Chris hatte vor seinem Tod einen Drohbrief erhalten. Mit ausgeschnittenen Zeitschriftenlettern hatte sein Mörder ihm geschrieben:

Noch einmal, und du bist tot! Verlasse so schnell wie möglich diese Stadt!

Als Cornelius diesen Brief gelesen hatte, wurde ihm schlagartig klar, was ihm viel früher schon hätte deutlich werden müssen: Chris war nicht einfach über die Straße gelaufen und überfahren, sondern regelrecht in den Tod getrieben worden. Er hatte sich noch mal daran erinnert, was der Unfallfahrer damals in der Gerichtsverhandlung ausgesagt hatte: »Er hat plötzlich einfach auf der Straße gestanden. Leicht gebückt, mit strauchelnden Armen stand er plötzlich einen Meter vor mir und sah mit weit aufgerissenen Augen in das Scheinwerferlicht. Oh Gott, diese Augen werde ich nie vergessen! Und dann dieser dumpfe Schlag ...«

Der Mann hatte vor Gericht völlig verzweifelt gewirkt und bereute zutiefst den Unfall, für den er keine Schuld trug. Chris' Mörder, da war sich Cornelius jetzt sicher, hatte Chris auf die Straße gejagt – oder vielleicht sogar auf die Straße gestoßen. Jemand hatte die Drohung im Brief ernst gemacht. Und er wusste auch, dass nur einer als Mörder infrage kam.

»Hey Cornelius!«

Ein Mann mit modischem Hemd, jugendlicher Frisur und Dreitagebart kam auf Cornelius zu. Der blickte ihn an, als wäre er gerade aus einem Tagtraum gerissen worden.

»Alex? Alex Brandner?«, fragte Cornelius überrascht.

»So wahr ich hier stehe, mein Lieber. Lass dich umarmen.«

Etwas unbeholfen umarmten sich die beiden, als sich ein attraktiver Mann – leicht angegraute Haare, glattrasiert, randlose Brille – zu ihnen gesellte. Dirk Meyer.

»Tag die Herren«, sagte Dirk in einer Stimme, die fast unmännlich hoch war.

»Oh mein Gott, seid ihr alt geworden!«, lachte Alex.

»Na, und du erst«, konterte Dirk.

Alex räusperte sich und fragte: »Wie läuft's denn so? Beruf?«

»Banker«, antwortete Dirk wie aus der Pistole geschossen.

Alex warf einen fragenden Blick zu Cornelius.

»PR-Berater«, sagte Cornelius. »Und du?«, gab er die Frage an Alex zurück.

»Ich bin Grafiker. Habe eine eigene Agentur. Läuft bestens. Und sonst? Verheiratet?«

»Jepp«, gab Cornelius preis. »Und um die nächste Frage zu beantworten: Ja, ein Kind. Tochter. Drei Jahre alt.«

»Wie süüüüüß«, gab sich Alex entzückt. »Und du, Dirk?«

»Meine Frau und ich haben Zwillinge. Bist du auch unter der Haube?«

Statt zu antworten, hob Alex seine Hand und offenbarte seinen Ehering.

»Kinder?«, fragte Dirk weiter.

»Nö«, war Alex' knappe Antwort. Er wirkte plötzlich unkonzentriert, fahrig, als wollte er nicht weiter über das Thema reden.

»Wollt ihr keine Kinder, deine Frau und du?«, schaltete sich Cornelius wieder ins Gespräch ein.

»Mein Mann und ich, wir wollen keine, nein«, sagte Alex. Für einen Moment schaute er die beiden anderen ernst an, herausfordernd, als wollte er fragen: Na, wie weit reicht eure Toleranz jetzt? Aber dann prustete er los. »Na, kommt schon – ihr müsst jetzt nicht verlegen sein. Ihr habt doch damals alle irgendwie geahnt, dass ich schwul bin, oder?«

»Cool, wie offen du damit umgehst«, sagte Dirk.

Alex winkte ab. »Heute ist das doch kein Problemchen mehr, nicht wahr? Vor zwanzig Jahren sah das sicher noch anders aus, und damals ist es mir auch schwerer gefallen, mich vor anderen zu outen. Nicht, dass ich selbst ein Problem damit hatte. Nein, Gott bewahre ... Aber Schwulsein hatte damals noch etwas Anstößigeres als heute, obwohl wir damals schon auf das 21. Jahrhundert zugedüst sind, was? Wisst ihr noch, wie schockiert einige Spießer damals auf Popgruppen wie Erasure und Frankie goes to Hollywood reagiert haben, weil die ihr Schwulsein so provokant gezeigt haben?« Wieder lachte Alex und erhob das Glas.

Hin und wieder sah Cornelius zu Chris' Mörder hinüber und überlegte, wann der Zeitpunkt günstig sein würde. Nicht zu früh. Cornelius neigte zwar dazu, unangenehme Situationen möglichst lange aufzuschieben. Aber der Mörder würde ihm in der nächsten Stunde noch nicht weglaufen. Er ahnte ja nicht einmal, dass Cornelius von seinem Verbrechen wusste.

Viele Wochen lang hatte er die Nächte halb wach gelegen, die Bilder von Chris und dessen Mörder im Kopf gehabt. Seine Firma hatte ihn tagsüber so gefordert, dass er abschalten konnte, aber wenn er nach Hause kam und mit seiner Tochter spielte, kamen allmählich die Gedanken an den Mörder, und nachts übernahmen sie vollends die Kontrolle über ihn. Zuerst hinterließen die Bilder der Vergangenheit nur Ratlosigkeit und Wut, und dann, vor etwa drei Wochen, war ihm klar geworden, dass er etwas unternehmen musste. Dass er nicht einfach zum Klassentreffen gehen, ein paar Bier mit alten Schulkameraden trinken und dann wieder nach Hause fahren konnte.

Cornelius hatte seinen Kurzmantel noch nicht ausgezogen. Mit der rechten Hand fühlte er nach dem Elektroschocker, den er sich vor einigen Wochen besorgt hatte. 14 Ampere waren eine ordentliche Stromstärke, er würde den Mörder damit so lange quälen, bis der sich wimmernd auf dem Boden winden und ein Geständnis abgeben würde, das er mit dem Smartphone aufnehmen wollte. Soweit sein Plan, der funktionieren würde, da war sich Cornelius sicher. Elektroschocker wurden in manchen Staaten als wirksames Folterinstrument eingesetzt. Extreme, akute Schmerzen, Verbrennungen und permanente Angstzustände würden seinen Gegner früher oder später zum Einlenken bringen. Und selbst wenn nicht, dann hatte er ihm wenigstens eine kleine Lektion erteilt – das war er Chris schuldig.

* * *

Anke spürte, wie sie die Blicke auf sich zog. Und das lag nicht an ihrer Verspätung. Es war fast neun Uhr. Inzwischen waren alle HAGler, die sich angekündigt hatten, eingetroffen. Sie war eine der Letzten, die vor einigen Minuten in Marcus' Bar eingekehrt waren.

Die ehemaligen Arendt-Gymnasiasten sahen auf die blauen Strähnen in ihren Haaren. Sie hatte sich die sanfte Rebellin in ihr bewahrt, die sie damals gewesen war. Ihre kleine Schulclique war eine nette Bande aus Alternativen, Grunge-Rockern und Sozialen gewesen, aber sie sah sofort, dass keiner ihrer alten Freunde noch etwas von dem bewahrt hatte, was sie damals darstellten. Sie waren damals rebellisch gewesen, aber nicht aufmüpfig. Sie wollten Spaß haben, aber nicht um jeden Preis, und sie wollten einfach alle nette Menschen sein. Heute war Anke Psychologin und riet ihren Patienten, sich selbst immer treu zu bleiben.

Anke beobachtete das Treiben und bemerkte Cornelius, dem sie einen verächtlichen Blick zuwarf. Die Geschichte mit Cornelius war lange her, aber sie spürte, dass seine Anwesenheit doch wieder alte Narben aufriss. Sie drehte sich von ihm weg und sah dann Martin, ihren besten Freund von damals, der auf sie zusteuerte.

»Hey Martin, schön, dass du auch hier bist. Mit dir habe ich eigentlich gar nicht hier gerechnet – gut siehst du aus«, freute sich Anke.

Martin vergrub seine Hände verlegen in den Hosentaschen. »Danke, Anke«, antwortete er.

Immer noch so schüchtern wie damals, dachte Anke. »Wie geht es dir denn?«, fragte sie weiter.

»Gut.«

»Wirklich, Martin?«

»Ja, wirklich. Ich arbeite als Buchhändler, habe ein kleines Antiquariat in Euskirchen.«

»Du hast die Eifel also nie verlassen?«

»Nein, ich habe hier meine Wurzeln und meine Freunde.«

»Apropos Freunde: Wie geht's eigentlich Jendrik?«, fragte Anke nach. »Den habe ich ja auch ewig nicht gesehen.«

»Dem geht's gut. Aber er kann heute nicht hier sein. Ich habe ihm natürlich Bescheid gesagt, und ich hätte mich vielleicht auch wohler gefühlt, wenn er mit dabei gewesen wäre, aber er hatte schon was vor. Und außerdem gehörte er ja nicht zu unserer Jahrgangsstufe.«

»Du siehst ihn also noch öfter, ja?«

Martin nickte. »Hm. Er war mal für eine Weile weg. Hat als Künstler längere Zeit im Ausland gearbeitet. Ich glaube, er entwirft irgendwelche Modellnachbauten für Auftraggeber aus der Industrie. Aber jetzt ist er wieder da.«

»Und wo lebt er jetzt?«

»Mal hier, mal dort. Du kennst doch Jendrik.«

»Familie hat er sicher nicht, oder?«

»Kannst du dir das bei Jendrik vorstellen?«

Beide lachten. Nach einer Atempause sagte Anke: »Ihr seid also immer noch beste Freunde?«

»Einen besseren Freund als Jendrik kann man sich wohl nicht vorstellen.«

»Ich weiß«, sagte Anke und streichelte Martins Arm. »Und ich glaube, du kannst froh sein, dass du so einen Freund wie Jendrik hast, Martin.«

* * *

Ein greller Blitz riss Cornelius wieder aus den Gedanken. Er blickte auf und sah eine hübsche Frau mit modischem Kurzhaarschnitt vor sich, die auf das Display ihrer Canon-Kamera drückte. Es war Katja Landsberg. Sie lächelte zufrieden. Dann legte sie den Fotoapparat routiniert wieder an, zielte erneut auf Cornelius und drückte ab.

»Hast du mich gerade erschossen?«, fragte Cornelius charmant.

»Nein, ich habe dich gerade unsterblich gemacht«, sagte Katja und zeigte Cornelius die Aufnahme. Er fand sich fremd auf dem Foto, als wäre er gar nicht er selbst. Aber die Aufnahme hatte etwas, fand er.

»Schön, dass du auch hier bist. Wie geht's dir?«, wollte Katja wissen.

»Gut«, antwortete Cornelius gefühlt zum hundertsten Mal heute.

Kurze Verlegenheitspause.

»Du wolltest damals Journalist werden, oder?«, bohrte Katja weiter.

»Das ist lange her, ja. Aber ich habe dann die Fronten gewechselt. Jetzt bin ich PR-Berater. Das war das Beste, was ich machen konnte. Als Zeitungsreporter verdient man doch nichts mehr, und die meisten Zeitungen bauen immer mehr Personal in ihren Redaktionen ab. In der PR wird man gut bezahlt, wenn man gut ist. Ich kann nicht klagen. «

»Wobei Geld ja nicht alles ist, wenn man Spaß an seinem Beruf hat«, warf Katja ein.

»Na gut, wenn einem eine Wohnung in einem Reihenhaus und eine Fiesta reicht ...« Er merkte, dass Katja ihn missmutig ansah, und fragte schnell: »Was machst du denn so?«

Katja hob Ihre Kamera hoch.

»Fotografin? Den Beruf gibt es noch?«

»Einfacher geworden ist es nicht. Aber ich beiße mich so durch. Und gerade habe ich eine Ausstellung im Kurhaus über Nebellandschaften.«

»Und von Kunst kann man leben?«

Katja schüttelte den Kopf mit einem gequälten Lächeln. »Nein, leider nicht. Ich jobbe gerade noch als Kellnerin, um über die Runden zu kommen.«

Cornelius lachte wohlwollend.

Katja sah ihn ernst an: »Das war kein Scherz!«

Cornelius räusperte sich. »Das bringt doch sicher auch ein bisschen Abwechslung ins Leben, wenn man zwei Jobs hat.«

»Nee, bestimmt nicht. Aber was kann ich denn dafür, dass inzwischen jeder glaubt, selbst Fotos machen zu können? Vor zwanzig Jahren sah das noch anders aus.«

»Also, wenn ich für eine Kampagne mal eine Knipse brauche …«

»Ach Cornelius, leck' mich!«

Katja zog wortlos ab und fotografierte die nächsten Gäste.

* * *

Daniela hatte sich zu Cornelius, Alex und Dirk gesellt.

»Daniela, komm zu mir!«, sang Alex und nahm sie in den Arm. Daniela ließ es geschehen. Sie feixten noch eine Weile herum, dann waren Dirk und Alex in ein Zweiergespräch vertieft. Sie trat einen Schritt näher an Cornelius.

»Ich freue mich sehr, dass du auch hier bist«, sagte sie. Ihre Augen funkelten.

Er bestellte für sich und Daniela ein Bier, und sie erzählten sich von früher, dann von ihrem Leben nach der Schule, von ihren Träumen und Zielen und wie alles gekommen war. Dabei hatte ihr Gespräch eine Leichtigkeit, wie Cornelius es mit seiner Frau nicht mehr kannte. Er und Daniela konnten sich einfach die Bälle zuwerfen und auffangen. Cornelius fühlte sich zum ersten Mal an diesem Abend wohl. Seine Anspannung löste sich langsam.

Cornelius ließ sich fallen. Nur eine Stunde später war ihm klar, dass er heute Abend die Treue zu seiner Familie brechen würde.

* * *

Katja hatte ihre Kamera beiseitegelegt und holte sich ihr fünftes Bier. Sie vertrug nicht viel und merkte, dass ihr bereits jetzt vom Alkohol schwindelig wurde. Alles Scheiße, dachte sie. Warum war sie überhaupt hergekommen?

»Alles klar, Katja? Wir haben uns ja noch gar nicht gesprochen.« Das war Yvonne Behr, damals die größte Tratschtante des Hannah-Arendt-Gymnasiums, die mit ihren falschen Fingernägeln auf Katjas Schulter tippte.

»Ich hatte ja auch noch keine Gelegenheit, mit dir ins Gespräch zu kommen«, antwortete Katja und fragte sich, ob sie schon leicht lallte.

»Ja, ich musste gerade eine arme Seele trösten.«

Aha, dachte Katja. Immer noch die Alte. »Und wen?«, fragte sie, um nicht mehr an ihre dunklen Gedanken erinnert zu werden.

»Mattes. Der hat wohl Liebeskummer.«

»Das ist ja wirklich wie zu alten Schulzeiten«, erwiderte Katja.

»So in etwa, ja. Der war doch damals total in Daniela verknallt.«

»Das war doch jeder zweite Junge, ich weiß auch nicht, was die alle an der gefunden haben.«

»Aber der arme Mattes ist es wohl immer noch. Ich habe doch gemerkt, wie der sie schon den ganzen Abend anschmachtet.«

Katja sah zu Mattes, der eigentlich Matthias hieß, konnte aber gerade keine Auffälligkeiten erkennen – außer vielleicht, dass Mattes von allen ihren Schulkameraden am meisten ergraut war. Vielleicht würde sie mehr sehen, wenn sie durch die Linse sah. Aber davon hatte sie heute Abend genug. Verdammte Scheiße.

»Tja«, setzte Yvonne ihre Analyse fort. »Aber leider sieht es gerade so aus, als wäre Daniela mehr an Cornelius interessiert als an Mattes. Daniela und Cornelius verstehen sich gerade blendend, und ich wette, da läuft heute Abend noch was. Also: Wetten?«

»Okay«, willigte Katja gelangweilt ein. Sie würde es Cornelius nur zu sehr gönnen, wenn er heute Abend versagte. Seine Worte hatten gesessen.

Knipse!

Hatte dieser widerliche Wicht denn eine Ahnung, wie gerade Katjas Lebenstraum zerplatzte? Vor einem halben Jahr war ihr Fotostudio, in dem so viel Herzblut steckte, pleitegegangen. Und jetzt trug sie abends fremden Menschen Essen und Getränke hinterher, um ihre Miete zahlen zu können, und ihre letzte Energie steckte sie noch in künstlerische Fotos, die kaum jemand beachtete. Und ausgerechnet so jemand wie Cornelius war überaus erfolgreich.

Knipse.

Yvonne sprach ununterbrochen weiter, aber Katja hörte nicht, was sie sagte. Sie merkte, dass sie zu viel getrunken hatte.

Das wirst du mir büßen, Cornelius Beck!

* * *

Dreitausend Ameisen rannten über seinen Körper, so fühlte sich das Kribbeln an. Marcus Dietrich lachte wie von Sinnen. Das war eine geile Party, geile Stimmung, geiles Speed. Seit er sich das Crystal durch die Nase gezogen hatte, war der Abend irgendwie lila und schrill, fand Marcus. Das wurde aber auch Zeit. Kurz zuvor hatte er noch am Rande einer Depression gestanden. Eigentlich lief die Wiedersehensfeier, die er immerhin organisiert hatte, bestens. Vorhin, als die Runde vollzählig war, hatte Alex sogar eine Ansprache gehalten und Marcus eine Flasche Bordeaux überreicht und ihm für die Initiative gedankt. Und natürlich für die tolle Übernachtungsmöglichkeit auf dem Hof. Aber Marcus war seit Beginn der Party in tiefe Melancholie verfallen. Denn das Wiedersehen mit alten Schulfreunden hatte ihn daran erinnert, dass er eigentlich nie Freunde gehabt hatte. Und auch heute Abend schien sich niemand wirklich für den Gastgeber zu interessieren. Aber jetzt, wo die Droge auf dem Höhepunkt ihrer Wirkung war, war alles gut.

Steffen schlurfte an ihm vorbei.

»Toiletten sind da hinten, andere Richtung«, sagte Marcus.

»Ich weiß. Ich ziehe mich schon mal zurück. Habe mir noch Arbeit mitgebracht, die ich heute noch erledigen muss«, antwortete Steffen. Marcus wollte gerade nachhaken, welche Arbeit denn so wichtig sei, aber Steffen hatte sich schon aus dem Staub gemacht.

Selbst schuld, dachte Marcus. Plötzlich hatte er eine gute Idee. Er wollte die Meute hier mal richtig aufwecken, legte eine Scheibe Death Metal von *Cannibal Corpse* auf und drehte die Anlage lauter. Einige sahen irritiert in seine Richtung. Marcus lachte wieder wie von Sinnen.

Und dann erschrak er plötzlich zu Tode. Jemand hatte gerade eine Waffe gezückt, das hatte er gesehen. Cornelius Beck! Er hatte den ganzen Abend schon bemerkt, dass Cornelius sich merkwürdig benahm. Mehrmals hatte er heute Abend in seine Richtung gesehen, als würde er auf der Lauer liegen. Und jetzt hatte er gerade beobachtet, wie Cornelius eine Waffe – er konnte sie nicht genau erkennen, aber es war eine Waffe – aus seinem Mantel herauszog und schnell wieder verschwinden ließ. Da! Cornelius hatte wieder zu ihm herübergeschaut, als wollte er ihn gleich abknallen. Oder halluzinierte er vom Speed? Nein, er war sich sicher, dass Cornelius hinter ihm her war. Marcus ging hinter der Bar in die Hocke und stieß einen lauten Schrei aus.

* * *

Er war nur für eine einzige Person zum Klassentreffen gekommen, und sein Herz schlug höher, als er sie sah. Für einen Moment war es still um ihn herum. Er hörte all die Stimmen nicht und sah nur diese Frau, die mit langsamen Schritten durch die Stille ging.

Ich will dich für immer lieben.

Karsten holte sich sein drittes Bier aus dem Kühlschrank, setzte sein Feuerzeug am Kronkorken an und ließ den Deckel in hohem Bogen durch die Bar fliegen. Dann tänzelte er zurück zu seinen alten Freunden. Er bemerkte, wie Daniela immer wieder zu ihm herübersah. Wenn ihre Blicke sich trafen, lächelte sie schüchtern und sah dann wieder verlegen weg.

Fühlte sie wie er? Karsten malte sich aus, wie ihr erstes Gespräch heute Abend verlaufen würde. Wie sie zunächst Smalltalk führen würden, der dann in ein langes, persönliches Gespräch über Lebensansichten und Träume mündete. Nach zwei Stunden würde sie sagen, wie toll sie sich unterhalten könnten, und dann würde Daniela ihm gestehen, dass sie seit der Schulzeit immer wieder an ihn gedacht habe. Sie würden sich wiedersehen, sie würden sich viel Zeit lassen. Daniela würde merken, dass er nicht auf Sex aus sei, sondern auf eine ernste Beziehung. Sie würden zusammenziehen, er würde ihr im Urlaub auf Korsika einen Heiratsantrag machen, beide würden weinen vor Glück. Er würde ihr ein guter Ehemann sein und ihr ein gutes Zuhause geben.

Sein Plan, Daniela nun endlich anzusprechen, wurde durchkreuzt, als ihn Mattes abfing und eine alte Erinnerung an die Skifreizeit im österreichischen Wagrain, wo sie mit der achten Klasse gewesen waren, auffrischen wollte. Karsten hörte mit einem Ohr zu, konzentrierte sich aber mehr darauf, Daniela nicht aus den Augen zu verlieren.

Einen Moment noch hörte er Mattes reden, dann wurde es wieder still.

Ich will dich für immer lieben.

2. Kapitel

11. November 2015

Dirk schreckte aus einem unruhigen Schlaf hoch. Er sah auf die leuchtenden Zeiger seiner Armbanduhr. Es war kurz nach 3 Uhr in der Nacht. Sein Herz pochte wie nach einem Marathon.

Er sprang aus dem Bett und versuchte, ruhiger zu atmen. Es gelang ihm nicht. Er versuchte, sich im fremden Zimmer zu orientieren, ohne das Licht anknipsen zu müssen, und tastete sich zur Tür. Er öffnete sie leise, ging mit schnellen Schritten Richtung Bad und presste seine Hände immer wieder gegeneinander. Schnell öffnete er die Tür und zog sie leise hinter sich zu, ohne abzuschließen. Dann drehte er den Wasserhahn auf und wusch sich mit kaltem Wasser die Hände, und als er damit fertig war, wusch er sie noch einmal. Dann stützte er sich am Waschbecken ab und sah sich streng im Spiegel an.

Was hast du getan?

Sein Gegenüber im Spiegel verzog die Wangen zu einer Fratze, dann liefen Rotz und Wasser aus Augen und Nase. Er schluchzte wie ein Kind, konnte sich aber schnell wieder fassen.

Dass die Badezimmertür aufging, bemerkte er erst, als Alex schon hinter ihm stand.

»Hier bist du also«, sagte Alex nur. »Wo warst du so lange?«

»Wir hätten das nicht tun sollen«, flüsterte Dirk.

»Doch, ich denke, das war nötig. Für dich«, entgegnete Alex.

»Ich fühle mich einfach nur mies«, sagte Dirk.

»So ist es oft, wenn man ein Tabu bricht«, antwortete Alex nüchtern.

»Aber es wird alles zerstören.«

»Das glaube ich nicht. Es wird nur alles verändern, und es ist besser so. Ich gehe mal an die frische Luft. Entspann dich und versuch wieder zu schlafen«, sagte Alex und klopfte ihm auf die Schulter. »Niemand wird davon erfahren, niemand hat uns gesehen. Bald wird es dir bessergehen.«

Auf dem Flur brach im gleichen Moment plötzlich eine bedrohliche Unruhe aus.

Dirk wusch sich schnell durch das Gesicht, damit niemand bemerkte, dass er geweint hatte. Jetzt reiß dich zusammen, sagte er zu sich selbst. Dann ging er aus dem Bad hinaus, um nachzusehen, was los war.

Daniela lief ihm direkt in die Arme. Sie sah ihn ängstlich an: »Dirk! Hast du Cornelius gesehen?«

»Cornelius? Den habe ich zuletzt vor Mitternacht gesehen, das ist schon eine Weile her.« So ganz stimmte das nicht. »Der ist sicher schon im Bett«, fügte er hinzu.

Daniela atmete schnell und spielte mit ihren Händen. »Nein, ist er nicht.«

»Hast du nachgesehen?«

»Ja. Nein. Außerdem …«

»Außerdem was?«

»Außerdem war er eigentlich in meinem Bett …«

»Oh lala«, sang Alex, der plötzlich hinter ihr stand. Alex merkte aber sofort, dass mit Daniela nicht zu spaßen war.

»Er wollte nur kurz eine rauchen gehen und ist dann nicht wiedergekommen. Das war vor zweieinhalb Stunden!«, stammelte sie.

»Und er ist nicht einfach in sein Zimmer gegangen?«, fragte Alex.

»Nein.«

Dirk dachte kurz nach, dann sagte er: »Habe ich das richtig verstanden: Eigentlich ist Cornelius verheiratet, aber heute Nacht war er mit dir im Bett? Es geht mich ja nichts an, ich will nur verstehen, was los ist, wenn ich dir helfen soll.«

»Seine Ehe läuft halt nicht mehr so gut, hat er mir erzählt«, erklärte Daniela, die immer noch vor Aufregung zitterte.

»Du musst dich nicht rechtfertigen«, warf Alex ein. »Aber entschuldige, wenn ich das anspreche: Könnte es nicht sein, dass er einfach doch kalte Füße bekommen hat und nach … also danach abgehauen ist, zurück zu seiner Frau, meine ich?«

»Sein Auto steht noch hier«, sagte Daniela.

»Ist er vielleicht noch mit irgendwem in der Bar versackt? Robby, Martin, Stevie …«, wollte Dirk wissen.

»Da ist keiner mehr«, sagte Daniela.

»Vielleicht ist er noch mit alten Kumpels in die nächste Wachendorfer Kneipe gegangen?«, fragte Alex.

»Was hat denn hier bitte schön um diese Zeit noch auf? Außerdem geht er nicht an sein Handy. Und sein Portemonnaie liegt noch auf der Kommode. Der ist doch nicht ohne Geld losgezogen. Dirk, irgendwas stimmt hier nicht.«

»Hm«, brummte Dirk. »Was sollen wir nun tun?«

»Wir müssen die Polizei rufen!«, sagte Daniela entschlossen.

»Daniela, er ist gerade mal zwei Stunden weg«, gab Dirk zu bedenken.

»Zweieinhalb!«

»Na gut, dann zweieinhalb. Die Bullen lachen uns doch aus.«

»Ich werde hier aber jetzt nicht einfach rumsitzen!«, keifte Daniela ihn an.

»Okay, okay. Wir schauen mal, wer noch wach ist, dann suchen wir das Gelände ab, und wenn Cornelius in einer Stunde nicht auftaucht, wecken wir alle und machen einen Plan«, schlug Alex vor.

Eineinhalb Stunden später gab es immer noch keine Spur von Cornelius. Dirk, Daniela, Birgit, Alex und Marcus hatten mit Taschenlampen das Gelände abgesucht und zunächst nichts gefunden, bis Marcus die Gruppe auf kleine Blutflecken neben dem Pferdestall aufmerksam gemacht hatte – und auf einen weißen, kleinen Gegenstand, der wie ein abgebrochener Zahn aussah.

»Das kann alles und nichts bedeuten«, hatte Dirk versucht, Daniela zu beruhigen, aber er wusste selbst, dass dieser Fund noch mehr Unruhe in die Situation brachte. Sie beschlossen, alle Übernachtungsgäste zu wecken und sich in der Bar einzufinden.

Kurz darauf brachte Marcus noch eine weitere schlechte Nachricht: »Karsten ist auch verschwunden!«

Zwei auf mysteriöse Weise verschwundene Personen waren Grund genug, die Polizei sofort zu verständigen. Zehn Minuten später war eine Streife vor Ort. Die beiden Beamten ließen sich alle Details zu den beiden Vermissten nennen, fragten, wann sie zuletzt gesehen worden seien, ob Cornelius und Karsten in einer besonderen Freundschaft oder Feindschaft zueinander gestanden und ob sonst irgendwer aus der Gruppe eine besondere Beziehung zu den beiden gehabt hätte. Daniela gestand wahrheitsgemäß ihre Affäre mit Cornelius und bat die Beamten, nichts davon Cornelius' Frau zu sagen.

»Wir werden sehen, ob sich das für die Suche vermeiden lässt«, antwortete einer der Polizisten. Dann wurden die wichtigsten Informationen an die Dienststelle weitergeleitet, sodass die Angehörigen informiert werden konnten, und kurz darauf meldete sich ein Kollege über den Funk.

Daniela hörte, wie einer der Beamten, der sich als Zimmermann vorgestellt hatte, im Dienstwagen sprach:

»Ja? Aha. Hm. Das rückt die Sache in ein anderes Licht. Ja, ja. Ja, wir bleiben noch eine Weile hier. Sie melden sich dann, sobald sie etwas über die Identität des Toten wissen?«

Danielas Atem setzte aus.

3. Kapitel

11. November 2015

Es war noch dunkel, als sich Kriminalkommissar Jan Grimberg am frühen Sonntagmorgen dem Tatort näherte. Er parkte seinen Wagen am Rande der Landstraße neben dem Wachenbach. Hier in der Nähe musste es sein. Vom Straßenrand aus führte der Fußweg zu einem kleinen Tor, das geheimnisvoll von Hecken und Bäumen verdeckt war. Jan folgte diesem Weg, passierte das Tor und lief auf das Feld zu, das er überqueren musste. Ein braunes, kahles Feld an der Landstraße im Niemandsland irgendwo zwischen Wachendorf und Antweiler. Eine kalte, neblige Novembernacht. Die grauen Nebelschleier und die Dunkelheit erschwerten Jan den Weg zum Leichenfundort, aber die Kollegen hatten Scheinwerfer aufgebaut, sodass Jan, als er sich den anderen Polizisten näherte, bereits erste Umrisse des Tatorts erkannte. Von Weitem sah er einen leblosen Körper auf dem Feld liegen. Jan gähnte. Er hatte viel zu wenig geschlafen.

Er schlug den Kragen seiner Jacke hoch und rieb sich die kalten Hände. Ihm war klar, dass die ruhige Zeit, die er in den letzten Wochen gehabt hatte, nun vorbei war. Er war noch nicht allzu lange bei der Kripo. Einige Monate erst. Gleich zu Beginn seines Wechsels vom Streifendienst zur Kriminalpolizei war er in eine spektakuläre Mordserie hineingeworfen worden. Nach diesen heftigen Anfangstagen im neuen Job war irgendwann Routine eingekehrt. Seitdem hatte es nur noch einen Toten gegeben, einen jugendlichen Radfahrer, der angefahren und tödlich verletzt worden war. Fahrerflucht, aber den Unfallverursacher hatten sie schnell finden können.

Dieser Fall hier war von einem anderen Kaliber, das sah Jan sofort, als er sein Ziel erreicht hatte und direkt vor dem Toten stand. Es war ein äußerst ungewöhnliches Szenario: Ein Mann lag mit einer tief in seinen Rücken gerammten Heugabel auf dem Feld.

In der Eifel wurde wieder gemordet.

Um die Leiche herum nahm Jan ein hektisches Treiben wahr. Der kriminaltechnische Dienst hatte mit der Spurensicherung alle Hände voll zu tun. Ein Mann im Ganzkörperanzug fotografierte die Leiche aus verschiedenen Perspektiven, mehrere andere Mitarbeiter der Spurensicherung suchten mit Lupen spiralförmig nach Gegenständen und Spuren um den Toten herum. Jan sah lange auf den toten Mann, der auf dem Bauch im Dreck lag. Er betrachtete ihn eingehend und versuchte, sich eine Geschichte zu diesem Bild auszudenken. Einige Minuten vergingen, in denen er die unruhige Arbeit der Kripobeamten um ihn herum ausblendete und erste hypothetische Szenen zur Vorgeschichte des Mordes in seinem Kopf entstehen ließ.

»Na, wer kommt denn da?«, rief eine Stimme aus der Menge der Beschäftigten und riss Jan aus seinen Gedanken. Es war Kriminaloberkommissar Jürgen Wagner.

»Der Herr Grimberg hat sich auch schon auf den Weg gemacht. Wir haben leider den roten Teppich für den jungen Star-Ermittler nicht dabei. Tut mir wirklich leid. Stattdessen könnten wir aber mal einen Scheinwerfer auf Sie richten.«

Damit spielte Wagner auf Jans ersten Fall an, den er fast im Alleingang gelöst hatte – auch wenn Jan eher zufällig auf die entscheidende Spur gekommen war und sich selbst nicht mit Lorbeeren schmückte. Aber aus Wagners Stimme quoll der pure Neid. Obwohl Jürgen Wagner nur einige Jahre älter als Jan war, hatte Wagner schon mehr Kripo-Erfahrung – was nicht verwunderlich war, denn Jan hatte neben seiner Polizeilaufbahn auch ein abgebrochenes Philosophie- und Jurastudium in seiner Vita stehen. Außerdem rangierte Wagner eine Besoldungsstufe über Jan und machte kein Geheimnis daraus, dass er vor seinem vierzigsten Lebensjahr Kriminalrat werden wollte. Jan war es gleichgültig, dass Wagner der Erste am Tatort war, das passte zu dessen Ehrgeiz. Aber dass er ständig über ihn spottete, fand Jan mehr als unangemessen – zumal Wagner seit einigen Wochen Jans neuer Partner bei der Kripo Euskirchen war.

Er zog sich den Tyvek-Anzug über und näherte sich der Leiche. »Das Opfer war vermutlich nicht sofort tot«, begann Jan. »Sieht jedenfalls so aus, als hätte der Täter von hinten mehrmals mit der Heugabel zugestochen, ehe das Gerät in seinem Rücken stecken geblieben ist. Er könnte seine Lunge getroffen haben, und das Opfer ist dann vermutlich an inneren Blutungen gestorben. Genau kann man das erst sagen, wenn die Rechtsmedizin den Sterbevorgang untersucht hat.«

»Die Mordwaffe ist doch mehr als ungewöhnlich, nicht wahr, Kollege Grimberg? Eine Heugabel. Wer denkt sich so etwas aus? Und sie steckt ziemlich tief im Körper des Toten. Ist das überhaupt möglich, so ein Ding so tief in einen Menschen zu rammen? So spitz sehen die drei Zacken der Heugabel doch gar nicht aus, nicht wahr?«

»Offensichtlich ist es möglich, wie wir sehen«, stellte Jan lapidar fest.

»Wie kam das Opfer mitten in der Nacht hierher?«, fragte Wagner.

»Vielleicht ist er vor dem Täter geflohen, und hier auf dem Feld hat er ihn dann eingeholt«, antwortete Jan.

»In Ordnung, Sie wissen es nicht, und das ist in Ordnung für einen Anfänger, Grimberg«, grinste Wagner und fuhr fort: »Ich sag's Ihnen: Am Dorfrand gibt es einen Gutshof, das sind nur zwei Kilometer von hier. Dort wurde heute Nacht ein Abiturjubiläum gefeiert. Und das Beste ist: Zwei der Partygäste, die hier übernachten wollten, werden vermisst. Der eine heißt Cornelius Beck, der andere Karsten Schröder. Leider haben wir gerade noch keine Ahnung, ob unser Freund hier auf der Wiese zur Personenbeschreibung von einem der beiden passt.«

»Wahrscheinlich ist es aber, dass es einen Zusammenhang zwischen dem Toten hier und den vermissten Personen gibt. Ich ordne an, dass eine Streife zur Abi-Party fährt und dafür sorgt, dass niemand das Gelände verlässt, bis wir von allen die Personalien aufgenommen haben.«

»Brillant, Grimberg – die Streife ist allerdings schon vor Ort. Ich gebe die Anweisung, dass die Personenangaben gesammelt werden.«

»Ja, für Ihre Karriere ist es besser, wenn Sie das machen«, murmelte Jan und sah an Wagners Blick, dass er ihn gehört hatte. Dann drehte Wagner ihm den Rücken zu und unterhielt sich mit einem Kriminaltechniker. Jan suchte einige Meter Abstand von seinem Kripo-Partner und unterhielt sich ebenfalls mit einem Spurensicherer, um weitere Details über den Tatort und den Toten zu erfahren.

Eine Stunde später waren Jan und Wagner auf dem Pferdehof eingetroffen, auf dem vor einigen Stunden noch unbekümmert das Abiturjubiläum gefeiert worden war. Wie am Fließband befragten sie die Abiturienten von 1995 zu den beiden verschwundenen Mitschülern. Die Anwesenden wurden auf verschiedene Räume des Gutshofs aufgeteilt, um die Befragungen zügig durchführen zu können. Mehrere Streifen- und Kripobeamte waren noch zur Verstärkung hinzugezogen worden. Jan nahm sich sofort die junge Frau vor, die als Erste bemerkt hatte, dass Cornelius Beck plötzlich nicht mehr da war. Die Dame hieß Daniela Ginster, lebte in Köln, wo sie als Schauspielerin arbeitete, und sie war vermutlich diejenige, die Herrn Beck als Letzte gesehen hatte.

»Cornelius war die ganze Nacht bei mir – bis er weggegangen ist, meine ich«, gab sie an.

»Er war bei Ihnen im Gästezimmer?«, fragte Jan nach.

»Ja.«

»Das heißt, Sie sind ein Paar?«

»Nein, das nicht. Wir haben ... miteinander geschlafen. Aber er ist verheiratet, und es wäre mir – und ihm sicher auch – sehr lieb, wenn seine Frau nichts davon erfährt. Versprechen Sie mir das bitte.«

»Solche Versprechen kann ich leider nicht geben. Ich muss sehen, was für die Ermittlung erforderlich ist. Seit wann haben Sie schon diese Affäre?«

»Es war keine Affäre. Es war – Liebe!«, sagte sie und schien bei diesen Worten den Tränen nah.

Jan sah auf. »Was heißt das?«

»Wir waren in der Schulzeit schon ineinander verknallt gewesen, sind aber nie zusammengekommen. Und nach dem Abitur haben wir uns aus den Augen verloren. Aber als wir uns gestern Abend wiedergesehen haben, haben wir beide sofort gespürt, dass da etwas Besonders zwischen uns ist. Da war eine Anziehung zwischen uns, der wir uns gar nicht widersetzen konnten, verstehen Sie, was ich meine? Außerdem hat er sich mit seiner Frau auseinandergelebt und hat sowieso schon über Scheidung nachgedacht.«

»Und seine Frau lebt wo?«

»Sie wohnt in Marburg. Und Sie haben noch gar keine Spur von ihm?« Ihre Stimme wurde zittriger.

»Nein.«

»Aber der Polizist, der als Erster hier war, sagte etwas von einem Toten«, bohrte Daniela Ginster nach.

»Dazu kann ich gerade noch gar nichts sagen.«

Sie sah ihn mit flehender Verzweiflung an. »Bitte ...«

Diese Frau hatte eine unglaubliche Ausstrahlung, fand Jan. Selbst jetzt, da sie ihn mit verweinten Augen anblickte. Jan gab nach. »Also gut: Wir haben eine Leiche gefunden, aber wir können wirklich noch nicht sagen, um wem es sich handelt.«

»Sie wollen es noch nicht sagen?«

»Wir wissen es wirklich noch nicht. Der Leichenfund muss für die Suche nach Herrn Beck nichts bedeuten. Aber Sie würden uns weiterhelfen, wenn Sie irgendwelche Hinweise für sein plötzliches Verschwinden haben. Sie sagten, er sei irgendwann weggegangen?«

»Er wollte nur frische Luft schnappen. Vermutlich eine rauchen.«

»Wann war das?«

»Das weiß ich nicht mehr so genau. Irgendwann zwischen eins und zwei, würde ich sagen.«

»Geht das nicht ein bisschen genauer?«

»Wohl eher gegen eins. Oder halb zwei ...«

»Und dann ist er nicht mehr zurückgekommen?«

»Nein.«

»War denn irgendetwas merkwürdig an ihm?«

»Nein.«

»Wissen Sie zufällig, ob er seine Brieftasche im Zimmer gelassen hat?«

»Ja, hat er. Wieso?«

»Wo ist das Zimmer genau, in dem Sie die Nacht verbracht haben?«

»Die Treppe hoch, und dann im ersten Stock die zweite Zimmertür rechts.«

Jan winkte einen der Streifenkollegen zu sich und bat ihn, die Brieftasche von Cornelius Beck zu holen. Mit hoher Wahrscheinlichkeit würden sie darin den Personalausweis finden, und dann wäre in ein paar Minuten geklärt, ob das Passfoto mit dem Gesicht des Toten identisch war.

»Was würden Sie denn sagen, warum könnte er verschwunden sein?«, setzte Jan die Befragung fort.

»Mein erster Gedanke war: Er hat jetzt doch kalte Füße bekommen und ist zurück zu seiner Frau und zu seiner Familie gefahren. Aber sein Auto ist noch hier. Und er hätte mich dann nicht einfach so, ohne etwas zu sagen, zurückgelassen, das weiß ich.«

»Was wissen Sie über den anderen Vermissten?«

»Karsten? Den habe ich den ganzen Abend nur einmal kurz gesprochen und sonst nur zwischendurch hier gesehen. Tut mir leid, über den weiß ich wirklich nichts. Könnte er auch der Tote sein? Nein, es ist Cornelius, nicht wahr?« Dann schluchzte sie nur noch.

Jan gab einem der Streifenpolizisten ein Zeichen, sich weiter um Frau Ginster zu kümmern. Dann sah er rüber zu Wagner, der gerade einen jungen Mann befragte.

* * *

»Wie ist Ihr Name?«, fragte Wagner kühl.

»Alex Brandner.«

»Alex oder Alexander?«

»Ist das wichtig?«

»Ich stelle hier die Fragen. Alex oder Alexander?«

»Eigentlich Alexander. Aber alle nennen mich Alex.«

»Gut. Mein Name ist Wagner von der Mordkommission. Können Sie uns sagen, wann Sie Cornelius Beck und

Karsten Schröder zuletzt gesehen haben?« Der Kommissar sah ihn misstrauisch an.

Alex versuchte, gleichmäßig zu atmen. »Ich glaube, das war gegen Mitternacht in der Bar.« Er schluckte unbemerkt und wusste, dass er schon seinen ersten Fehler gemacht hatte. Er selbst hatte die Bar eine halbe Stunde vor Mitternacht verlassen. Zu der Zeit waren Cornelius und Karsten noch da gewesen. Das hoffte er zumindest.

»Sind Sie sicher, dass es gegen 24 Uhr war?«

»Nein, nicht ganz. Ich habe nicht auf die Uhr gesehen und hatte gestern Abend kein gutes Zeitgefühl. Ich habe mich mit so vielen Leuten unterhalten, die ich lange nicht gesehen habe, dass die Zeit wie im Flug vergangen ist.«

»Mit wem haben Sie denn so gesprochen?«

»Mit fast allen, die hier waren.«

»Auch mit Karsten und Cornelius?«

»Mit beiden auch kurz, ja.«

»Und worüber?«

»Ach, über dies und jenes. Belangloses Zeug halt, Sie wissen schon: Was machst du so? Wo wohnst du? Verheiratet? Die übliche Fragerei eben.«

»Und da ist Ihnen nichts aufgefallen?«

»Was meinen Sie?«

»Na, irgendwas, das Hinweise geben könnte, wo die beiden geblieben sein könnten?«

»Nein. Das heißt: Karsten wirkte manchmal ein bisschen geistesabwesend, aber ich kann mich auch irren.«

»Was wollen Sie damit andeuten?«

»Nichts. Nur dass er vielleicht in Gedanken mit etwas beschäftigt war, das mit seinem Verschwinden zu tun haben könnte.«

»Was haben Sie so erzählt?«

»Was meinen Sie?«

»Was Sie so machen.«

»Ich bin Werbegrafiker in Düsseldorf und genieße das Leben.«

»Haben Sie Familie?«

»Warum ist das wichtig?«

»Alles kann wichtig sein.«

»Aber was hat das mit dem Verschwinden von Karsten und Cornelius zu tun?«

»Also: Haben Sie Familie?«

»Nein.«

»Frau und Kinder?«

»Keine Frau, keine Kinder.«

»Wann haben Sie vom Verschwinden der beiden erfahren?«

»Irgendwann heute Nacht. Ich war im Bad und hörte auf einmal Daniela auf dem Flur, die sehr verstört war, weil Cornelius weg war. Ich habe versucht, sie zu beruhigen. Und während wir Cornelius suchten, stellte Marcus, der Gastgeber, fest, dass Karsten auch weg ist.«

»Erscheint Ihnen das merkwürdig, dass zwei Personen auf einer Party verschwinden?«

»Ja, natürlich ist das merkwürdig.«

»Fällt Ihnen irgendeine Verbindung zwischen den beiden ein?«

»Nein. Außer, dass beide vor zwanzig Jahren zusammen ihr Abi gemacht haben.«

»Sie wissen doch mehr über Karsten, als Sie uns gesagt haben, nicht wahr?«

»Dann sollten Sie vielleicht mehr Fragen stellen, Herr Wagner.«

»Wir sprechen uns sicher nochmal. Bleiben Sie erreichbar für uns!«

* * *

Erst gegen acht Uhr hatte Wagner Zeit, sich seinen ersten Zigarillo seit der unvorhergesehenen Nachtschicht anzuzünden. Die Identität des Toten war inzwischen geklärt. Es war Cornelius Beck, wie anhand seines Personalausweises zweifelsfrei festgestellt werden konnte. Wagner nahm einen tiefen Zug. Die erste Zeugenbefragung war meistens öde. Man stellte Routinefragen und wusste noch nicht, wo man herumstochern sollte. Klar war in der Regel auch, dass bei einer solchen ersten Befragung beinahe jeder Zeuge auch der Täter sein konnte. Hier in dieser Runde hatten sie es also mit knapp 30 möglichen Tätern zu tun. Oder eben mit rund 30 unschuldigen Zeugen, und der Mörder hatte gar nichts mit diesem Abitreffen zu tun – was aber unwahrscheinlich war. Die meisten Täter kannten ihre Opfer, das hatte Wagner in seinen Lehrjahren bei der Kripo in Düsseldorf gelernt, ehe er sich vor zwei Jahren auf die Beförderungsstelle in der Eifel beworben hatte. Hier war es zwar nicht so aufregend wie in der Landeshauptstadt, aber hier gab es auch wenig Konkurrenz, die sich seiner Karriereplanung in den Weg stellen konnte. Bis auf Grimberg. Dieser verträumte Knilch machte zwar auf den ersten Blick nicht den Eindruck, als würde er sich dafür interessieren, bei der Kripo weiterzukommen. Aber Bilinski, ihr Vorgesetzter bei der Kripo Euskirchen, hielt offenbar eine Menge von Grimberg, der gleich in seinen Einarbeitungswochen bei der Kripo im Alleingang einen großen Fall gelöst hatte.

Wagner stieß wütend einen Lungenzug aus. Er konnte es nun einmal nicht ertragen, wenn jemand besser war als er selbst. Und er würde es sich von diesem Grimberg nicht vermasseln lassen, mit spätestens 40 Kriminalrat zu sein. Wagner musste versuchen, Grimberg immer ein oder zwei Schritte bei den Ermittlungen voraus zu sein, um schneller an die Lösung des Falls zu kommen – und jeden bei der Kreispolizeibehörde Euskirchen wissen zu lassen, wer von ihnen beiden am Ende den Täter gestellt hatte. Aus dem Stall hörte er ein Pferd schnauben, das ihn aus den Gedanken riss.

Wagner konzentrierte sich wieder auf die Ermittlungen: Eine Heugabel als Mordwerkzeug. Vermutlich von diesem Hof. Vermutlich nicht als Waffe geplant – ergo: vermutlich kein geplanter Mord. Und wahrscheinlich wurde die Heugabel mit viel Kraft in den Rücken des Opfers gerammt. Viel Kraft, die man aufbringt, wenn man in Rage ist.

Es sprach also einiges dafür, dass der Täter einer der Mitfeiernden war: Der Mörder oder die Mörderin kannte Cornelius Beck gut genug, dass dieser seinen Mörder in Wut versetzt haben konnte. Und der Täter hatte hier die Möglichkeit, zufällig zur Tatwaffe zu greifen, um einen zufälligen Mord auszuführen.

Aber wer von den Befragten könnte es gewesen sein? Dieser Marcus Dietrich, dem dieser Hof hier gehörte, war bis zum Verschwinden von Cornelius Beck ununterbrochen in der Bar gewesen, dafür gab es Zeugen. Die einzige Auffälligkeit bei ihm war, dass er schwer verkatert aussah. Ebenfalls ein Alibi hatten diese Psychologin Anke Bauer und so ein leicht verschroben-weltfremder Waldschrat namens Martin Braun. Beide gaben an, die Nacht hindurch gemeinsam geredet zu haben. Dann war da dieser Matthias Malek, genannt Mattes, der kein durchgängiges Alibi hatte, aber keinerlei Hinweise auf ein Mordmotiv gab – so zumindest Wagners Intuition. Ein Lehrer namens Steffen Liering, den die Klassenkameraden Stevie nannten und der sich früh auf sein Zimmer zurückgezogen hatte, weil er angeblich noch Klausuren korrigieren musste. Wagner hatte ihn bei der Vernehmung freundlich gefragt, ob er noch alle Tassen im Schrank habe, ihm so eine dreiste Lüge aufzutischen, aber Liering hatte ihm unterwürfig versichert, dass dies die Wahrheit sei. Wie man auf die Idee kommen könne, zu einer Party zu fahren und Klausuren zum Korrigieren mitzunehmen, hatte Wagner daraufhin wissen wollen, und Liering hatte vorgerechnet, dass er gerade sechs Deutschkurse unterrichte, in jedem Kurs pro Quartal dreißig Schüler eine Klausur oder Klassenarbeit schrieben, und das mache bei sechs Kursen 180 Korrekturstunden, die ihm das Land nicht als Arbeitszeit anrechne, die er also zusätzlich leisten müsse, und dass er so fast jedes Wochenende arbeiten müsse. Lehrer sind doch Jammerlappen, hatte Wagner nur gedacht und sich von Liering die Ergebnisse seiner abendlichen Korrekturarbeit zeigen lassen. Daraufhin hatte ihm Liering tatsächlich drei Klausuren gezeigt, die unter dem heutigen Datum bewertet worden waren. So ganz überzeugte das Wagner immer noch nicht. Die Klausuren könnten ja auch bereits mit Datum präpariert mitgebracht worden sein. Ein Motiv hatte er bei Liering allerdings nicht feststellen können.

Eine junge Fotografin namens Katja Landsberg, die mehr von ihren beruflichen Existenzsorgen als von der Wiedersehensparty gesprochen hatte. Eine Erzieherin, Yvonne Behr, die glaubte, dass sich Mattes auch in diese Daniela Ginster, die mit dem Ermordeten in der Kiste gewesen war, verguckt hatte, was aber von einem anderen Jubiläumsteilnehmer, Michael Müller, dementiert wurde. Und dann war da noch Alexander Brandner, den alle Alex nannten und der ihm irgendetwas zu verheimlichen schien, das hatte Wagner bei der Vernehmung sofort gemerkt – und in diesem Punkt hatte er sich noch nie geirrt.

Wagner rief einen der Streifenpolizisten zu sich. »Zimmermann, suchen Sie doch bitte noch mal den Gutshofbesitzer auf und lassen Sie ihn feststellen, ob alle Stallgeräte noch vorhanden sind oder ob etwas fehlt. Unter uns gesagt: Möglich, dass eine Heugabel abhandengekommen ist, aber das soll er selber merken. Bitte achten Sie darauf!«

4. Kapitel

11. November 2015

Es war gerade mal zehn Uhr morgens, und der neue Mordfall zwang Jan am Sonntag ins Büro der Kreispolizei Euskirchen. Er trank bereits seinen vierten Kaffee. Die ganze Nacht hatte er nicht schlafen können. Den Samstagabend hatte er mit Jenny auf einer Party in Koblenz verbracht, wo sie nun lebte, und der Abend war anders verlaufen, als Jan es sich vorgestellt hatte. Jenny und er waren weit davon entfernt, wieder ein Paar zu werden, aber sie hatten sich in den letzten Wochen wieder vorsichtig angenähert. Aber auf der Party gestern hatte er bemerkt, wie ein fremder Kerl die ganze Zeit um sie herumschlich. Und weil er in der späten Nacht, als die Party noch auf vollen Touren lief, zum Tatort gerufen wurde, konnte er sie nicht von dem Stelzbock fernhalten. Verdammter Mist! Von Jenny hatte er seitdem nichts gehört. Ob der Kerl bei ihr gelandet war?

In diesem Moment kam Wagner durch die Tür und steuerte auf Jan zu. »Na, haben Sie sich ein bisschen zu Hause ausruhen können, oder waren Sie auch so mit dem Fall beschäftigt wie ich, dass Sie sowieso nicht schlafen konnten? Aber wenn man einmal vom Ermittlungsfieber gepackt ist, merkt man gar nicht, dass man eigentlich müde sein müsste, nicht wahr? Also, fassen wir zusammen, Grimberg«, strahlte Wagner ihn an, als wären sie befreundet. »Zwei Vermisste, ein Toter. Ich brauche ein Genie wie sie: Wie könnte das zusammenhängen?«

»Auf jeden Fall scheint es offensichtlich zu sein, dass es einen Zusammenhang gibt«, antwortete Jan sachlich, reichte Wagner die Kaffeekanne und hielt ihm dann seine eigene leere Tasse hin.

Wagner nahm sich auch eine eigene Tasse und schenkte erst Jan, dann sich selbst einen Kaffee ein. Er ließ drei Würfel Zucker in seine Tasse fallen. »Richtig, Kollege Grimberg. Ich habe gerade mit der Rechtsmedizin telefoniert. Erste Ergebnisse liegen schon vor, auch wenn der genaue Obduktionsbericht noch aussteht. Der Tote ist, wie zu erwarten war, an den Stichverletzungen gestorben. Auf dem Hof wurden außerdem ein abgebrochener Zahn und Blut gefunden, beides konnte ebenfalls eindeutig Beck zugeordnet werden. Es gab also offenbar eine Rangelei auf dem Gelände, auf dem gefeiert wurde. Für Cornelius Beck wurde das Wiedersehensjubiläum zu einer Nimmerwiedersehensfeier. Er wurde ermordet auf einem Feld zwischen Antweiler und Wachendorf. Etwa zwei Kilometer von der Party entfernt. Vermutlich ist der arme Knabe um sein Leben gerannt. Außerdem hat der Pferdehofbesitzer bestätigt, dass er eine Heugabel vermisst. Die Mordwaffe stammt also mit an Sicherheit grenzender Wahrscheinlichkeit von dem Hof. Ergo: Der Mörder war auch auf dem Gutshof. Und dann: Ein zweiter Mann verschwindet nach der Party. Was sagt uns das, Kollege?«

»Man könnte annehmen, dass der zweite, dieser Karsten Dingenskirchen …«

»Schröder. Der Mann heißt Karsten Schröder!«

»… also, dass dieser Karsten Schröder verschwunden ist, weil er der Täter ist. Die beiden hatten in der Nacht einen Streit, vielleicht eine alte Klamotte aus der Schulzeit, Schröder hat Beck bedroht, Beck ist weggerannt, Schröder hinterher, schnappt sich spontan eine Mistgabel …«

»Heugabel, Grimberg, Heugabel!«

»Also: Er schnappt sich die Heugabel, die er im Vorbeigehen auf dem Hof liegen sieht, holt Beck ein und spießt ihn von hinten auf. Dann taucht Schröder unter. Das ist doch eine erste brauchbare Hypothese.«

»Korrekt. Auch die Kleidung von Beck konnte problemlos durchbohrt werden, wohl auch deswegen, weil er nicht sehr dick angezogen war, trug nur ein Hemd und einen dünnen Mantel. Weiter: Was könnte das Motiv sein?«

»Ich habe keine Ahnung. Vielleicht hat Beck diesem Schröder vor zwanzig Jahren die Freundin ausgespannt, vielleicht hat er ihn gemobbt, vielleicht hat Cornelius Beck seinen Schulkameraden Karsten beim Schummeln im Abitur erwischt und nun damit gedroht, alles auffliegen zu lassen …«

In diesem Moment kam Bilinski aus seinem Büro und holte sich einen Kaffee. Wagner schielte auf seinen Chef, der nahe genug stand, ihr Gespräch mithören zu können, und fuhr fort: »Das geht mir schon viel zu weit,

Grimberg. Sie machen immer noch Anfängerfehler und verrennen sich in voreilige Hypothesen. Ich sage Ihnen, was wir tun werden: Wir entwickeln nicht eine, sondern mehrere Hypothesen und suchen nach Anhaltspunkten für weitere Täter – und nach einem weiteren Opfer. Nehmen wir also an, irgendwo in der Nähe von Wachendorf liegt noch eine zweite Leiche rum: Karsten Schröder. Haben die Vernehmungen irgendetwas ergeben, das Hinweise auf mögliche Mordmotive oder Lücken im Alibi der Vernommenen gibt?«

Jan sah, wie Bilinski zufrieden in sich hineinlächelte, fast unmerklich nickte und Wagner einen zustimmenden Blick zuwarf, ehe er wieder in sein Büro verschwand. Hatte sich die Welt gegen ihn verschworen?

»Also, Grimberg?«

Jan riss sich zusammen. »Was wir zu Cornelius Beck haben, ist, dass sich gestern Abend eine Affäre mit einer ehemaligen Klassenkameradin, Daniela Ginster, ergeben hat. Die Dame ist Schauspielerin, nicht sehr bekannt, hat aber wohl vor gar nicht langer Zeit eine Nebenrolle in der Seifenoper *Stürmische Zeiten* bei einem Privatsender ergattert und war ein paar Mal im Fernsehen zu sehen. Beck selbst ist verheiratet, Daniela Ginster hat angegeben, nicht liiert zu sein. Dass Becks Frau, die mehrere hundert Kilometer weit weg in ihrem Bett schlummerte, davon so schnell Wind bekommen und ihren Ehemann aus Eifersucht ermordet hat, ist wohl sehr unwahrscheinlich. Vielleicht gab es während dieser Bettgeschichte einen Streit oder so etwas, und diese Daniela hat ihn umgebracht? Oder ein eifersüchtiger Exfreund von ihr?«

»Können wir zumindest nicht ausschließen. Dann forschen wir nach ihren Verflossenen und prüfen deren Alibis. Sonst noch was?«

»Keine großen Besonderheiten. Die meisten, die auf der Party waren, wollen nichts mitbekommen haben und haben die beiden Verschwundenen zuletzt in der Bar gesehen. Eine von denen, eine gewisse Nadine Kleinmann, glaubt, dass Karsten Schröder den ganzen Abend bedrückt ausgesehen hat. Vielleicht gab es doch einen Konflikt zwischen ihm und Beck?«

»Wir gehen der Sache mal nach. Also, Kollege Grimberg: Wir haben genug Punkte, die wir weiter aufgreifen können. Ich nehme als Erstes noch mal Alexander Brandner unter die Lupe, aus dem ist nach meinem Gefühl noch mehr rauszuholen. Sie besuchen die hübsche Schauspielerin und sehen sich den Hof noch mal an. Informieren Sie mich über alles, was sie an Neuigkeiten erfahren.«

»Wie sieht's mit den Ergebnissen der Kriminaltechniker aus? Wurden Fingerabdrücke gefunden?«, fragte Jan.

»Leider nicht. Bei den kalten Temperaturen hat der Mörder es wohl vorgezogen, Handschuhe zu tragen.«

»Haare?«

»Bedaure, leider hat der Mörder wohl auch eine Mütze getragen.«

»Haben wir denn wenigstens Fußabdrücke?«

»Auf dem gefrorenen Feld hat der kriminaltechnische Dienst keine brauchbaren Spuren finden können. Wir hatten also optimale Witterungsbedingungen für einen Mord.«

Jetzt war es an der Zeit, Wagner zu übertrumpfen, fand Jan und sagte: »Einen interessanten Fund haben wir allerdings am Tatort noch gemacht.«

Wagner sah ihn fragend an.

Jan stand auf und kam eine Minute später mit einem Plastikbeutel wieder. In dem Beutel befand sich ein schwarzer, handgroßer Gegenstand, der aussah wie ein Stromnetzstecker mit Handgriff.

»Was ist das?«, fragte Wagner .

»Noch nie gesehen?«, entgegnete Jan. »Das ist ein Elektroschocker. Den haben die Kollegen von der Spurensicherung auf dem Hof hinter einem Scheunentor gefunden, nur etwa einen Meter von der Stelle entfernt, wo auch der abgebrochene Zahn lag.«

»Wozu braucht man so etwas?«

»Für die Pferdezucht wohl nicht unbedingt. Diese Dinger werden zwar im Prinzip auch zum Viehtreiben eingesetzt, aber ich habe vorhin den Guthofbesitzer, diesen Dietrich, noch mal beiseitegenommen, und der hat mir versichert, dass die Pferde nicht mit solchen Geräten bearbeitet werden. Außerdem ist die Ladung, die man hiermit verpasst bekommt, stärker als bei den üblichen Geräten, die man beim Vieh einsetzt.«

»Dann ist dieser Elektroschocker also eher von jemandem als Waffe mitgebracht worden.«

»Richtig, Herr Wagner. Als Waffe zum Angriff oder zur Verteidigung. Möglicherweise hat dieses Ding in dem Konflikt zwischen Beck und seinem Widersacher eine Rolle gespielt. Entweder hat Beck sich damit gegen seinen Angreifer verteidigen wollen – oder er hat seinen Angreifer bedroht. Umbringen kann man einen damit allerdings nicht. Sollte Beck ihn bedroht haben, dann hatte Beck vielleicht die Absicht, seinen Mörder aus irgendwelchen Gründen zu verletzen, und das ist schiefgegangen. Sollte Beck sich verteidigt haben, stellt sich die Frage, warum er einen Elektroschocker mit sich herumträgt. Die gleichen Fragen gelten natürlich auch, falls der Elektroschocker Becks Mörder gehören sollte.«

»Damit haben wir ja schon einige Puzzlestücke«, resümierte Wagner.

»Richtig, Kollege. Und jetzt müssen wir prüfen, welche Teile zusammenpassen.«

* * *

How can I sleep with your voice in my head?

Daniela Ginster hatte schon seit Stunden diesen alten a-ha-Song im Ohr und musste dabei unentwegt an Cornelius denken. Es war so unfassbar traurig. Ziellos lief sie an diesem Sonntagnachmittag durch die belebte Fußgängerzone von Bad Münstereifel. In zwanzig Jahren hatte sich hier viel verändert, aber der Charme des historischen Stadtkerns war geblieben. Daniela wünschte sich trotzdem die alten Zeiten zurück. Warum konnte nicht einfach alles wieder so sein wie früher, als sie Schüler gewesen waren? Das *Heino-Café*, das zu ihrer Schulzeit gleich neben dem Rathaus eröffnet worden war, gab es hier unten nicht mehr, und sie hätte nie gedacht, dass es ihr mal fehlen würde. »Phantasialand für Senioren« – so hatten sie es früher genannt, weil damals ganze Busse voll mit älteren Herrschaften zum Café des Volksmusikers pilgerten, in der Hoffnung, den »Enzian«-Sänger einmal live und in Farbe zu sehen. Daniela lächelte kurz, dann sah sie auf den Boden. Sie konnte den Anblick der schönen Fachwerkhäuser kaum ertragen. Gestern noch war sie voller Sehnsucht nach früheren Zeiten in ihre alte Heimat gefahren, hatte sich auf das Wiedersehen mit ihren Schulkameraden gefreut. Und jetzt ... Ein dunkler Gedanke kam ihr plötzlich in den Sinn und rief mit krächzender Stimme:

Gott wird dich dafür bestrafen!

Sie kam tief aus ihrem Inneren, die längst vergessene Stimme ihres Gewissens. Daniela hatte sich schon vor Jahren von vom Glauben ihrer Eltern befreit, demzufolge es einen simplen Zusammenhang zwischen sündigen Taten und göttlichem Eingreifen in die Welt gab. Sie war erwachsen geworden und hatte nicht mehr an diesen Kindergott, der alles lenkt wie ein Puppenspieler, geglaubt. Aber jetzt kam dieser grausame Kinderglaube mit aller Wucht zurück. Sie dachte an den Streit, den sie gestern Abend, vor nicht einmal 24 Stunden, mit Cornelius gehabt hatte.

Gott wird dich dafür bestrafen!

Nein, das war doch alles gar nicht passiert, flüsterte sie wie ein kleines Mädchen in sich hinein und weinte.

Eine Erinnerung tauchte plötzlich auf. Der Tag, an dem ihr Cornelius zum ersten Mal aufgefallen war – an ihrem ersten Tag an der neuen Schule. Zu Beginn des zweiten Halbjahres war sie in der 11. Klasse zum Hannah-Arendt-Gymnasium gewechselt, und während sie sich 30 Minuten lang im Mathekurs mit Geometrie gelangweilt hatte, war plötzlich die Tür aufgegangen, und ein gutaussehender Junge war hereingekommen, als wäre es völlig selbstverständlich, in den Kurs zu kommen, wenn mehr als die Hälfte der Stunde bereits vergangen ist. Er hatte dunkelbraune Haare, trug, wie damals modern, die längeren Haare zu einem Mittelscheitel gekämmt, und entlang der Ohren zogen sich lange Koteletten. Der Mathelehrer, Herr Löhr, sah ihn entrüstet an: »Cornelius Beck, darf ich fragen, warum du jetzt erst kommst? Die Stunde beginnt um 10 Uhr, das gilt auch für dich!«, sagte er streng. Doch Cornelius grinste nur charmant und drückte Herrn Löhr ein Eis in die Hand, das er ihm aus dem Café mitgebracht hatte, wo er die erste Hälfte der Stunde geschwänzt hatte. Dann setzte sich Cornelius wortlos auf seinen Platz und nahm sein Mathebuch aus dem Rucksack. Das war seine Art, seine Lehrer zu verhöhnen. Und das Beste war: Cornelius konnte es sich leisten, so mit seinen Lehrern umzugehen, denn seine Noten waren überall gut oder passabel. Er sah gut aus, war klug, frech, arrogant, witzig und geheimnisvoll. Daniela stand von Anfang an auf ihn.

Als sie nun zum Werthertor kam, merkte sie, dass sie in Gedanken wieder gelächelt hatte. Dennoch war es ihr gleichzeitig nach Weinen zumute. Sie sah sich das Tor an, um irgendetwas zu tun. Das Erste, was ihr auffiel, war, dass sich an einigen Stellen über dem Torbogen der Putz ablöste. Sie konnte kaum glauben, dass die Fassade des historischen Stadttors so leicht abbröckelte. Sie fand diese Stadt plötzlich gar nicht mehr schön. Die Stadt, in der sie ihre Jugend verbracht hatte, zeigte sich plötzlich von einer ganz hässlichen Seite.

Dann löste sich Daniela aus ihrer Starre und lief zügig durch das Tor, ohne zu wissen, wo sie nun hingehen sollte.

* * *

Was wollte dieser Wagner von der Kripo schon wieder von ihm, fragte sich Alex, als er gerade in sein Auto steigen wollte, um die Rückfahrt aus der Eifel anzutreten, und ein BMW neben ihm hielt.

»Ah, gut, dass Sie noch da sind«, sagte Wagner, während er das Fenster runterließ.

Alex stöhnte so, dass Wagner es mitbekommen musste. Dieser Wagner hatte eine unangenehme Präsenz und war der größte Arroganzbrocken, der ihm je begegnet war.

»Ich habe einfach noch mal eine Rückfrage. Wann genau haben Sie Cornelius Beck zuletzt gesehen?«

»Irgendwann am späten Abend in der Kellerbar. Aber das habe ich Ihnen doch heute Morgen schon gesagt.« Alex merkte sofort, dass dieser Wagner garantiert nicht wieder vorbeigekommen war, bloß um diese Rückfrage zu stellen. Er musste auf der Hut sein.

»Ja ja, ich wollte nur noch mal abgleichen – einer Ihrer früheren Schulkameraden sagt nämlich, dass Sie ihm noch weit nach Mitternacht auf dem Hof über den Weg gelaufen seien.«

Alex wurde nervös. Er glaubte, dass dieser Wagner log. Aber was, wenn er die Wahrheit sagte und er tatsächlich noch beobachtet worden war, als er Cornelius zu später Stunde noch begegnet war? Alex kratzte sich an der Schläfe und antwortete: »Mag sein, dass ich ihn noch gesehen habe, als ich aus der Bar in mein Zimmer gegangen bin. Aber dann war es so belanglos, dass es mir nicht aufgefallen ist.«

Wagner lächelte falsch. »Sie leben in Düsseldorf, richtig?«

»Ja.«

»Und Sie leben dort in einer Beziehung?«

»Ja.«

»Haben Sie auch Kinder?«

»Mein Mann und ich haben keine Kinder.«

»Oh. Verstehe.«

Wagners Worte klangen verächtlich. Es würde Alex nicht wundern, wenn dieser Typ ein Schwulenhasser war. »Kann ich sonst noch etwas tun für Sie, Herr Wagner?«, fragte er.

»Nein, das war es schon. Ach so: Haben Sie die letzte Nacht alleine in Ihrem Zimmer verbracht?«

Alex schluckte. »Wie meinen Sie das?«

»Na, Sie werden doch wissen, ob Sie alleine waren.«

Alex strich sich die Haare glatt und dachte an die letzte Nacht. Es wäre besser, jetzt nicht die Wahrheit zu sagen. »Ich war alleine, ja.«

Anstatt zu antworten, sah Wagner ihn nur eine ganze Weile an. Alex konnte nicht einschätzen, wie lange es dauerte – Wagner sprach kein Wort und beobachtete ihn nur die ganze Zeit. Wer blinzelt, hat verloren, dachte Alex. »War sonst noch was?«, fragte Alex schließlich.

»Nein, das war's«, grinste Wagner. »Aber vielleicht führen wir unsere Unterhaltung bald fort.« Wagner verabschiedete sich.

Alex sah Wagner noch eine ganze Weile nach, bis der Dienstwagen hinter der nächsten Kurve verschwand. Alex hatte durchschaut, dass dieser homophobe Hauptkommissar sich nicht mit den Antworten, die er gegeben hatte, zufriedengab. Die Sache war noch nicht ausgestanden.

* * *

Martin Braun hatte so eine Vorahnung, dass gleich jemand vorbeikommen würde, und begann, das Chaos in seiner Wohnung zu beseitigen. Er wollte den Abend eigentlich alleine verbringen. Der gestrige Tag hatte ihn mehr aufgeregt, als er zunächst angenommen hatte. Martin brauchte klare Strukturen in seinem Leben, sonst wurde er nervös, und das zeigte sich auch an körperlichen Symptomen. Er war kein Autist, aber er war sehr sensibel. Das Abiturjubiläum hatte so gut angefangen, er hatte einen netten, langen Abend mit Anke verbracht, mit der er sich viel zu erzählen gehabt hatte – und mitten in der Nacht tauchte plötzlich die Polizei auf, um kurz darauf klarzustellen, dass sein früherer Mitschüler Cornelius Beck ermordet worden sei. Ein Verbrechen während einer Feier, an der er selbst teilgenommen hatte. Natürlich war das für alle ein Schock.

Zuerst hatte er die Todesnachricht, die sich auf dem Pferdehof wie ein Lauffeuer verbreitet hatte, noch bevor er von der Kripo um eine Aussage gebeten worden war, ruhig aufgenommen. Erst heute war ihm allmählich klargeworden, was es bedeutete, dass in seinem Umfeld ein Mord geschehen war. Er fühlte sich den ganzen Tag schon außergewöhnlich niedergeschlagen, nachdenklich, nervös.

Gegen 20 Uhr klingelte es an seiner Tür. Sicher war es Jendrik, sein bester Freund, und natürlich freute er sich, ihn zu sehen, obwohl er den Abend anders geplant hatte.

Martin öffnete die Wohnungstür und blickte zu seiner Verwunderung in einen leeren Hausflur. Niemand da. Verwundert machte Martin ein paar Schritte nach draußen, um über das Gelände im Treppenhaus nach unten zu sehen, ob der späte Besucher vielleicht noch im Flur stand. Das Licht im Hausflur ging automatisch aus, und Martin lief zurück durch die offene Tür in seine Wohnung. Dann ging er ins Schlafzimmer, um durch das Fenster raus auf die Straße zu sehen. Er stieß einen kurzen Schrei aus, als er in seinem Fenster das Spiegelbild einer fremden Gestalt sah. Jendrik stand hinter ihm und begann kindisch zu lachen.

»Dich kann man ja immer noch erschrecken wie einen Zehnjährigen«, kicherte Jendrik.

»Und du bist immer noch so kindisch wie ein kleiner Junge«, grummelte Martin und lachte auch erleichtert auf. »Ich hab wirklich nicht bemerkt, wie du dich durch die offene Haustür reingeschlichen hast. Wie konntest du mich so erschrecken?«

»Wie geht's dir, mein Kleiner?«, fragte Jendrik, immer noch lachend.

»Gut soweit – und selbst?«

»Bestens – ich war gerade hier in der Nähe und dachte, ich schau doch mal vorbei.«

Jendrik umarmte ihn wie einen Bruder, Martin klammerte sich einige Sekunden an seinen besten Freund und spürte, wie gut es ihm tat, dass er hier war. Sie gingen ins Wohnzimmer, und Martin verschwand kurz in die Küche und öffnete einen Wein. Dann sah er rüber zu seinem Freund, der sich die neuesten Errungenschaften in Martins Bücherregal ansah. Dabei war Jendrik ständig in Bewegung, nahm Bücher in die Hand, stellte sie wieder zurück und lief mit eleganten Schritten die Regalwand auf und ab. Dazu pfiff er lässig ein paar Takte *Strangers in the Night*. Martin war wirklich froh, dass Jendrik heute hier war. Er versprühte sofort so eine positive Energie. Es ging ihm schon viel besser.

Jendrik und Martin kannten sich schon eine halbe Ewigkeit. Wann genau hatten sie sich eigentlich kennengelernt? Martin überlegte und glaubte, Jendrik zum ersten Mal in der Schule gesehen zu haben, als Martin gerade in die Oberstufe gekommen war. Jendrik war ein Jahrgang über Martin und hatte mit ihm gemeinsam die Zeit im Religionsunterricht abgesessen. Das war damals so üblich, dass der evangelische Religionsunterricht in zwei Jahrgängen pro Kurs stattfand, weil insgesamt nur wenige evangelische Schüler das Hannah-Arendt-Gymnasium besuchten. Der einzige evangelische Religionslehrer der Schule, Herr Buckenbach, hatte wenig originelle Unterrichtsmethoden vorzuweisen. Eigentlich kannte er gar keine Methoden, und Unterricht konnte man die Veranstaltung bei ihm auch kaum nennen. Vielmehr schlug er seine Zeit und die seiner Schüler damit tot, dass er einfach nur die Bibel von vorne bis hinten durchlesen ließ. Wer sich freiwillig bereiterklärte, aus der Heiligen Schrift vorzulesen, bekam schneller eine gute Note, und wer aus Langeweile den Unterricht störte, wurde mit einem Minuspunkt in Buckenbachs Notenbuch bestraft. Die meisten Schüler von Herrn Buckenbach erwarteten nichts vom Reli-Unterricht und meldeten sich zwei Mal im Quartal als Vorleser, um sich eine Drei auf dem Zeugnis zu sichern. Den Rest der Zeit saßen sie im Dämmerzustand in der Klasse und warteten auf den Pausengong.

Mitten im Schuljahr hatte Jendrik plötzlich im Klassenraum gesessen. Die anderen Schüler beachteten ihn gar nicht, und Martin konnte sich nicht daran erinnern, dass Jendrik sich jemals an dem unterrichtsähnlichen Zustand von Herrn Buckenbach beteiligt hätte. Martin seinerseits beobachtete Jendrik eine ganze Weile, weil er nicht wusste, was er sonst tun sollte, während ein Mitschüler die Geschichte von Kain und Abel vorlas. Jendrik hatte eine Kapuze auf dem Kopf, was Herrn Buckenbach offenbar nicht weiter störte, und schließlich erkannte Martin, dass Jendrik unter dem Kapuzenshirt Kopfhörer verbarg. Als Jendrik bemerkte, dass Martin ihn ertappt hatte, lächelte er nur und legte den Zeigefinger auf den Mund. Martin lächelte zurück, und irgendwann später kamen sie in der Pause ins Gespräch, als Jendrik sich bei Martin dafür bedankte, dass er dichtgehalten hatte.

Der Abend schritt voran. Martin und Jendrik hatten über viel belangloses Zeug gesprochen und viel gelacht, und Martin überlegte die ganze Zeit, wann der richtige Zeitpunkt war, seinem Freund von dem Todesfall beim Klassentreffen zu erzählen.

Dann wurde Jendrik plötzlich ernst. »Und jetzt noch einmal: Wie geht's dir, Martin?«, fragte er, als er sich sein zweites oder drittes Glas Rotwein nachschenkte.

»Gut …«

Jendrik sah ihn besorgt an.

»Geht so«, gab Martin schließlich nach. »Beim Klassentreffen gestern gab es einen … einen kleinen Zwischenfall.«

»Ich weiß«, sagte Jendrik.

»Du weißt es schon?«

Jendrik nickte nur.

Martin fühlte sich plötzlich wieder unwohl. Er merkte, wie ihn die Geschichte mitnahm. »Ich meine, ich habe ja auch erst in der Nacht davon erfahren. Ich habe mich die ganze Zeit mit Anke unterhalten, von der ich dich übrigens grüßen soll.«

»Ach, die Anke – ja, vielen Dank. Also: Du hast dich mit ihr unterhalten?«

»Ja, ich weiß gar nicht, wie lange. Aber ich habe den ganzen Abend kaum mit jemand anderem gesprochen. Dann bin ich irgendwann ins Bett gegangen, und irgendwann rief Marcus uns alle zusammen, weil Karsten und Cornelius verschwunden waren. Von Karsten fehlt wohl weiterhin jede Spur, glaube ich – und Cornelius…«

»… ist tot, dieser Bastard.«

Martin sah ihn fragend an. Jendrik sprang plötzlich mit den Füßen aufs Sofa und ging in die Hocke.

»Na, ich weiß doch, dass Cornelius nicht gerade dein bester Freund war, Martin. Du brauchst dich nicht dafür zu schämen, dass dir sein Tod nicht nahe geht.«

»Doch, irgendwie geht es mir schon nahe …«

»Ach, aber nicht, weil dieser blöde Wichser tot ist. Es ist doch eher der Schock, dass während eurer Feier so ein Verbrechen passiert ist. Und es bereitet dir Kopfzerbrechen, dass die Polizei nun jeden von euch verdächtigt, nicht wahr?«

Darüber hatte Martin noch gar nicht nachgedacht. Er nickte und spürte, wie sein Kopf schwerer wurde. Er hatte nur zwei Gläser getrunken, fühlte sich aber, als hätte er die ganze Flasche alleine geleert. Sie saßen noch eine Weile schweigend nebeneinander, dann schlief Martin plötzlich mitten in der Unterhaltung ein, und als er in der Nacht aufwachte, war Jendrik schon nicht mehr da.

* * *

Verdammt, geh' doch endlich ans Telefon! Verzweifelt legte Jan sein Handy beiseite. Es war kurz vor Mitternacht. Jan saß in seiner kleinen Wohnung in Kommern und hatte seinen ganzen Feierabend damit verbracht, Jennys Nummer immer und immer wieder zu wählen. Aber sie ging nicht dran. Immer, wenn er Jenny nicht erreichen konnte, fragte er sich, ob sie einen anderen hatte oder ob sie mit ihm doch nichts mehr zu tun haben wollte. Die langsame Annäherung, die sie seit Wochen versuchten, drohte jeden Moment wieder zusammenzubrechen. Ein falsches Wort, eine miese Stimmung oder einfach eine neue Zufallsbegegnung mit einem anderen sympathischen Menschen – das konnte ausreichen, um den zweiten Versuch, mit Jenny eine Beziehung einzugehen, scheitern zu lassen.

Letzten Endes war Jan es ja selbst schuld. Er hatte es im letzten Jahr total vermasselt. In den letzten Wochen aber hatte es eigentlich wieder so gut ausgesehen, dass er sich Hoffnungen auf mehr machen durfte. Bis gestern Abend, als er die Party frühzeitig verlassen musste.

Das Leben schien ihm sinnlos, je mehr er das Gefühl hatte, Jenny wieder zu verlieren. Aber er wollte sich nicht damit abfinden. Worin sollte er versuchen, einen Sinn zu erkennen? In Gott? Jan war immer Agnostiker gewesen. Wenn er im Weltlauf einschließlich seines Dramas mit Jenny einen höheren, gottgegebenen Sinn sehen wollte, müsste er zunächst einen Grund haben, die Existenz Gottes überhaupt anzuerkennen. Jan griff nach einem Philosophie-Lexikon in seinem Regal und suchte das Schlagwort *Gott*. Der Artikel verwies unter anderem auf die mittelalterlichen Gottesbeweise, die von mehreren Philosophen unternommen worden waren. Jan hatte davon in Vorlesungen gehört, sich aber nicht weiter damit beschäftigt. Bislang. Er schrieb auf seine To-do-Liste, dass er sich in den nächsten Tagen ein kleines Büchlein mit dem Gottesbeweis eines gewissen Anselm von Canterbury anschaffen wollte.

Dann legte er sich ins Bett und fiel über seine Grübeleien so schnell in einen tiefen Schlaf, dass er es schon nicht mehr mitbekam, als sein Handy brummte.

5. Kapitel

12. November 2015

Am nächsten Morgen saß Jan früh im Büro und versuchte sich eine Übersicht über den Fall zu verschaffen. Eine halbe Stunde lang zeichnete er auf Flipcharts Pfeildiagramme mit den Personen, die irgendwie mit dem Fall zu tun hatten oder zu tun haben könnten. Eine weitere halbe Stunde starrte er die Umgebung von Wachendorf und Antweiler auf der regionalen Landkarte an der Wand an. Schließlich zeichnete er Strichmännchen mit Heugabeln im Rücken. Als er gegen elf Uhr immer noch keinen Schritt weiter war, nahm er sich einen Kaffee und ging nach draußen zur Raucherecke, um Wagner möglichst aus dem Weg zu gehen. Außer der Sekretärin Frauke Herberg war niemand dort. Sie bot ihm eine Zigarette an, obwohl sie wusste, dass Jan nicht rauchte. Er schüttelte den Kopf, und Frauke lachte.

»Irgendwann gelingt es mir noch, dich zu verführen«, schmunzelte sie.

Jan lächelte gequält und bekam keinen Ton heraus, obwohl er eigentlich gerne ein paar Worte mit Frauke wechseln wollte, egal worüber.

Frauke sah ihn mit mütterlicher Fürsorge an. »Ach Jan, du machst schon wieder so eine Leidensmiene. Was ist denn los?«

»Gar nichts – außer, dass Wagner mir einfach nur auf den Sack geht.«

»Ach wirklich?«, entgegnete Frauke mit unüberhörbarer Ironie.

»Wir sollen Partner sein, aber wir arbeiten nicht zusammen. Er behandelt mich nicht auf Augenhöhe.«

»Wagner behandelt niemanden auf Augenhöhe, außer vielleicht Bilinski, der eigentlich über ihm steht – noch«, stöhnte Frauke.

Jan war froh, die Sekretärin hier getroffen zu haben. Sie war die gute Seele im Büro und immer bestens über andere informiert.

»Der Typ würde doch seine Frau verkaufen, wenn es seiner Karriere dient«, sagte Jan.

»Wenn er denn eine Frau hätte«, antwortete Frauke sarkastisch.

Jan runzelte fragend die Stirn. »Ich dachte, Wagner wäre verheiratet?«

»Bis vor Kurzem war er das auch noch. Aber er ist jetzt offiziell geschieden, und der Scheidungskrieg ist wohl noch nicht beendet. Wagners Frau hat sein Karrierestreben wohl irgendwann nicht mehr mitgemacht und hat sich einen anderen gesucht. Und nun streitet er sich in seiner Freizeit mit seiner Ex, wann er seinen kleinen Sohn sehen darf. Da tut er einem fast leid …«

Jan pfiff still vor sich hin.

Frauke fügte schnell hinzu: »Aber eben nur fast – das alles ist doch kein Grund, andere so herablassend zu behandeln, da hast du völlig recht. Lass uns das Thema wechseln. Hast du eigentlich noch mal was von Steiner gehört?«

Jan schüttelte den Kopf.

»Wolltest du ihn nicht mal besuchen?«

Jan zuckte mit den Achseln. »Schon, aber ich hatte noch keine Zeit.«

»Es fällt dir einfach schwer, nicht wahr?«

»Ich weiß nicht …«

»Du solltest wirklich mal nach ihm sehen, Jan. Es wird ihm guttun. Und dir auch.« Sie trat ihre Zigarette aus, machte sich wieder an die Arbeit und ließ Jan ratlos zurück.

Er ging auch wieder nach drinnen, holte ein paar Sachen vom Schreibtisch und machte sich auf den Weg nach Bad Münstereifel, um die ehemalige Schule des Verstorbenen genauer unter die Lupe zu nehmen.

* * *

Das Hannah-Arendt-Gymnasium in Bad Münstereifel lag in der Schleidtalstraße, gleich in der Nähe der Fachhochschule für Rechtspflege, und war vor gut dreißig Jahren als drittes Gymnasium in der kleinen Stadt errichtet worden, weil aufgrund steigender Schülerzahlen die beiden traditionellen Gymnasien St. Angela und St. Michael nicht mehr alle Schüler aus Bad Münstereifel und Umgebung aufnehmen konnten, zumal alle drei Gymnasien auch Schüler aus dem weiten Umfeld aufnahmen: aus umliegenden Orten wie Effelsberg oder Nöthen und Mechernich bis hin zu schon in

Rheinland Pfalz liegenden Eifeldörfern wie Wershofen und Hümmel. Mit der modernen Architektur hob sich das Arendt-Gymnasium deutlich von den beiden traditionsreichen Gymnasien ab. Aus der Mitte des Daches stieg eine Glaskuppe hervor, die das Foyer der Schule mit viel Tageslicht durchflutete. Außerdem bestaunte Jan beim Betreten des Foyers zwei lange Brücken, die den West- und Ostflügel des Schulgebäudes miteinander verbanden, und mehrere grüne Bäume – Jan vermutete, dass es Lorbeerfeigen waren. Die noch recht junge Schule war ein echter Blickfang, und Jan konnte sich nur schwer von dem freundlichen Eingangsbereich losreißen. Für einen Moment bereute er es wieder, nicht Philosophielehrer an einer solchen Schule geworden zu sein.

Dann machte er sich auf die Suche nach dem Schulleiter. Er folgte der Beschilderung zum Sekretariat, erklärte dort sein Anliegen und wartete eine Weile auf Dr. Wolfgang Mertensen. Dann bat ihn ein älterer Herr in sein Büro. Er hatte weißes Haar und eine Halbglatze und sah aus wie der nette Großvater von nebenan.

»Ich habe von dem Mordfall heute Morgen in der Zeitung gelesen«, eröffnete Dr. Mertensen das Gespräch. »Sehr bedauerlich, dass unsere Schule damit gleich in Verbindung gebracht wird. Plötzlich interessiert sich auch die *Bild*-Zeitung für uns, und vor einer halben Stunde musste ich ein Kamerateam von RTL vom Schulgelände schmeißen, weil die ohne Drehgenehmigung hier filmten. Glauben die vielleicht, der Mörder läuft hier in der Schule rum?«

»Das glauben die vielleicht wirklich«, stimmte Jan zu.

»Entschuldigen Sie, Herr Grimberg. Also: Was kann ich für Sie tun?«

»Ich möchte so viel wie möglich über die Vergangenheit des Opfers erfahren, und die hat sich zum großen Teil an dieser Schule abgespielt. Alles, was Sie mir über die Schule und die ehemaligen Schüler sagen können, kann wichtig sein.«

»Womit soll ich anfangen?«

»Wie lange sind Sie schon Schulleiter?«

»Seit genau fünfundzwanzig Jahren. Ich bin der zweite Direktor dieser Schule. Der erste hat sie in der Gründungsphase für ein paar Jahre geleitet und ist dann in den Ruhestand gegangen.«

»Dann müssten Sie die Abiturienten von 1995 also noch gekannt haben.«

»Ich habe eine der Abschiedsreden auf der Abiturfeier von 1995 gehalten, auch wenn ich mich an die meisten Schüler nicht mehr erinnern kann. Sehen Sie: Wir haben 700 Schüler hier, und etwa siebzig verlassen diese Schule jährlich mit dem Abitur.«

»Dann sagt Ihnen auch der Name Cornelius Beck nichts mehr?«

»Ist das der, ähm, Verstorbene? Nein, tut mir leid, an den kann ich mich nicht erinnern.«

»Erinnern Sie sich denn an irgendwelche Konflikte unter den Schülern aus dieser Zeit?«

»Nein. Ich weiß natürlich, dass es an jeder Schule Konflikte unter Schülern gibt, kleinere wie größere. Aber wir haben an dieser Schule auch viele Maßnahmen gegen Gewalt, Mobbing und Streitereien. Ein friedliches Miteinander ist uns sehr wichtig, da fühlen wir uns unserer Namensgeberin verpflichtet.«

»Der Philosophin Hannah Arendt? War das nicht die, die dem Nazi Adolf Eichmann eine Banalität des Bösen attestierte?«

Mertensen lachte und winkte ab. »Ja, ja, dafür ist die alte Hannah immer wieder kritisiert worden. Sie würde damit die Naziverbrechen verharmlosen, warf man ihr vor. Aber Hannah Arendt war ja vor allem eine Philosophin der Menschlichkeit, die sich mit dem Zusammenbruch der Werte im Nationalsozialismus beschäftigt hat. Und ihre Anliegen stehen groß in unserem Leitbild: Wertschätzung, Toleranz, Offenheit – und kritisches Denken. Daher legen wir auch großen Wert auf eine humanistische Grundbildung.«

Jan gähnte. Er hatte das Gefühl, hier nicht mehr weiterzukommen. »Herr Mertensen, wenn Sie sich nicht mehr an den Abiturjahrgang von vor zwanzig Jahren erinnern, lassen Sie uns doch so verbleiben: Ich lege Ihnen hier eine Liste hin mit den Schülern, die am Wochenende ihr Wiedersehen gefeiert haben, und wenn Ihnen doch noch etwas zu einem der Namen einfällt, lassen Sie es mich wissen. Hier ist meine Karte, da stehen auch meine Fax- und E-Mailnummern drauf. Ich würde Sie bitten, mir möglichst heute noch eine Liste mit den Lehrern zukommen zu lassen, die die Schüler damals unterrichtet haben.«

Mertensen nickte wohlwollend. »Wenn ich Ihnen damit helfen kann, mache ich das gerne, Herr Grimberg.«

Jan verabschiedete sich und ging zurück ins Foyer. Dort fiel ihm die Fotogalerie auf, in der die Abi-Jahrgänge der letzten dreißig Jahre verewigt waren. Jan blieb eine ganze Weile vor dem Jahrgang 1995 stehen und versuchte, die jugendlichen Gesichter den Männern und Frauen zuzuordnen, die er in der Nacht zum Sonntag gesprochen hatte. Cornelius Beck konnte er tatsächlich wiedererkennen: ein gut aussehender Junge, der sich selbst zu gefallen schien. Und noch ein hübscher aber todtraurig aussehender Bengel fiel ihm auf, der ihn an irgendwen aus der Jubiläumsgruppe erinnerte, aber es fiel ihm nicht ein, wer es sein könnte.

Es klingelte zur Pause, und Hunderte von schreienden Kindern rissen Jan aus seinen Gedanken. Er fuhr zurück zur Kreispolizei.

* * *

Erst am späten Nachmittag kam Wagner ins Büro. Er orderte bei Frauke einen Kaffee mit den Worten: »Ich bin heute Morgen um sechs Uhr schon nach Marburg gefahren und brauche Coffein« und marschierte auf Jans Arbeitsplatz zu. Dann beugte er sich im Stand nach vorne und stützte die Hände auf Jans Schreibtisch ab.

»Na, Herr Kollege, und was haben Sie heute Vormittag gemacht, während ich die Witwe von Cornelius Beck in Marburg besucht habe? Schon neue Erkenntnisse?«

Jan schüttelte den Kopf. »Nein, noch nicht. Ich …«

»Also: Simone Beck, die Frau von Cornelius Beck, wirkte einen Tag nach der Todesnachricht schon gefasst – was nicht heißen muss, dass ihre Gefühle echt waren.«

»Nein, das muss wohl nicht unbedingt sein«, seufzte Jan und hoffte, dass Wagner bald auf den Punkt kommen würde. »Hat sie denn einen Verdacht geäußert, warum ihr Mann ermordet worden ist?«

Wagner verschränkte die Arme vor ihm. »Ja, sie hat mir Name und Adresse des Mörders aufgeschrieben und den Zettel mitgegeben. Wir müssen nur noch hinfahren und ihn verhaften.«

Jan seufzte.

Wagner lachte über seinen Scherz. »Frau Beck hat keine Ahnung, wer ihrem Mann ein Stallgerät in den Rücken gerammt haben könnte, die Arme. Alles schien so verdammt normal in ihrem Leben gewesen zu sein. Keine Eheprobleme, keine beruflichen Dramen, keine schmutzigen Affären, keine schlechte Kindheit. Alles im grünen Bereich. Beck ist am Samstag ganz normal zum Klassentreffen aufgebrochen. Sie sagte, dass er erst gar nicht unbedingt hinwollte und sich erst kurzfristig entschieden hatte, an der Wiedersehensfeier teilzunehmen. Das kann etwas bedeuten, muss es aber nicht.«

»Wie meinen Sie das?«

»Na, vielleicht wollte Beck zuerst wirklich nicht hingehen, kann ja durchaus sein, dass man keine Lust hat, nach zwanzig Jahren alte Schulfreunde wiederzusehen, mit denen man gar nicht mehr befreundet ist. Ich würde mir so eine Veranstaltung auch schenken. Und dann ist nachträglich für Beck ein Grund dazugekommen, dort aufzutauchen.«

»Und was für ein Grund?«

»Es ist unsere Aufgabe, das rauszufinden, Sie Leuchte. Dazu könnte ich Ihre Hilfe noch gebrauchen.«

Jan versuchte, seinen Kugelschreiber zu zerquetschen.

»Ach, und da war noch etwas: Erst vor wenigen Wochen war Cornelius Beck in der Eifel, um die Eltern eines alten Schulfreundes zu besuchen.«

»War dieser Freund auch bei der Abifeier?«

»Er konnte nicht kommen – er war schon tot. Und zwar seit zwanzig Jahren.«

»Hm ... Genau in dem Jahr, als Beck Abitur gemacht hat.«

»So ist es. «

»Wissen Sie etwas Genaueres über den Tod des Freundes?«

»Nein, dazu konnte mir die Witwe auch nichts sagen. Aber das können Sie ja gleich mal recherchieren.«

»Und gibt es einen Zusammenhang zwischen Cornelius Beck und Karsten Schröder?«

»Die Witwe Beck kennt ihn nicht. Auch das ...«

In dem Moment kam Frauke herein. »Tut mir leid, wenn ich die Herren störe: Herr Wagner, Ihre Frau ist am Telefon und will Sie dringend sprechen.«

»Ex-Frau bitte, Ex-Frau – ja, ja, ich komme.«

Wagner ging an seinen Schreibtisch, ließ sich verbinden und brüllte zwei Minuten später in den Hörer: »Du kannst nicht einfach machen, was du willst, du Flittchen.«

Dann ging er wutschnaubend auf den Flur.

* * *

»Was verschafft mir die Ehre?«, fragte der junge Mann mit dem athletischen Körper, der die Tür öffnete.

»Sind Sie Jonas Hein?«, erkundigte sich Jan und zeigte seinen Ausweis.

»Ja, der bin ich«, antwortete Hein und begutachtete Jans Dienstausweis. »Sie sind von der Polizei?«

»Ich habe nur ein paar Fragen an Sie.«

»Egal, worum es geht. Ich war's nicht.«

Jan konnte nicht einordnen, ob Jonas Hein das witzig fand oder ob die Bemerkung ernst gemeint war. »Darf ich reinkommen?«

»Bitte, hier lang.«

Herr Hein führte Jan ins Wohnzimmer, in dem Möbel zusammengestellt waren, die nicht so recht zusammenpassen wollten. Eine blaue Couch, ein roter Sessel, hell- und dunkelbraune Regale, die mit CDs und DVDs vollgestopft waren. Durch das Fenster konnte man in der Ferne den Kölner Dom sehen.

»Sie waren bis vor Kurzem mit Daniela Ginster liiert?«, begann Jan.

»Ja? Was ist mit ihr? Ist ihr etwas zugestoßen?«

Jan verneinte. »Es geht ihr soweit gut. Aber wir ermitteln in einem Mordfall …«

»In einem Mordfall?«, fragte Hein entsetzt. »Kenne ich den Toten?«

»Sagt Ihnen der Name Cornelius Beck etwas?«

»Cornelius wie? Nein, so einen kenne ich nicht. Ist das der Ermordete?«

Jan nickte.

»Aber was hat Daniela damit zu tun?«, wollte Hein wissen.

»Das kann ich Ihnen noch nicht sagen«, sagte Jan und sah sich in der Wohnung um. An einer Wand hingen unzählige Fotos an einer Pinnwand. Jan versuchte die vielen Bilder zu erfassen und konnte mindestens zwei

Mal Danielas Gesicht erkennen. »Darf ich fragen, wie lange Sie ein Paar waren?«

»Drei Jahre«, antwortete Hein.

»Und wann haben Sie sich getrennt?«

»Vor vier Wochen.«

»Oh, dann ist die Trennung noch ganz frisch.«

Hein vergrub seine Hände in der Jeans. »Ja …«

»Darf ich fragen, was der Grund für die Trennung war?«

Heins Tonfall wurde aggressiver. »Danielas Job.«

»Wie meinen Sie das?«

»Na ja, es ist nicht einfach, mit einer Schauspielerin zusammen zu sein.«

»Wegen der Arbeitszeiten?«

»Nein, damit bin ich klargekommen. Sie hatte lange Drehtage, aber dann auch wieder lange Phasen ohne Arbeit. War ja auch nur eine Nebenrolle. Aber würde es Ihnen gefallen, wenn Ihre Freundin vor der Kamera mit anderen, gutaussehenden Männern im Bett liegt?«, fragte Hein fast vorwurfsvoll.

Jan sagte dazu nichts. Aber er konnte tatsächlich nachempfinden, dass solche Szenen, auch wenn sie nur für eine billige Seifenoper gedreht wurden, ein Problem in einer Beziehung darstellen konnten.

Offenbar war es Hein gerade gar nicht so unrecht, darüber zu reden, denn plötzlich sprudelte es nur so aus ihm heraus. »Natürlich sagte Daniela mir immer, dass die Küsse und die Kuscheleien nur angedeutet werden und dass das Ganze total unerotisch ist, wenn Kameraleute und Kabelträger drum herumstehen. Aber wenn man das dann im Fernsehen sieht, sieht es eben doch täuschend echt aus. Das habe ich irgendwann nicht mehr ertragen und sie vor die Wahl gestellt.«

»Vor die Wahl?«

»Ich habe ihr gesagt, dass sie mit solchen Rollen, wo sie Liebesbeziehungen spielen muss, aufhören soll, wenn sie mit mir zusammenbleiben will.«

»Und was hat sie dazu gesagt?«

»Nun ja, wir sind seitdem getrennt. Sie hat gesagt, dass sie für mich ihre Karriere nicht aufs Spiel setzt.«

»Sind Sie denn schon drüber weg?«

»Na ja, sie war eine tolle Frau. Das steckt man nicht so leicht weg.«

»Herr Hein, wo waren Sie eigentlich Samstagnacht?«

»Da war ich im Hardrock-Café.« Er zeigte auf sein geschwollenes Auge.

»Was ist passiert?«, fragte Jan.

»Eine kleine Schlägerei.«

»Eine Schlägerei?« Jan wurde hellhörig. Jonas Hein schien also ein Mensch zu sein, den man leicht in Wallung bringen konnte.

»Nichts Spektakuläres. Ich habe einen Typen angerempelt, aus Versehen natürlich, wir haben uns gegenseitig beleidigt und uns dann irgendwann ein paar aufs Maul gehauen. Mehrere andere waren dann plötzlich auch noch darin verwickelt.«

»War die Polizei da?«

»Nein, wir sind aus dem Laden rausgeflogen und haben uns verdrückt, ehe jemand die Polizei rufen konnte.«

»Waren Sie im Krankenhaus mit dem Auge?«

»Nein, ist doch nur eine Schramme.«

»War noch jemand bei Ihnen?«

»Was soll denn die Fragerei?«

»War noch jemand bei Ihnen, will ich wissen.«

»Nein, ich war alleine.«

Das Alibi zu überprüfen, würde also nicht so leicht werden, stellte Jan fest. Zwar konnte er im Hardrock-Café nachforschen, ob es am Samstag eine Schlägerei gegeben hatte. Das blaue Auge könnte sich Jonas Hein ja auch sonst wo geholt haben. Aber dass Hein wirklich auch darin verwickelt war, dürfte schwieriger festzustellen sein.

»Was ist denn jetzt mit Daniela und dem Mord?«, fragte Hein noch einmal.

»Nichts, gar nichts«, sagte Jan. »Herr Hein, vielen Dank, bitte stellen Sie sich darauf ein, dass ich noch mal wegen weiterer Fragen vorbeikommen könnte«, sagte Jan und verabschiedete sich.

* * *

Dirk Meyer rannte, als wäre der Teufel hinter ihm her. Die Bäume des Kölner Rheinparks rasten an ihm vorbei, und einzelne Spaziergänger, die ihn sahen, mussten denken, er sei auf der Flucht vor Verbrechern. Dirk versuchte, sich die Sorgen aus dem Leib zu schwitzen. Morgen würde er sicher die Quittung dafür bekommen und krank werden. Eine Erkältung, vielleicht ein grippaler Infekt oder sogar eine Lungenentzündung würden ihn heimsuchen, und das wäre vielleicht nicht einmal das Schlechteste, wenn er fiebrig im Bett lag und einfach nur schlief. Niemand würde ihn mit Fragen belästigen, niemand würde dann versuchen, die Sünde zu entlarven, die er vor zwei Tagen begangen hatte.

Dirk empfand den Sport gerade als Selbstkasteiung. Die Hauptsache aber war, dass er gerade nicht zu Hause in seiner Deutzer Altbauwohnung saß. Seine Frau Erika merkte, dass etwas nicht mit ihm stimmte, und ließ es ihn den ganzen Tag schon durch kalte Nichtbeachtung spüren. Gestern noch hatte sie sich verhalten wie immer. Als er sich im Bad rasierte, war sie ins Badezimmer gekommen, hatte sich ausgezogen, um zu duschen, und war eine ganze Weile noch neben ihm stehen geblieben. Natürlich war das Absicht gewesen, aber er war nicht darauf angesprungen, und sie war alleine unter die Dusche gegangen, während er sich viel zu lange die Hände gewaschen hatte. Noch nie in seinem Leben hatte er so deutlich gespürt, dass ihn ein Frauenkörper nicht mehr anmachte, obwohl seine Frau eine tolle Figur hatte – auch nach einer Schwangerschaft mit Zwillingen. Als sie später ins Bett gegangen waren, hatte sie ihn gefragt, ob es nur wegen des schrecklichen Mordes nach der Abiwiedersehensfeier sei, dass er so zurückweisend war, oder ob da noch etwas anderes sei, was er ihr sagen wolle. Dirk hatte sich einfach schlafend gestellt und einige Minuten lang dem stillen Weinen seiner Frau neben ihm gelauscht.

Was hätte er ihr sagen sollen? Dass er an dem Abend, als er in die Eifel gefahren war, um alte Schulfreunde wiederzutreffen, zum ersten Mal in seinem Leben mit einem Mann im Bett gewesen sei? Dass es ihm in dem Moment sogar gefallen habe, mit Alex zu schlafen, obwohl er in diesen Dingen bis dahin völlig unerfahren war? Dass er in dem Moment überhaupt kein schlechtes Gewissen gehabt habe, obwohl eine Frau und zwei Kinder zu Hause auf ihn warteten? Dass er jetzt verwirrt sei und sich fragte, ob er eigentlich eher schwul sei und woran er es in all den letzten Jahren hätte merken können, oder ob er nur ein bisschen bi sei oder ob das Ganze einfach ein blöder Ausrutscher sei und sich alles wieder einpendeln werde und er bald auch wieder Frauen attraktiv finden werde?

Natürlich beschäftigte ihn das, aber darüber konnte er selbstverständlich nicht mit Erika sprechen. Wozu sollte es denn führen, wenn er die Karten vor ihr auf den Tisch legte? Sicherlich würde sie nicht sagen: *Das macht doch nichts, Schatz,* oder *Auf eine andere Frau wäre ich eifersüchtig, aber ein anderer Mann – na ja, ein bisschen gewöhnungsbedürftig, aber okay …* Nein, Dirk war sich sicher: Der Himmel würde über ihr zusammenbrechen, wenn sie von seiner Affäre mit Alex erführe. Erika würde mit den beiden Kindern ausziehen, er würde Unmengen an Unterhalt zahlen müssen, und seine heißgeliebten Kinder würde er nur noch jedes zweite Wochenende oder gar nicht mehr sehen – und daran würde er zerbrechen.

Mit ihr reden half nicht, laufen half schon eher, zumindest für den Moment. Er legte noch einen Zahn zu. Vor ihm bäumte sich der Kölner Dom auf.

Was ihn beim Laufen weniger beschäftigte, war der Mord an Cornelius Beck. Obwohl sein Gewissen schwer damit zu kämpfen hatte. Dass Cornelius nun tot war, war gut. Durfte er solche Gedanken haben? Als er mit Alex aus der Bar gekommen war und Alex ihn auf dem dunklen Hof mit zärtlichen Küssen übersät hatte, die Dirk zuerst überrascht von sich gewiesen und dann langsam erwidert hatte, da hatten sie sich ungestört gefühlt. Sie waren so miteinander beschäftigt gewesen, dass sie viel zu spät die Schritte auf dem Hof gehört hatten. Dirk hatte seine Augen geöffnet und gesehen, wie Cornelius an ihnen vorbeiging – zufällig lief er vorbei, aber er hatte alles gesehen, und Dirk hatte an Cornelius' Augen gesehen, dass er die beiden küssenden Schwulen, die er da sah, verachtete. Und in Dirk waren sofort zwei unkontrollierte Gefühle hochgekocht: Das eine Gefühl war der Hass auf Cornelius und die spießige Moral, die er vertrat – vielleicht, weil Dirk bis vor Kurzem selbst diese Moral vertreten und in dieser Nacht wie eine falsche Haut abgestreift hatte. Und das andere Gefühl war die unsagbare Angst, dass Cornelius jemandem verraten könnte, was er gesehen hatte, und dass dadurch Dirks Familie davon erfahren könnte. Dann würde alles zusammenbrechen, wofür sein Leben bisher gestanden hatte. Das Schlimmste aber war, dass Dirk befürchtete, seine Kinder könnten ihren Papa dafür verachten, dass er nun einen Mann liebte. All diese Gedanken waren in Dirk aufgeblitzt, als Cornelius an ihnen vorbeilief, und im gleichen Moment hatte er den Wunsch verspürt, Cornelius zu töten.

Dirk stolperte, als ein Hindernis plötzlich auf seiner Laufroute lag. Er konnte gerade noch sein Gleichgewicht halten und verhindern, dass er stürzte. Dirk drehte sich um und sah einen Ball, der auf den Weg gerollt war. Ein kleiner Junge, vielleicht fünf Jahre alt, rannte hinterher, ging unbeholfen in die Hocke und nahm den Ball in beide Hände, ohne Dirk weiter zu beachten. Die Unschuld der Kinder, dachte Dirk und sah, wie der Junge zurück auf die Parkwiese zu einem Mann lief, offenbar sein Vater, und ihm den Ball zukickte. Dirk sah den beiden eine Weile verstört zu, dann begann er bitterlich zu weinen.

* * *

Jan wollte gerade Feierabend machen, als das Telefon klingelte.

»Grimberg!«

»Herr Grimberg – hier Mühlenbach von der Rechtsmedizin. Die Obduktionsergebnisse liegen vor. Schneller ging es leider nicht, wir sind mal wieder überlastet.«

»Guten Abend, Herr Mühlenbach. Ist schon in Ordnung, die Leiche läuft ja nicht mehr weg. Gibt es noch etwas Wichtiges, das für unsere Ermittlungen von Bedeutung wäre?«

»Das müssen Sie selber wissen, Herr Grimberg. Soll ich Ihnen einfach mal sagen, was wir haben?«

»Bitte. Ich höre.«

»Das Opfer wurde mit großem Widerstand aufgespießt.«

»Dass Cornelius Beck aufgespießt wurde, wussten wir schon. Und dass das Ganze mit Widerstand passiert ist, konnten wir uns denken. Freiwillig hat er sich sicher nicht durchbohren lassen.«

Mühlenbach lachte. »Sie haben zumindest mehr Humor als Ihre Kollegen, Herr Grimberg. Aber Sie verstehen wohl nicht so ganz: Der Widerstand kam gewissermaßen von der anderen Seite des Opfers.«

»Das verstehe ich wirklich nicht.«

»Ich gebe Ihnen ein Beispiel: Was ist wohl einfacher? In einen Apfel zu stechen, der vor Ihnen herrollt, oder in einen reinzustechen, der vor Ihnen auf dem Küchenbrett liegt?«

»Sie meinen also, Cornelius Beck hat auf dem Boden gelegen, als in ihn reingestochen wurde?«

»Genau das ist unsere Erkenntnis, Herr Grimberg. Die Einstichlöcher sind ziemlich tief, und die Heugabel steckte sehr fest im toten Körper. Dem Täter wäre es wohl nicht gelungen, die Mordwaffe so tief in sein Opfer reinzubekommen, während das Opfer noch rannte. Eine Heugabel ist ja keine Lanze. Wenn der Täter in die gleiche Richtung, in die das Opfer rennt, hätte zustechen müssen, wäre der Widerstand viel geringer gewesen. Mit einer solchen Intensität konnte der Täter nur gegen einen Widerstand, also den Boden, auf dem das Opfer lag, zustechen.«

»Sie meinen also, das Opfer ist auf der Flucht hingefallen, hat auf dem Bauch gelegen, und dann hat der Täter sein auf dem Boden liegendes Opfer von hinten mit der Heugabel erstochen?«

»Genau so kann man es sich vorstellen, Herr Grimberg. Ein Fuß des Mannes ist verstaucht. Vermutlich ist er unterwegs hängen geblieben und dann gestürzt.«

»Aha. Und weiter?«

»Das war es auch schon fast. Noch eine Kleinigkeit: Die Schramme im Gesicht des Opfers kann mit hoher Wahrscheinlichkeit mit der gleichen Heugabel zugefügt worden sein. Und das ist alles, was ich Ihnen mitteilen kann. Der Rest ist Ihr Job.«

»Danke, Herr Mühlenbach.«

»Auf Wiedersehen, Herr Grimberg. Und einen schönen Feierabend.«

Jan legte auf, faltete seine Hände und stützte sein Kinn darauf. Waren diese Informationen nun hilfreich oder nicht? Jan war erst seit einem Jahr bei der Kripo, und er merkte in solchen Momenten, wie unerfahren und unsicher er oft war. Er versuchte, die Erkenntnisse der Rechtsmedizin sinnvoll einzuordnen.

Cornelius Beck war also eine Schramme im Gesicht mit der Heugabel zugefügt worden, vermutlich vor der Ermordung. Was hieß das? Die Heugabel hatte der Mörder auf dem Hof gefunden. Ein zufälliges Mordwerkzeug – also ein zufälliger Mord? Möglich, sogar wahrscheinlich. Vielleicht hatte es vorher einen Kampf zwischen Cornelius Beck und seinem Mörder gegeben, womöglich noch auf dem Hof. Der Mörder hatte zur Heugabel gegriffen und Cornelius damit im Gesicht verletzt. Und dann? Wäre es nur eine Schlägerei gewesen, hätte diese damit beendet werden können. Cornelius' Gegner wäre mit der Heugabel in der Hand überlegen gewesen, Cornelius hätte sich ergeben. Aber dann hat der Mörder Cornelius einige Meter hinter dem Hof getötet. Warum? Jan fiel nun der Elektroschocker ein, den die Kollegen von der Spurensicherung auf dem Hof gefunden hatten. Wem hatte diese Waffe gehört? Cornelius oder seinem Mörder? Jan überlegte kurz, dann lief der Tathergang wie in einem Film in seinem Kopf ab: Angenommen, der Elekroschocker gehörte Cornelius Beck, der den Mörder damit angreifen wollte. Der Mörder hat dann zur Heugabel gegriffen, Beck den Elektroschocker aus der Hand geschlagen und ihn im Gesicht verletzt. Was wollte Beck mit dem Elektroschocker? Warum hat er dem Mörder damit gedroht? Hat es vorher eine zufällige Prügelei zwischen den beiden gegeben, und Beck hat dann den Schocker gezückt, und das Ganze ist eskaliert, oder steckte mehr dahinter, und Beck hat seinem Mörder aus einem anderen Grund mit Elektroschocks gedroht? Dann jedenfalls hat sich der Mörder mit der Heugabel gewehrt und Beck noch zwei Kilometer über die Felder gejagt. Es war jedenfalls zu vermuten, dass es eine Verfolgung gab. Und dann, nach Mühlenbachs neuen Erkenntnissen, ist Beck gestolpert und auf den Bauch gefallen, und wie er so wehrlos mit dem Gesicht im Dreck lag, hat der Mörder hinter ihm gestanden und mit aller Kraft die Heugabel in seinen Rücken gespießt. Das bedeutete doch, dass der Mörder in diesem Moment keinerlei Aggressionshemmung mehr hatte. Eigentlich hätte der Mörder doch bei einem eskalierten Konflikt spätestens dann zur Besinnung kommen können, nachdem er sein Opfer gejagt und es auf dem Boden liegend gefunden hatte. Hier hätten ihn so etwas wie Mitleid oder Menschlichkeit davon abhalten können, zuzustechen. Aber der Mörder musste voller Hass und Entschlossenheit gewesen sein, als er über Beck stand und die Heugabel in ihn hineingerammt hatte.

* * *

Anke Bauer öffnete die Tür des *Café T* und sah sich um. An einem kleinen Tisch am Eingang des Münstereifeler Kultcafés saß ein älterer Mann mit Sakko und rotem

Schal, der eifrig in ein Notizbuch schrieb. Künstlerdarsteller, dachte Anke und ging an ihm vorbei. Das Café gehörte zu den beliebtesten Gastronomien der Stadt und war entsprechend gut besucht. Anke fand ihrer Verabredung in der hintersten Ecke des Lokals.

»Hier hast du dich versteckt«, sagte Anke und versuchte, ihrem Gegenüber ein Lächeln abzugewinnen. Ohne Erfolg.

»Danke, dass du gekommen bist«, antwortete Daniela stattdessen mit monotoner Stimme. Ihre reglosen Augen wirkten gruselig. Anke sah ihr an, dass ihr die Vorfälle vom Abitreffen zu schaffen machten. Anke setzte sich zu ihr an den Tisch, und Daniela starrte mit leeren Augen auf ihre Cappuccino-Tasse.

»Bist du ein paar Tage länger in Bad Münstereifel geblieben?«, fragte Anke, um das Eis zu brechen.

»Nein. Aber … Ich wohne ja nicht so weit weg – in Köln. Ich bin mit dem Auto gekommen. Seit vorgestern komme ich jeden Tag hierher. Ich weiß nicht …« Nervös rührte sie durch den Milchschaum und steckte den Löffel in den Mund.

Ein Kellner kam vorbei und fragte Anke nach ihrem Getränkewunsch. Sie bestellte ein Weizenbier. Als er wieder ging, begann Anke erneut mit dem Gespräch. »Ist schön hier, nicht?« Sie wollte, dass Daniela selbst entschied, wann und ob sie über die Mordnacht sprachen.

Daniela nickte hastig. »Früher fand ich es auch schön hier. Im *Café T*, meine ich. Und in Bad Münstereifel überhaupt. Wir hatten eine schöne Schulzeit hier, nicht wahr?«, fragte Daniela gequält, und dann verzog sich ihr Gesicht zu einer Grimasse, aus der im nächsten Moment die Tränen explodierten. »Was ist nur geschehen? Was ist nur geschehen?«, flüsterte sie, während ihr das Wasser aus den Augen rann. »Kannst du mir das erklären, Anke?«

Anke legte ihre Hand auf Danielas und sagte mit ihrer ruhigen, rauen Stimme: »Lass es raus, Dani. Wir verstehen alle nicht, was passiert ist.«

»Aber warum ausgerechnet Cornelius?«

»Du mochtest ihn, nicht wahr?«

Daniela wischte sich die Tränen aus dem Gesicht. »Wir haben kurz vor seinem Tod noch miteinander geschlafen, verstehst du? Verstehst du, wie elend ich mich fühle? Wir waren zärtlich zueinander, er war mir so nahe wie noch nie, und ein, zwei Stunden später ist er einfach tot. Das kann doch einfach nicht sein. Das kann ich einfach nicht fassen, verstehst du?«

»Ja, das verstehe ich«, sagte Anke und drückte Danielas Hand.

»Er hat mir gesagt, dass er früher in mich verliebt gewesen ist, aber sich nie getraut hat, mir das zu sagen. Und dass er immer noch viel für mich empfindet. Er wollte seine Frau verlassen und mit mir ein neues Leben führen.«

»Wirklich? Hat er dir das gesagt?«

Daniela schluchzte immer noch. »Nicht direkt, aber ich habe es gefühlt. Ich habe gefühlt, dass er mit mir zusammenbleiben wollte.«

»Ja«, flüsterte Anke.

Daniela wischte sich wieder die Tränen aus dem Gesicht und löffelte weiter den Milchschaum aus ihrer Tasse. Der Kellner stellte das Weizenbier auf den Tisch, warf einen schnellen, verlegenen Blick auf Danielas verheultes Gesicht und beeilte sich, wieder zu verschwinden. Der kurze Augenblick reichte aus, dass Daniela sich ein wenig sammeln konnte.

»Es tut mir leid, dass ich dir hier einfach was vorheule, wo wir uns doch gar nicht so gut kennen.«

»Das ist in Ordnung, Dani. Die Ereignisse in der Nacht haben uns alle näher zusammengebracht, und wenn es dir guttut, mit jemandem zu reden …«

»Weißt du, ich habe einfach sonst keinen, mit dem ich darüber reden kann. Zu Hause fällt mir die Decke auf den Kopf. Ich bin so allein.«

»Aber das stimmt doch nicht, Dani. Gerade du hast doch so viele Freunde.«

»Ach, das ist doch gar nicht wahr. Alle denken immer, ich sei so beliebt, aber ich weiß ganz genau, dass mich viele für eingebildet halten. Das war damals so, und das habe ich beim Klassentreffen auch gemerkt, dass mich einige so ansehen, als würde ich mir auf mein Aussehen sonst was einbilden. Aber du bist anders.« Sie streichelte Ankes Arm. »Ich weiß, dass du anders bist. Du begegnest den Menschen offener, ohne Vorurteile. Du warst früher schon immer unsere Soziale.«

Anke lächelte und zog die Augenbrauen hoch. »Oh, die Sozialtante war ich, ja?«

»Viele kamen zu dir, wenn sie über etwas reden wollten. Sogar Martin, diesem Freak, hast du zugehört.«

»Martin ist in Ordnung«, sagte Anke.

»Es war doch genau dein Ding, Psychologie zu studieren, oder? Und jetzt hast du eine eigene Praxis?«

»Ja, es hat mich dafür nach Wuppertal verschlagen. Ist landschaftlich schöner, als man denkt. Das ist ein bisschen wie Eifel mit Infrastruktur. Du suchst also eine Psychologin zum Reden?«

»Nein, ich suche jemanden, der den Abend miterlebt hat.«

»Okay …«

»Ich bin dir jedenfalls sehr dankbar, dass du gekommen bist heute.« Jetzt lächelte Daniela zum ersten Mal an diesem Abend. »Würde es dir etwas ausmachen, mir einfach mal zu erzählen, wie du die Nacht erlebt hast, als wir nach Cornelius und Karsten gesucht haben? Ich meine, wenn ich durch die Straßen laufe, wenn ich mich in der heilen Welt von Köln bewege, habe ich das Gefühl, dass ich der einzige Mensch bin, der so etwas Schreckliches erlebt hat. Aber du warst ja auch da an diesem Abend, du musst das doch auch irgendwie verarbeiten …«

»Ja, verstehe«, sagte Anke sanft und beherrscht. Sie trank einen großen Schluck und wischte sich den Schaum vom Mund. »Also, eigentlich habe ich gar nicht so viel davon mitbekommen. Ich habe mich mit fast allen mal kurz unterhalten, auch mit Cornelius, aber das war gleich am Anfang des Abends. Dann bin ich irgendwie bei Martin hängen geblieben, weil ich ihn längere Zeit nicht gesehen habe und wir uns ja auch früher immer gut verstanden haben.«

»Ist dir an Cornelius denn irgendetwas merkwürdig vorgekommen, als du mit ihm gesprochen hast? Irgendwas?«, unterbrach Daniela sie. »Ich will doch nur verstehen …«

Anke schüttelte den Kopf. »Nein, wirklich nicht. Wir haben uns nur kurz erzählt, was wir jetzt so machen und wo wir wohnen, und dann war unser Gespräch eigentlich auch schon beendet.«

»Und dann hast du dich also die meiste Zeit mit Martin unterhalten?«

»Ja, genau.«

»Und – was hat er so erzählt?«

»Wieso ist das wichtig? Na gut, ja … er hat ein kleines Antiquariat und lebt in Euskirchen. Und er ist immer noch der liebe Kerl wie damals, nur einfach immer noch ein wenig unsicher.«

»Aber ist dir nicht aufgefallen, wie verwahrlost er aussieht? Ich meine, er war doch ein ganz hübscher Kerl damals«, rutschte es Daniela raus, was Anke gar nicht gefiel. Sie warf Daniela einen vorsichtig warnenden Blick zu. Daniela verstand und fragte schnell weiter: »Ist dir denn sonst gar nichts aufgefallen?«

»Was meinst du denn?«

»Naja, irgendwas eben, von dem man im Nachhinein sagen würde, dass einem das verdächtig vorkam.«

»Du meinst, ob irgendeiner aus unserer Jahrgangsstufe sich verdächtig verhalten hat? Ob einer aus unserem Abi-Jahrgang Cornelius ermordet hat?«

Jetzt sah Daniela kühl zu Anke rüber. »Das ist doch ganz naheliegend, oder?«

Anke musste zugeben, dass da etwas dran war, und nickte. »Ja, schon möglich. Natürlich hat mich das auch schon beschäftigt. Aber wenn ich versuche, mir vorzustellen, wer aus unserer Reihe Cornelius umgebracht haben könnte – es gibt wirklich keinen, bei dem ich mir das vorstellen kann.«

»Karsten!«

»Karsten?«

»Warum sollte er sonst verschwunden sein?«

»Merkwürdig ist das schon, aber ich denke irgendwie, der taucht in ein paar Tagen wieder auf, und dann gibt es eine ganz einfache Erklärung für sein Verschwinden. Du solltest nicht vorschnell die anderen verdächtigen, auch wenn du selbst emotional so tief da drinsteckst.«

»Doch, Anke, ich wette mit dir, dass es Karsten war. Diese notgeile Sau. Ich habe gemerkt, wie der mich den ganzen Abend angegafft hat. Und es hat ihm sicher nicht gepasst, dass ich mich mit Cornelius zurückgezogen habe. Karsten hat sich doch in all den Jahren nicht verändert. Weißt du noch, wie er die Mädchen früher immer beobachtet hat? Einmal nach dem Schwimmunterricht, als er durch das Loch in der Umkleidekabine geschaut hat, dieser Spanner?«

»Ja, aber Dani ...«

»Willst du ihn etwa gerade verteidigen?«

»Ich will nur sagen, dass es auch jemand ganz anderes gewesen sein könnte. Jemand, der nicht mit uns gefeiert hat.«

Daniela hörte gar nicht auf das, was Anke sagte. »Warum hat Karsten Cornelius getötet? Cornelius hat nie jemandem etwas getan.«

»Ich weiß es nicht, Daniela. Aber Cornelius war früher auch kein lieber Engel. Vielleicht ist damals irgendetwas vorgefallen, was ganz tiefe Narben hinterlassen hat.«

Daniela sah Anke verwundert an. Einen langen Moment war sie still. »Anke«, sagte sie dann. »Du weißt doch mehr über die Mordnacht, als du mir sagst!« Jetzt klang aus ihrer Stimme nicht mehr die Dankbarkeit einer gebrochenen Frau. Jetzt war der Ton ihrer Stimme gefärbt von Misstrauen und blanken Vorwürfen.

»Hör auf, beliebig viele Leute zu verdächtigen, Daniela. Davon wird Cornelius auch nicht wieder lebendig«, antwortete Anke. »Es tut mir leid, ich muss jetzt los.« Anke bezahlte beim Kellner für beide und verschwand.

6. Kapitel

13. November 2015

In Euskirchen wurde an diesem Morgen bereits die Weihnachtsbeleuchtung an verschiedenen Straßen angebracht. Als Jan die Dekoration sah, wurde er melancholisch. Die besinnliche Adventszeit stand bevor – und er suchte nach einem Mörder. Cornelius' Familie würde die Advents- und Weihnachtszeit nie mehr so erleben wie früher. Jan war es ihnen schuldig, den Mörder so schnell wie möglich zu finden, damit ihnen das vielleicht irgendwann ein bisschen Frieden gab.

Er versuchte, sich auf die These zu fixieren, dass der verschwundene Karsten Schröder seinen alten Schulfreund Cornelius ermordet haben könnte. Mit Wagner hatte er sich darauf geeinigt, dass sie die Suche nach Karsten heute vertiefen würden. Eigentlich gingen die Ermittlungen in zwei Richtungen: Weiterhin wurde in und um Bad Münstereifel und Wachendorf nach einer möglichen zweiten Leiche gesucht – für den Fall, dass Karsten Schröder nicht nur verschwunden, sondern wie Cornelius Beck ermordet worden war, womit sie auf der Suche nach einem Doppelmörder wären. Die zweite Möglichkeit war die, Karsten Schröder als untergetauchten Hauptverdächtigen ins Visier zu nehmen – nach Anhaltspunkten für ein Mordmotiv zu suchen und natürlich nach Anhaltspunkten für den derzeitigen Aufenthaltsort des Verschwundenen.

Sie trafen sich im Büro. Wagner war außergewöhnlich still. Keine verbalen Angriffe, keine Überheblichkeit. Nur kurze und knappe Antworten auf sachlicher Ebene.

Nach einer kurzen Dienstbesprechung fuhren sie mit ein paar Kollegen als Verstärkung und einem Durchsuchungsbefehl nach Rheinbach, um die Wohnung von Karsten Schröder noch einmal unter die Lupe zu nehmen. Am Tag nach dem Mord an Beck hatten sie die Wohnung bereits einmal öffnen lassen, um sicherzugehen, dass sich Schröder dort nicht befand. Nun ging es darum, sich ein Bild von dem Verschwundenen zu machen und Hinweise zu finden, warum er Beck getötet haben könnte.

Der Vermieter, der im gleichen Haus wohnte, warf einen kurzen Blick auf den Durchsuchungsbefehl und schloss den Beamten dann die Wohnung auf, ohne weitere Fragen zu stellen. Die Wohnung von Karsten Schröder war geschmackvoll und mit viel Liebe zum Detail eingerichtet. Die Möbel waren offenbar sehr bedacht und passend zueinander ausgewählt worden. Kein Staub auf den Regalen, kein bisschen Dreck auf dem Fußboden, alles war in bester Ordnung und Sauberkeit gehalten. Wie sie erfahren hatten, war der Gesuchte noch Junggeselle und hatte wohl auch noch nie mit einer Frau zusammengelebt. Was Jan als Erstes in der Wohnung aufgefallen war, waren die vielen Spiegel. In jedem Raum hing ein langer, fußbodentiefer Wandspiegel: nicht nur im Flur, sondern auch im Schlafzimmer, im Badezimmer und im Wohnzimmer – offenbar liebte Schröder es, sich selbst zu betrachten. Auch an den Wänden hingen viele Fotos mir Selbstportraits. Und es gab noch eine Auffälligkeit. Im Schlafzimmer stand ein großes Doppelbett. Das war zwar nicht weiter ungewöhnlich – Singles hatten ja durchaus mal Übernachtungsgäste. Aber in der einen Betthälfte lag ein ordentlich gefalteter, rotseidener Schlafanzug, davor stand ein Paar Damenhausschuhe, und als Jan den Kleiderschrank öffnete, fand er weitere Schlafanzüge und Abendkleider, die offenbar für eine Frau bestimmt waren. Jan schloss den Kleiderschrank wieder und ging in Schröders Badezimmer. Auch hier fand er eine zweite Zahnbürste im Becher stehen, zwei verschiedene Tuben Zahnpasta und ein Damenparfum.

»Er wohnt doch alleine hier?«, rief Jan in den Flur, wo seine Kollegen mit allen möglichen Durchsuchungen zu Gange waren.

»Er ist alleine in der Wohnung gemeldet«, rief Wagner zurück.

»Und er lebt auch nicht in einer Beziehung? Ich meine, es gibt keine Frau, die hier regelmäßig schläft?«, fragte Jan unbeeindruckt weiter.

»Haben wir recherchiert. Freunde und Verwandte wissen nichts über eine Beziehung, und die Hausbewohner haben hier auch noch nie eine Frau ein- und ausgehen sehen. Sonst noch Fragen, Grimberg?«

»Warum sehen Schlafzimmer und Bad dann so aus, als würde Schröder mit einer Frau hier wohnen?«, fragte Jan zurück.

Wagner, der bisher das Arbeitszimmer inspiziert hatte, kam offenbar beeindruckt zu Jan ins Badezimmer. Jan zeigte auf die Ablage am Badezimmerspiegel.

»Ups«, sagte Wagner nur, und dann: »Treffer!«

Jan wies Wagner auch auf seinen Fund im Schlafzimmer hin. Dann lief Wagner in Richtung Wohnzimmer und kam mit dem Kripo-Kollegen Knoll zurück.

»Ich muss dir mal was zeigen, Knoll«, sagte Wagner fast euphorisch. »Hier stehen zwei Zahnbürsten, ein Damenparfum, und im Schlafzimmer haben wir einige Kleidungsstücke gefunden, die zu einer Frau gehören könnten. Was sagst du dazu?«

»Gute Arbeit, Jürgen«, lobte Knoll. »Hier wurde also lange schon keine Frau gesehen, die ein- und ausgeht, offenbar hat Schröder auch keine Beziehung zu einer Frau. Das könnte zweierlei bedeuten.«

»Erstens«, fiel Wagner ihm ins Wort, »der Kerl lässt hier eine illegale Einwanderin leben. Irgendeine hübsche Afrikanerin, die er hier versteckt hält und mit der er jetzt vielleicht getürmt ist.«

»Richtig«, stimmte Knoll zu. »Zweitens, dieser Schröder täuscht vor, dass hier eine Frau wohnt. Aber wem? Vielleicht sich selbst? Und warum?«

»Oder drittens«, schaltete Jan sich von hinten ein, »wir haben uns geirrt, und Schröder hat doch eine Beziehung.«

»Möglich, aber unwahrscheinlich«, sagte Wagner.

»Stimmt«, sagte Knoll.

»Stimmt«, fügte auch Jan hinzu. »Wenn wir uns die Spiegel in der Wohnung und die Selbstportraits ansehen, legt er ja einen ziemlich großen Wert darauf, ein

Bild von sich selbst zu haben – ein ganz bestimmtes Bild.«

»Und was folgern Sie daraus?«, wollte Knoll wissen.

Jan überlegte kurz, dann antwortete er: »Dass zu diesem Selbstbild vielleicht auch eine Beziehung gehört, oder genauer: der Wunsch nach einer Beziehung.«

»Das ist ja genau das, was wir eben meinten«, warf Wagner ein.

Jan legte die Hände auf den Rücken und ballte eine Faust. Er lief einen Moment ziellos auf den Flur, um Wagners Visage nicht länger ertragen zu müssen, dann rief plötzlich jemand aus dem Wohnzimmer: »Seht euch das an!«

Leonore Bäumer, eine erfahrene Kripo-Kollegin, hielt mehrere schwarze Bücher in der Hand. »Das sind offenbar seine Tagebücher, die Aufschluss über das Innenleben unseres Geflüchteten geben können.«

»Vielleicht hilfreich, Frau Bäumer«, warf Wagner ein. »Sie werden die Bücher gleich mal auf der Wache auswerten. Geben Sie uns heute Nachmittag einen ersten Bericht darüber ab.«

»Sehr gerne, Herr Wagner«, sagte Leonore Bäumer mit sarkastischem Tonfall.

»Mein Kollege und ich werden in der Zwischenzeit versuchen, noch mehr über Karsten Schröder herauszufinden.«

Jan sah Wagner fragend an.

Wagner lächelte: »Ich habe da eine Idee. Grimberg, lassen Sie uns mal kurz zurück ins Büro fahren, und dann machen wir nachher noch einen kleinen Ausflug.«

* * *

Martin betrat das Café *Alter Markt* in Euskirchen und ließ die Blicke durch den Raum wandern. Er suchte nach Jendrik, aber der schien nicht da zu sein. Viele Menschen saßen an den Tischen, aber Jendrik konnte er nicht finden.

»Suchen Sie jemanden?«, fragte ein junger Kellner mit Beatles-Frisur.

»Ich bin hier verabredet«, antwortete Martin, und dann sah er seinen Freund plötzlich an einem versteckten Tisch sitzen. Jendrik winkte ihm zu, und Martin ging zu ihm hin. Jendrik saß in elegant-lässiger Haltung vor einem Latte-Macchiato-Glas und las Zeitung. Er wirkte immer so erhaben, fand Martin. Diesen Eindruck hatte er immer schon von seinem Jugendfreund gehabt. Nichts und niemand konnte Jendrik etwas anhaben. Er war damit in gewisser Weise das Gegenteil von Martin, der die Welt und seine Mitmenschen immer als Bedrohung empfand. »Entschuldige, ich hätte dich hier fast nicht gefunden«, erklärte Martin, und Jendrik winkte ab.

»Wollen wir nicht lieber einen Spaziergang machen? Das Wetter ist so schön.« Er stand auf und nahm seinen Kurzmantel in die Hand.

Martin nickte.

»Wollten Sie hier nun Platz nehmen?«, fragte der Kellner.

Martin schüttelte den Kopf. »Nein danke, wir haben es uns anders überlegt«, sagte er, und der Kellner sah ihn schräg an. Martin ärgerte sich über diesen Blick noch eine ganze Weile, während er mit Jendrik in Richtung Wilhelmstraße schlenderte. Er fragte sich die ganze Zeit, was dieser Kellner wohl von ihm dachte.

»Alles in Ordnung bei dir?«, fragte Jendrik.

»Ja«, sagte Martin knapp. »Ich war nur kurz in Gedanken.«

»Denkst du immer noch an das Abitreffen?«, wollte Jendrik wissen.

Martin zuckte mit den Schultern. »Kaum«, war seine Antwort. Sie näherten sich einem Straßenmusikanten, der schlechte Musik auf einem billigen Keyboard klimperte.

»Immerhin ist diese Veranstaltung mit einem Mord zu Ende gegangen. Das sollte einen doch ein bisschen nachdenklich stimmen«, bohrte Jendrik weiter.

»Naja, ein wenig mulmig wird mir bei dem Gedanken schon«, gab Martin zu.

»Mir auch«, sagte Jendrik und steckte sich eine Zigarette an. Dann bogen sie in die Wilhelmstraße ab. »Hast du eine Idee, wer Cornelius umgebracht haben könnte?«, fragte Jendrik mit ernster Miene.

»Nein, ich habe gar nichts mitbekommen. Cornelius habe ich auch nur am Anfang kurz gesehen.«

»Wirklich?«, fragte Jendrik.

»Was soll denn die Frage?«

»Seit ich von dem Mord erfahren habe, geht mir eine Sache nicht mehr aus dem Kopf«, fuhr Jendrik fort.

»Und die wäre?«, fragte Martin.

Eine Gruppe von vier jungen Frauen kam ihnen entgegen. Sie lachten, und als Martin sich nach ihnen umdrehte, sah er, dass sich zwei von ihnen ebenfalls umgedreht hatten. Jetzt lachten sie noch mehr.

»Wollen wir zum Stadtpark gehen?«, fragte Jendrik.

Martin stimmte zu. Sie wechselten kurz das Thema, aber als sie den Park erreicht hatten, griff Martin den Faden noch einmal auf: »Worüber hast du nachgedacht?«

Jendrik räusperte sich. »Ist dir schon einmal in den Sinn gekommen, dass es auch dich hätte treffen können?«

»Du meinst, genauso gut hätte ich ermordet werden können?«

»Ja, wäre doch möglich, oder?«

Martin gab zu, dass ihm der Gedanke tatsächlich schon gekommen war. Er war an einem Unglücksort gewesen, und er hatte vielleicht einfach Glück gehabt, dass das Unglück nicht ihn, sondern jemand anderen ereilt hatte.

»Was ich damit sagen will, Martin, ist: Die Sache ist vielleicht noch gar nicht ausgestanden. Du steckst da vielleicht tiefer mit drin, als du ahnst. Vielleicht war jemand auch hinter dir her, oder vielleicht ist bald jemand hinter dir her. Ich sollte besser wieder ein bisschen auf dich aufpassen.«

»Hey, Kumpel, ich kann schon alleine auf mich aufpassen«, sagte Martin fast aggressiv.

Jendrik sah ihn ernst an. »Nein, das kannst du nicht. «

Martin wusste natürlich, worauf sein Freund anspielte, und blickte zu Boden. »Natürlich nicht, Jendrik.«

»Ich bin dein Freund, und Freunde lassen sich nicht im Stich. Ich mache mir einfach ein bisschen Sorgen um dich.«

Martin klopfte ihm gerührt auf die Schulter. »Ich weiß, Jendrik, und ich bin dir dankbar dafür. Es ist schön, dass du da bist, es ist schön, mit dir befreundet zu sein. Aber pass auch auf dich auf, ja?«

»Mir passiert schon nichts«, sagte Jendrik und trat seine Zigarette aus. »Und jetzt muss ich verschwinden. Ich hab noch einen Auftrag fertig zu bearbeiten. Hast du morgen Zeit?«

»Gerne. Bei mir oder bei dir?«

»Ich komme zu dir«, sagte Jendrik, und dann verschwand er eilig.

* * *

»Was soll denn jetzt schon diese Weihnachtsbeleuchtung in den Straßen?«, regte sich Wagner auf, als er mit Jan vom Parkplatz der Behörde fuhr.

»Ist ja nicht mehr lang hin bis Weihnachten«, murmelte Jan.

»Schwachsinn!«, keifte Wagner. »Weihnachtsdeko ist Schwachsinn, und Weihnachten ist auch Schwachsinn.«

Jan sagte nichts, um nicht zum Spielball von Wagners Wutanfällen zu werden. Er vermutete, dass Wagner wegen seines Scheidungsdramas gerade nicht gut auf Weihnachten zu sprechen war. Und das konnte Jan sogar verstehen.

»Meine Ex meint nun, nur weil Weihnachten ist, meinen Kleinen für ganze drei Tage beschlagnahmen zu können. Was bildet die sich eigentlich ein? Aber der werde ich es zeigen. Er ist auch mein Kind. Und mein Anwalt arbeitet daran, dass mir das Sorgerecht zugesprochen wird. Die wird sich noch wundern!«

Jan war sich nicht sicher, ob Wagner gerade laute Selbstgespräche führte oder ihn direkt ansprach. Er sagte lieber nichts.

»Aber trotzdem: Wenn Weihnachten nicht wäre, würde meine Ex gar nicht auf die Idee kommen, mir drei Tage hintereinander mein Kind vorzuenthalten, weil sie mit ihm zu ihrer Familie will.«

Das Klingeln seines Handys erlöste Jan. »Grimberg!«, meldete er sich.

Frauke war am anderen Ende der Leitung. »Jan, ich soll dir etwas von den Hardrockern ausrichten.«

»Den Hardrockern?« Jan verstand nicht ganz, was Frauke meinte.

»Die Kollegen, die sich im Hardrock-Café in Köln rumgetrieben haben. Es gab am Samstag tatsächlich eine Schlägerei dort, und der Rausschmeißer, der die Prügelknaben vor die Türe gesetzt hatte, konnte tatsächlich einen Mann namens Jonas Hein aufgrund eines Fotos identifizieren«, erklärte sie.

»Vielen Dank für die Info, Frauke.«

»Gern geschehen. Amüsiert ihr euch gut, du und Wagner?«

»Alles bestens – bis später!«, antwortete Jan und legte auf.

Einen Verdächtigen weniger, dachte Jan. War das nun gut oder schlecht?

Er berichtete seinem Kollegen vom Inhalt des Telefonats. Diesmal war es Wagner, der nur nickte und sich in Schweigen hüllte.

* * *

»Ich habe eine kleine Überraschung vorbereitet, die uns sicher einige Schritte bei unserem Fall weiterhelfen kann«, kündigte Wagner an, als er am Nachmittag mit Jan in Richtung Bad Münstereifel fuhr. Sie klingelten kurz darauf im kleinen Mehrfamilienhaus am Münstereifeler Stadtrand bei *Stich,* stellten sich vor und wurden von einem älteren Herrn im Rentneralter hereingebeten. Helmut Stich setzte einen Kaffee auf und begab sich mit ihnen ins Wohnzimmer. Mit einer offenen und freundlichen Art fragte er, was er für sie tun könne.

»Wir benötigen einige Informationen von Ihnen«, sagte Wagner.

Jan fühlte sich unvorbereitet, weil Wagner ihn mit dieser „Überraschung" wie er es genannt hatte, überrumpelte. Die beiden waren vorhin kurz ins Büro gefahren, Wagner hatte sich fünf Minuten zum Telefonieren – offenbar mit Stich – zurückgezogen, und dann hatte er Jan wieder ins Auto delegiert und hierhin gebracht.

Stich sah die beiden Kripo-Beamten verwundert an. »Wobei könnte ausgerechnet ich der Kriminalpolizei behilflich sein?«

»Sie waren bis Anfang der 90er Jahre Lehrer am Hannah-Arendt-Gymnasium in Bad Münstereifel?«, fragte Wagner.

»Ja, das ist richtig. Wieso fragen Sie? Habe ich damals gegen die Lehrplanvorgaben verstoßen?«, fragte Stich belustigt.

»Nein, das ist es nicht«, beruhigte ihn Wagner. »Aber leider kommen wir auch nicht wegen einer Bagatelle, sondern wegen eines Mordes und eines Vermisstenfalls.«

»Wie bitte? Und was habe ich damit zu tun?«

»Die beiden Personen, der Tote und der Vermisste, waren Schüler des Gymnasiums, und Sie waren drei Jahre lang ihr Klassenlehrer.«

»Zwei meiner Schüler – tot?«, fragte Stich entsetzt.

Jan hielt kurz inne, dann sagte er: »Nur einer ist tot. Er heißt Cornelius Beck, Abi-Jahrgang 1995. Wir brauchen so viele Informationen wie möglich über ihn. Erinnern Sie sich an den Jungen?«

Helmut Stich versuchte, nachdenkend auszusehen, aber Jan schien es so, als strengte er sich überhaupt nicht an. Dann schüttelte Stich den Kopf. »Nein, ich erinnere mich nicht. Das ist so lange her, und es waren so viele Schüler, die ich unterrichtet habe – etwa 200 im Schuljahr. Da erinnert man sich nicht mehr an jeden einzelnen. Ich fürchte, ich kann Ihnen nicht weiterhelfen, tut mir leid.« Er sprang auf und wartete offenbar darauf, dass auch Jan und Wagner aufstanden, damit er sie zur Tür begleiten konnte. Jan sah zu seinem Kollegen, der demonstrativ sitzen blieb.

»Denken Sie doch nochmal genauer nach«, forderte Wagner ihn auf. »Ich bin mir sicher, wenn wir Ihnen ein paar Minuten Zeit geben, kommen Ihre Erinnerungen wieder.«

»Das glaube ich nicht. Aber wenn mir doch wieder etwas einfällt, kann ich mich ja melden. Wenn Sie mich dann jetzt entschuldigen, ich …«

»Wie genau haben Sie die Schüler denn betreut?«, fiel Wagner ihm ins Wort, und Jan wusste nicht, was diese Frage sollte.

»Was meinen Sie? Also, im üblichen Rahmen eben, alles, was zum Beruf eines Pädagogen dazugehört …«

»Und was darüber hinausgeht?«, fragte Wagner.

»Ich ...«, stammelte Stich und fuhr sich unentwegt mit der Hand über das Gesicht.

»Sie erinnern sich nicht an Cornelius Beck, weil Sie sich nicht an ihn erinnern wollen, nicht wahr? Weil sie damals beschuldigt wurden, Ihre Schützlinge missbraucht zu haben – auch Cornelius!«

Stich rang um Fassung. Dann schimpfte er: »Die Vorwürfe waren haltlos und schlicht und einfach falsch. Erstunken und erlogen! Deswegen kam es auch gar nicht erst zu einem Verfahren."

»Aber Sie haben das Hannah-Arendt-Gymnasium dann irgendwann verlassen«, bohrte Wagner weiter nach.

»Ich bin freiwillig gegangen, weil diese verwöhnten Bengel meinen Ruf ruiniert hatten. Bitte verstehen Sie doch, dass ich mit dieser Zeit nichts mehr zu tun haben und nicht mehr über diese elenden Gymnasiasten reden will. Nicht über Cornelius Beck, nicht über irgendeinen anderen von denen, über niemanden!«

Wagner holte zum finalen Schlag aus: »Sie hatten ja Glück, dass der Fall damals nicht an die Presse ging. Aber in Zeiten, in denen ständig neue Missbrauchsskandale an die Öffentlichkeit kommen, wären diese Vorwürfe auch über zwanzig Jahre später immer noch ein paar Zeilen in der Lokalzeitung wert, oder? Das dürfte unangenehm werden, wenn Ihre Nachbarn erfahren, dass Sie damals eine Vorliebe für pubertierende Jungs hatten.«

Jan war von Wagner angewidert und fasziniert zugleich: Sein Kollege demonstrierte gerade, dass er keine Tabus kannte, um jemanden zum Reden zu bringen. Und genau das machte ihn in diesem Moment überlegen. Wagner hatte offenbar seine Hausaufgaben gemacht.

Stich wurde knallrot im Gesicht und schrie seinen Kontrahenten an: »Noch einmal: Ich habe nichts getan! Das waren haltlose Vorwürfe. Und Sie werden das nicht an die Öffentlichkeit bringen, sonst beschwere ich mich über Sie bei Ihrem Vorgesetzten!«

Wagner lächelte nur müde. »Im Zweifelsfall sitze ich am längeren Hebel, Herr Stich. Also jetzt noch mal von vorne: Was wissen Sie über Cornelius?«

Helmut Stich dachte kurz nach. »Einen Moment, Cornelius, Cornelius ... ja doch, sicher erinnere ich mich. Oh mein Gott, der ist tot, sagten Sie?« Stich hielt sich die Hand vor den Mund.

»Erzählen Sie uns bitte alles, was Ihnen zu ihm einfällt. Und was ist mit Karsten Schröder? Kennen Sie den auch noch?«, bohrte Wagner weiter.

Stich war in Gedanken, und Jan konnte nicht erkennen, ob er schockiert war oder einfach nur nach Erinnerungen suchte. Dann stand Stich auf und ging in die Küche. »Der Kaffee ist fertig«, sagte er.

Er blieb eine ganze Weile weg, während Wagner und Jan schweigend im Wohnzimmer blieben. Dann kam Stich mit drei vollen Kaffeetassen zurück. Es hatte länger gedauert, als man normalerweise für so etwas brauchte.

»Entschuldigen Sie«, sagte er. »Ich musste mich kurz ein wenig sammeln. Aber ich werde Ihnen helfen, wenn ich kann. Und noch einmal: Mit dem angeblichen Missbrauch habe ich nichts zu tun. Das war ein abgekartetes Spiel. Ja, so langsam kommt es wieder. Also, wo fange ich an? Cornelius war seit der fünften Klasse an der Schule. Er war sicherlich nicht ganz einfach.«

»Wie meinen Sie das?«, fragte Jan, um sich nicht ganz aus dem Gespräch auszuklinken.

»Nun, er war sicher ein sehr intelligenter Schüler, seine Leistungen waren, soweit ich mich erinnere, überall gut oder sehr gut.«

»Gerade noch glaubten Sie sich nicht mehr an ihn zu erinnern, und jetzt kennen Sie sogar noch seine Noten?«, wollte Wagner wissen.

»Die kenne ich deswegen noch so gut, weil wir im Kollegium keine Chance sahen, ihn loszuwerden – zumindest nicht wegen mangelnder Leistungen. Er war einfach ein, entschuldigen Sie, ein arroganter Kotzbrocken.«

»Haben das andere auch so gesehen?«, fragte Jan. »Zum Beispiel die anderen Schüler?«

»Ach was«, sagte Stich und winkte mit der Hand ab. »Bei seinen Mitschülern war Cornelius sehr beliebt. Und zwar deswegen, weil er gut Witze auf Kosten anderer machen konnte. Nur ging er damit manchmal zu weit. Er legte es immer darauf an, seine Lehrer zu blamieren. Seine Englischlehrerin kam manchmal weinend ins Lehrerzimmer, wenn sie in der Klasse mit Cornelius Unterricht hatte. Und auch einige Mitschüler mussten wohl unter ihm leiden. Das Wort *Mobbing* war damals noch nicht so geläufig, aber genau das war es: Er hat hin und wieder verschiedene Schüler gemobbt. Meistens durch verbale Gemeinheiten, aber wir Lehrer haben das nicht immer so mitbekommen. Viele, die gemobbt werden, reden darüber ja nicht mit ihren Lehrern. Leider …«

»Reden wir noch mal über einen anderen Schüler«, fuhr Wagner fort. »Karsten Schröder – was wissen Sie noch über den?«

»Karsten, Karsten, Karsten – ja, so ganz vage habe ich den in Erinnerung. Was ist mit dem?«

»Er wird vermisst, mehr kann ich Ihnen noch nicht sagen. Also weiter …«, befahl Wagner.

»Karsten war ganz anders als Cornelius, wenn ich es richtig in Erinnerung habe. Still, sehr zurückhaltend, richtig schüchtern war er. Hat im Unterricht nie viel gesagt, weil er sich einfach nicht getraut hat.«

»Kann es dann sein, dass Karsten von Cornelius gemobbt wurde?«, schaltete Jan sich wieder ins Gespräch ein.

»Dazu kann ich nichts sagen, nein. Mag sein, dass er von Cornelius mal wegen seiner Schüchternheit aufgezogen worden ist. Aber ob das wirklich Mobbing war – wie gesagt, vieles spielt sich da auch außerhalb des Klassenraumes ab, und wir Lehrer kriegen nicht immer alles mit. Aber das ist auch alles so lange her. Von Karsten habe ich kein klares Bild mehr vor Augen. Vielleicht auch gerade deshalb, weil er so still war.«

»Stille Wasser sind ja bekanntlich tief«, murmelte Wagner. »War Karsten Schröder denn irgendwie mal verhaltensauffällig? Aggressiv vielleicht?«

Stich schüttelte den Kopf. »Nein. Karsten aggressiv? Nein, bestimmt nicht.«

»Welche Fächer haben Sie noch gleich unterrichtet?«, fragte Wagner.

»Religion, Mathe und Sport«, antwortete Stich.

»Und was haben Sie als Sportlehrer gemacht, dass man Ihnen sexuelle Übergriffe vorgeworfen hat? Zuviel Hilfestellungen beim Geräteturnen gegeben? In den Umkleidekabinen kontrolliert, ob auch alle nach dem Sportunterricht duschen gehen?«, bohrte Wagner weiter.

Jan hielt die Luft an. Er hätte sich nicht getraut, eine solche Frage in dieser Form zu stellen, erst recht nicht, wenn der Vorwurf angeblich gegenstandslos war. Aber Wagner rührte nur geduldig in seinem Kaffee und wartete auf eine Antwort.

Stich seufzte. »Tatsächlich kam ich mal in die Umkleidekabine, weil einige Jungs sich nach dem Unterricht immer noch dort aufhielten, obwohl sie eigentlich alle längst fertig umgezogen sein mussten. Ich ging rein, um nachzusehen, warum die Schüler noch so lange trödeln. Noch drei Schüler waren da, Cornelius und noch zwei, deren Namen mir wirklich nicht mehr einfallen. Cornelius kam nackt aus der Dusche und sah mich komisch an, ich muss wohl auch ganz verlegen ausgesehen haben, und die Jungs fingen an zu lachen. Ich ermahnte sie, dass sie sich beeilen und verschwinden sollten, damit sie nicht zu spät zum nächsten Unterricht kommen, und gab Cornelius wohl einen leichten Klaps auf die Schulter, um zu signalisieren, dass er sich schnell anziehen und beeilen soll.«

»Und Cornelius hat das als Annäherungsversuch gedeutet?«, fragte Wagner.

»Das hat er doch nicht ernsthaft geglaubt!«, schrie Stich wütend. Die Geschichte schien ihn immer noch zur Weißglut zu treiben. »Ich stehe doch nicht auf Jungs, ich stehe auch nicht auf Männer! Und ich habe ihn wirklich höchstens kurz an der Schulter berührt, aber so unbedeutend, dass ich mich kaum daran erinnern konnte. Jedenfalls wurde ich am nächsten Morgen gleich zum Schulleiter zitiert. Cornelius hatte zu Hause erzählt, ich hätte ihn nach dem Duschen angefasst, und seine Freunde bestätigten das als Zeugen. Am Ende verzichtete er zwar auf eine Anzeige, aber mein Schulleiter legte mir nahe, mich versetzen zu lassen, und ich hielt es auch für das Beste.«

»Dann ist die Sache ja nochmal glimpflich für Sie ausgegangen«, sagte Wagner in einem gezielten Angriffston.

Stich sprang sofort darauf an: »Glimpflich? Ach was! Wissen Sie, was das für eine Demütigung war, von einem falschen Gerücht eines Schülers dazu gebracht zu werden, die Schule zu wechseln? Mein Weg zur Arbeit wurde erheblich weiter, ich hatte hier in Bad Münstereifel eine Beförderung in Aussicht gehabt, die ich an der neuen Schule vergessen konnte. Und dieses Gerücht bleibt in einer kleinen Stadt wie Bad Münstereifel natürlich nicht nur hinter den Schulmauern. Es hat zwar nicht die ganz große Runde gemacht, aber der ein oder andere Münstereifeler hier denkt bis heute, dass ich wegen irgendwelcher Schweinereien von der Schule geflogen sei. Dabei war alles nur ein Dummejungenstreich, und ich habe zufällig mal erfahren, dass Cornelius sogar später noch damit geprahlt hat, er habe einen Lehrer auf dem Gewissen.«

»Ich kann verstehen, dass Sie davon ungerne erzählen wollten, und ich bedanke mich für Ihre Offenheit, Herr Stich«, sagte Wagner höflich.

»Nichts für ungut«, sagte Stich. »Entschuldigen Sie meine Zurückhaltung am Anfang. Ich hoffe natürlich, dass ich Ihnen helfen konnte.«

»Sie werden noch heute wütend, wenn Sie von der Geschichte erzählen«, fügte Wagner freundlich hinzu.

»Das können Sie laut sagen – ich wünschte wirklich, ich hätte mich gegen diesen Bengel besser wehren können.«

»Wo waren Sie denn am Samstag zwischen 23 Uhr und 3 Uhr?«, fragte Wagner unvermittelt.

»Was meinen Sie damit? Denken Sie, ich hätte ...?«, fragte Stich entsetzt.

»Das habe ich nicht gesagt«, antwortete Wagner arrogant. »Wir dürfen nur nichts ausschließen. Also: Wo waren Sie?«

»Ich war zu Hause. Allein.«

»Aha«, sagte Wagner. »Vielen Dank. Wir melden uns gegebenenfalls noch mal.« Er stieß Jan mit der Hand an und deutete zur Tür.

* * *

Sie raubte ihm den Atem. Die attraktive Frau mit den langen, schwarzen Haaren und dem markanten Gesicht, das ihr ein wenig Strenge verlieh, kam aus dem Gebäude des Tanzsportvereins am Kölner Neumarkt und lief mit gemütlichen Schritten in Richtung Fußgängerzone. Zwei Stunden lang hatte er auf sie gewartet. Der Saal, in dem ihre Jazzdance-Gruppe trainierte, hatte große Fenster im ersten Stock zur Straßenseite, durch die er ihr beim Training zugesehen hatte. Sie tanzte wie eine Göttin. Sie war eine Göttin – ihre Schönheit war so vollkommen, wie er es noch bei keiner anderen Frau gesehen hatte.

Er folgte ihr mit genügend Abstand, holte sie aber immer wieder um einige Meter ein, um sie nicht in der Menschenmenge zu verlieren. Sie hatte bisher nicht bemerkt, dass er hinter ihr herlief. Aber sie hätte ihn sicherlich auch kaum erkannt. Er hatte Glück, dass die Sonne heute so blendend hell schien. So fiel es nicht weiter auf, dass er seinen Kopf unter einer Mütze und sein Gesicht hinter einer Sonnenbrille und einem neu gewachsenen Bart verbarg. Die Haare unter der Mütze hatte er vorsorglich abrasiert, was ihm sehr wehgetan hatte, denn er war eitel und liebte seine Haare. Aber er war nun einmal gezwungen, sein Aussehen so weit wie möglich zu verwandeln. Er wusste nicht, wie Daniela reagieren würde, wenn sie ihn entdeckte. Natürlich würde er sich einerseits wünschen, dass sie ihn sah, sich vielleicht sogar freuen würde, ihn zu sehen. Aber im Moment war das zu gefährlich. Er wurde überall gesucht. Die ganze Eifel suchte nach Karsten Schröder.

Er merkte allmählich, dass ihn die Anspannung, dass nach ihm gefahndet wurde und er permanent befürchten musste, entdeckt zu werden, erschöpfte. Aber er konnte nicht leugnen, dass es ihm auch ein wenig gefiel, dass sein Gesicht nun öffentlich wurde und er auf einmal so eine Bedeutung erhielt. Er fühlte sich dabei fast prominent. Und er war sich sicher, dass sich alles zum Guten wenden würde. Sein größter Widersacher war nicht mehr da. Man würde irgendwann aufhören, ihn zu verdächtigen. Oder er müsste mit einer neuen Identität auf einer Karibikinsel leben. Und Daniela würde bei ihm sein. Sie würde zu ihm halten. Sie würden glücklich miteinander werden.

Karsten verfolgte Daniela weiter die Schildergasse entlang. Einmal warf sie einen Blick zurück, weil sie von einer Gruppe Jugendlicher angesprochen wurde. Sie blieb kurz stehen und gab ihnen ein Autogramm. Ihr hübsches Gesicht drehte sie für einige Sekunden zu Karsten, doch sie erkannte ihn nicht, obwohl sie ihn sah. Aber vielleicht hatte sie ihn ja doch erkannt, redete sich Karsten kurz ein. Vielleicht hatte sie sich wieder weggedreht, um ihn zu schützen. Weil sie ihn nicht verraten wollte. Weil sie zu ihm hielt. Weil sie wie er hoffte, dass am Ende alles gut werden würde.

Als sie an einer Ampel am Ende der Fußgängerzone stehen blieb, nahm er seinen Mut zusammen und stellte sich direkt hinter sie. Sie roch nach Schweiß, aber der Geruch war angenehm. Er hatte etwas Vertrautes. Wenn sie ihn jetzt hinter ihrem Rücken bemerkte, könnte sich entscheiden, ob sie ihn wirklich erkannte und ob sie zu ihm hielt. Ein grünes Männchen leuchtete hinter dem Ampelglas auf, und Daniela überquerte die Straße. Karsten vergrößerte den Abstand wieder. Vermutlich war sie auf dem Weg nach Hause. Sie wohnte in der Sternengasse, das war fußläufig durch die Innenstadt erreichbar. Es war nicht schwer gewesen, ihre Adresse herauszubekommen. Genauso leicht hatte Karsten herausgefunden, dass Daniela in ihrer Freizeit tanzte – ihr Name war in einem Presseartikel erwähnt, weil sie vor zwei Jahren mal in einer Lokalreportage über ihren Tanzverein für einen O-Ton zitiert worden war. Den Artikel fand Karsten im Internet, ebenso die Homepage ihrer Jazzdance-Gruppe, auf der auch ein Foto von Daniela war. Außerdem war Daniela in verschiedenen sozialen Netzwerken zu finden. Er kannte ihre aktuellen beruflichen Projekte, ihr Lieblingsessen, ihre Lieblingsmusik, ihren Beziehungsstatus und ihren Geburtstag.

Jetzt war Daniela an dem Haus angekommen, in dem sie wohnte. Sie öffnete die Eingangstür, und in dem Moment, in dem sie eintrat, wurde Karsten wieder schmerzlich bewusst, wie allein er war. Er würde jetzt natürlich nicht sofort bei ihr klingeln und fragen, ob er reinkommen dürfte. Der Mord an Cornelius war noch zu frisch. Er wollte Daniela Zeit geben, die Ereignisse vom Wochenende zu verarbeiten. Einen Moment lang blieb er an der Kreuzung zur Sternengasse stehen. Dann drehte er sich um und ging zurück zum Neumarkt. Er würde schon sehr bald eine Gelegenheit finden, mit Daniela alleine zu sein.

* * *

Draußen war es bereits dunkel, obwohl es noch nicht einmal sechs Uhr abends war. Alle Kollegen von der Mordkommission hatten noch einen dampfenden Kaffee vor sich stehen. Frauke hatte Weihnachtsgebäck auf den Tischen verteilt. Leonore Bäumer präsentierte die Tagebücher von Karsten Schröder, die sie zusammen mit zwei Kollegen am Mittag studiert hatte.

Sie schlug ein Buch auf und blätterte einige Seiten vor. »Die Tagebücher geben tatsächlich einige interessante Einblicke in das Leben von Karsten Schröder«, sagte sie. »Zum Beispiel hier:

Donnerstag, 8. Juni 2003

Heute Monica wiedergesehen. Sie ging an mir in der Einkaufsstraße vorbei, ich grüßte sie, und sie war sichtlich erfreut, mich zu sehen. Wir standen bestimmt eine halbe Stunde da und redeten über dies und jenes. Sie erzählte mir, dass sie demnächst mit ihrer Schwester für zwei Wochen nach Spanien fliegt. Mit ihrer Schwester! Das heißt dann wohl, dass sie noch Single ist? Jedenfalls schien sie auch an mir interessiert zu sein, stellte mir viele Fragen. Sie wollte wissen, was ich in der Tüte von der Buchhandlung habe, ich zeigte ihr stolz den Mann ohne Eigenschaften *von Musil, und sie war offenbar sehr beeindruckt, dass ich so ein anspruchsvolles Werk freiwillig lese. Leider verpasste ich die Gelegenheit, nach ihrer Handy-Nummer zu fragen. Aber ich werde sie sicher bald wiedersehen, da kann man ja auch mal nachhelfen. Jedenfalls weiß ich jetzt, wo sie wohnt.*

Was sagt ihr dazu?«

»Zunächst mal klingt das nach einer harmlosen Schwärmerei für eine junge Frau – 2003, sagten Sie? Wie alt war Schröder da?«, fragte Jan.

»26 Jahre muss er da gewesen sein, also nicht mehr unreif wie ein Teenager«, antwortete Leonore Bäumer. »Vielleicht ganz harmlos, aber irgendwie grenzwertig, oder? Hört mal weiter. Etwa eine Woche später schreibt er:

Mittwoch, 16. Juni 2003

Stürmisch und trist ist es heute. Kein Sommer mehr. Die Hoffnung auf ein Zusammenkommen mit Monica kann ich wegwerfen. Die Tatsache ist so einfach wie erschütternd: Sie hat einen Freund! Ich sah sie gestern vor dem Kino, sie sah mich zum Glück nicht. Ein blonder Kerl war bei ihr, ich kenne ihn nicht. Es gab keinen Zweifel: Sie gingen Arm in Arm. Ich weiß, dass ich damit rechnen musste, Monica ist sehr hübsch und sympathisch. Trotzdem tut es so verdammt weh. Aber ich kann mir ihre Sympathien für mich doch nicht einfach nur eingebildet haben. Verdammt, verdammt, verdammt! Träumte heute Nacht, dass ich diesem blonden Kerl den Schädel eingeschlagen habe und Monica bei mir Trost gesucht hat. Wachte mit ein bisschen Genugtuung auf.

Ein bisschen unheimlich ist der Kerl schon, oder?«

»Sehr theatralisch, wie er seinen Liebeskummer beschreibt, nicht wahr?«, bemerkte Jan. »Der klingt ja fast wie Goethes *Werther.* Und dann dieser Traum – sagte Freud nicht, Träume seien nichts anderes als Wunscherfüllungen?«

»Ihre toten Philosophen helfen uns hier nicht weiter, Grimberg«, warf Wagner ein. »Die Frage ist doch: Trauen wir diesem Schröder wirklich auf Grund der Tagebücher einen Mord zu?«

»Ob er dazu in der Lage ist, lässt sich anhand von ein paar Tagebuchaufzeichnungen natürlich schwer sagen«, gab Leonore Bäumer zu bedenken. »Aber was wir beim Sichten der Kladden gesehen haben, ist, dass sie voll sind mit euphorischen Schwärmereien für Frauen, die er immer nur flüchtig zu kennen scheint. Hier ist ein Büchlein von 1996, da schreibt er ähnlich über eine Maria, die er aus der Schule kennt und zufällig in der Euskirchener Fußgängerzone trifft. Und in den anderen Tagebüchern finden sich fast die gleichen Gedanken. Zumindest scheint es so zu sein, dass sich Karsten Schröder schnell mal in ein Mädel verliebt, das ihn einmal angelächelt hat, und er steigert sich dann in den

Wahn hinein, dass sie so unsterblich in ihn verliebt sei wie er in sie. Vielleicht brennt dann irgendwann mal eine Sicherung bei ihm durch, und er legt einen Nebenbuhler um, der erfolgreicher ist als er selbst.«

»Damit hätten wir ein Muster für ein mögliches Motiv«, antwortete Jan. »Karsten Schröder hat auf der Abiturwiedersehensfeier eine ehemalige Mitschülerin wiedergesehen, in die er sich Hals über Kopf verliebt hat: Daniela Ginster. Dann muss er zusehen, wie nicht er an dem Abend bei Daniela landet, sondern Cornelius Beck. Seine Welt bricht mal wieder zusammen, und diesmal geht seine Eifersucht mit ihm durch, er lauert Cornelius mitten in der Nacht auf dem Hof auf – oder es kommt zu einer Zufallsbegegnung zwischen den beiden – und Karsten verfolgt ihn mit der Heugabel. Schröder ist so voller Frust und Hass und Eifersucht, dass er auch genügend kriminelle Energie aufbringen kann, die Heugabel in den am Boden liegenden Cornelius Beck reinzustechen. Richtig gut fühlt sich das für ihn vielleicht an.«

»Könnte sein«, gab Leonore Bäumer zurück.

»Ja«, stimmte auch Wagner zu. »Also sehe ich das richtig, dass Karsten Schröder jetzt endgültig unser Hauptverdächtiger ist? Wir sollten ihn dann bald mal finden, Leute. Aber wo hält sich dieser Mistkerl versteckt? Wo könnte dieser Karsten Schröder nur sein?«

7. Kapitel

14. November 2015

Als Jan am Morgen im Büro ankam, fluchte Wagner schon wieder wie ein Landsknecht.

»Alles in Ordnung? Gibt es etwas Neues?«, fragte Jan vorsichtig.

»Nein, es gibt nichts Neues, und nein, es ist nichts in Ordnung, Herr Grimberg, aber was verstehen Sie schon davon. Wissen Sie eigentlich, was eine Scheidung kostet? Wissen Sie, wie oft ich mein Kind noch sehen darf? Nein, wissen Sie nicht. Wahrscheinlich sind Sie nicht einmal liiert …«

Jan streckte plötzlich den rechten Arm gerade nach vorne. »Stopp!«, rief er, und dann: »Es reicht, Herr Wagner! Lassen Sie uns ab sofort auf einer sachlichen Ebene weitermachen. Ich wollte lediglich wissen, ob es etwas Neues in Bezug auf Karsten Schröder gibt.«

Wagner sah seinen Kollegen verdutzt an. »Verdammt, Grimberg, was ist denn mit Ihnen los?«, murmelte Wagner sanft. Er senkte den Kopf, strich sich in gekrümmter Haltung mit der rechten Hand durch die Haare und stellte sich wieder gerade hin. »Also gut, Herr Grimberg, gehen wir die Sache noch einmal durch. Im Moment haben wir drei Optionen, denen wir nachgehen müssen.«

Jan nahm den Faden auf: »Erstens: Wir müssen Karsten Schröder finden und weitere Indizien suchen, um ihn als möglichen Täter zu identifizieren.«

»Richtig. Zweitens: Ein weiterer Teilnehmer des Abiturtreffens, dieser Dirk Meyer, könnte auch noch interessant für uns sein. Zumindest hat er irgendein Geheimnis, das er uns verschweigt. Er antwortet auf meine Fragen zu ausweichend, und seine Aussagen zur Tatnacht haben Lücken und Widersprüche. Einmal sagt er mir, er sei mit Hinz und Kunz noch in der Bar gewesen, und dann erzählt er mir einen Tag später, er sei schon schlafen gegangen. Ich habe schon ein paar Mal mit ihm gesprochen und werde mich weiter dranhängen. Ich bin guter Dinge, dass ich sein Geheimnis in den nächsten Tagen lüften werde – und je nachdem, was er vor uns verbirgt, könnte ihn das zu einem weiteren Tatverdächtigen machen.«

»Und drittens?«

»Drittens müssen wir weiterhin nach möglichen anderen Tätern suchen – innerhalb und außerhalb der Anwesenden auf der Wiedersehensfeier.« Wagner goss sich einen Kaffee ein. »Wollen Sie auch einen?«

»Gerne«, sagte Jan. »Tut mir übrigens leid mit Ihrer Scheidung. Ich kann mir vorstellen, wie schwer das sein muss, sein Kind nur noch unregelmäßig zu sehen.«

»Also schön«, sagte Wagner und reichte Jan die Tasse. »Ich werde nochmal einen Besuch bei diesem Dirk machen. Wo sind Sie gerade dran?«

»Ich spreche noch einmal mit Angehörigen und Freunden von Cornelius Beck, um nach möglichen Motiven für die Tat zu suchen. Und wenn ich damit fertig bin, suche ich nach weiteren Anhaltspunkten, wo sich dieser Schröder aufhalten könnte.«

»Na dann los«, sagte Wagner versöhnlich. Er stellte seine warme Kaffeetasse auf den Tisch, zog seinen Mantel über das Jackett und verließ den Raum.

* * *

Anke Bauer warf sich auf die Couch, um die Füße kurz hochzulegen und einen Tee zu genießen. Erst in einer Stunde erwartete sie ihren nächsten Patienten. Sie wärmte ihre Hände an der Tasse und betrachtete das Dalí-Bild von der Verwandlung des Schönlings Narziß, in dem sie immer noch etwas Neues entdecken konnte. Dalís Bilder inspirierten sie, bei ihren psychoanalytischen Gesprächen das zu entdecken, was unter der sichtbaren Wirklichkeit lag. Es waren ja nicht nur seelische Abgründe, die im Unterbewusstsein ihrer Patienten verborgen lagen, sondern es war ein Schatz an Kreativität: merkwürdige Bilder und Fantasiewelten, die entschlüsselt werden mussten, verbargen sich manchmal tief in der Seele. Bilder eben, wie sie Dalí malte. Ihre Patienten waren nicht einfach krank oder verrückt, sondern interessante Menschen mit einem inspirierenden Seelenleben, das beeindruckend war wie ein Besuch im Kunstmuseum. Deswegen war sie Psychoanalytikerin geworden: weil sie es mit interessanten Menschen zu tun hatte, und natürlich auch, weil sie Menschen helfen wollte.

Von draußen hörte sie eine Schwebebahn vorbeirattern. So eine Praxis im Tal hatte den Vorteil, dass man sie mit Wuppertals berühmtem Verkehrsmittel gut erreichen konnte. Aber die Bahn, die im Drei-Minuten-Takt vorbeifuhr, war eben auch sehr laut. Daran hatte sie sich jedoch längst gewöhnt und nahm das Geräusch meistens nur nebenbei wahr.

Die Klingel zu ihrer Praxis riss sie aus der Entspannung. Zuerst überlegte Anke, ob sie einfach nicht aufmachen sollte – schließlich gönnte sie sich gerade eine Mittagspause. Aber dann fragte sie sich, ob nicht auch jemand vor ihrer Praxis stehen könnte, der dringend ihre Hilfe benötigte. Sie öffnete und war überrascht: Es war Daniela, die vor der Tür stand.

»Was machst du denn hier?«, fragte Anke.

»Darf ich kurz reinkommen?«, bat Daniela.

»Klar.« Anke zeigte Daniela den Weg ins Sprechzimmer.

Daniela sah sich beeindruckt um. Ihr schienen die hohen, farbig bemalten Altbauwände und die Dalí-Bilder zu gefallen. Anke beobachtete Daniela mit dem professionellen Blick einer Therapeutin. Daniela verhielt sich unauffällig. Sie wirkte ausgeglichen und ruhig. Es schien ihr besser zu gehen als zwei Tage zuvor, als sie sich im *Café T* getroffen hatten. Anke fragte sich, warum Daniela hergekommen war. Wollte sie sich für die Vorwürfe neulich entschuldigen? Hatte sie noch mehr Redebedarf? Oder verdächtigte sie immer noch jeden ihrer früheren Schulkameraden, ihre Affäre Cornelius umgebracht zu haben?

»Hier behandelst du deine Patienten?«, begann Daniela nun das Gespräch.

»Ja.«

»Ist nett«, sagte Daniela.

»Ja, finde ich auch.«

»Und du kannst wirklich in die Seele anderer Menschen schauen?«, wollte Daniela wissen.

»Na ja, so würde ich das nicht bezeichnen – aber irgendwie ist da was dran.«

»Beobachtest du mich auch gerade mit Therapeutenblick?«

»Nein, natürlich nicht.« Anke lachte verlegen. Kurze Stille. Dann fragte sie: »Bist du gekommen, weil du noch mal mit mir reden willst?«

Daniela nickte, aber diesmal wirkte sie nicht nervös und zerbrochen wie am Abend im *Café T*, sondern selbstsicher und fordernd. »Du verschweigst mir doch etwas, Anke!«

»Jetzt fang doch nicht schon wieder damit an. Wie kommst du darauf?«

»Ich habe einfach so ein Gefühl, aber jetzt sag nicht, dass so ein Gefühl doch nichts aussagt. Ich habe es bei unserem letzten Treffen einfach gespürt, dass du mir nicht alles sagst, was du über die Nacht, als Cornelius getötet wurde, gesagt hast. Ich hatte das Gefühl, dass du, als du mich beruhigt hast, auch von dir ablenken wolltest.«

»Du glaubst, ich habe ihn umgebracht?«

»Das habe ich nicht gesagt. Aber vielleicht deckst du jemanden. Oder du hast etwas gesehen und hast selbst Angst, darüber zu reden.«

Anke seufzte. »Dani, ich weiß wirklich nicht, was du meinst. Komm, ich hole dir einen Tee.« Sie stand auf und kam einen Moment später mit einer vollen Tasse Kirschtee zurück. »Er ist nicht mehr ganz heiß, aber noch angenehm warm«, sagte Anke und gab ihr eine Tasse.

Daniela nahm sie dankend an und trank einen Schluck.

»Daniela, ich weiß, wie belastend das für dich sein muss, dass du Cornelius sofort wieder verloren hast, nachdem du ihn gerade erst gefunden hattest. Und dann auf diese grausame Weise, und vom Täter gibt es keine Spur. Dass du willst, dass ein Schuldiger gefunden wird. Aber du steigerst dich da in etwas rein ...« Weiter kam Anke nicht. Sie spürte das warme Teewasser im Gesicht, das Daniela ihr unvermittelt entgegengeschleudert hatte. Anke schrie auf.

»Hör endlich auf mit deinem blöden Psycho-Gequatsche!«, raunte Daniela sie an. »Ich kriege schon raus, wen du deckst oder was du mit dem Mord an Cornelius zu tun hast. Ich kriege es raus, und dann mache ich dich fertig! Ich komme wieder, verlass dich drauf!« Daniela warf die Tasse auf den Dalí. Das Porzellan zersprang in kleine Teile, und durch die Leinwand zog sich ein langer, tiefer Strich, der nun eine hässliche Narbe in das Kunstwerk riss. Alles ging ganz schnell, Daniela hatte die Praxis schon verlassen.

Anke rannte ihr bis zum Flur hinterher und schloss schnell die Türe. Dann sammelte sie hastig die Scherben auf. Sie musste sich beeilen. Bald kam der nächste Patient. Als sie auf ihre Hände sah, bemerkte sie, dass sie sich geschnitten hatte. Blut tropfte aus der Handfläche.

* * *

Gab es eine Verbindung zwischen dem Tod von Christian Feldmann, der vor zwanzig Jahren überfahren worden war, und Cornelius Beck? Diese Frage führte Jan nach Bad Münstereifel. Er hatte, wie von Wagner gewünscht, in dieser Sache recherchiert. Nach der Sichtung von Akten und mehreren Telefonaten ergab sich folgendes Bild: Christian Feldmann war vor zwanzig Jahren nach dem Feuerwerksspektakel *Burg in Flammen* in Bad Münstereifel alkoholisiert auf die Straße gelaufen und von einem Auto erfasst worden. Solche Unfälle passierten. Sie waren tragisch, aber nicht weiter ungewöhnlich, zumal die Unfallstelle vor einer Kurve lag. Statt der vorgeschriebenen 50 hatte der Unfallfahrer 70 Stundenkilometer draufgehabt. Christian Feldmann hatte keine Chance. Der beste Freund von Cornelius Beck war also noch vor dem Abitur gestorben. Vor einigen Wochen hatte Beck dann die Eltern von Christian Feldmann besucht. Und jetzt war Beck auch tot. Wie konnte das zusammenhängen? Entweder gar nicht – oder der Unfalltod von Feldmann und Becks Besuch bei dessen Eltern führte zu einer entscheidenden Spur für den aktuellen Mordfall. Augenscheinlich gab es da erst einmal keine Verbindung. Der eine Tod war ein Unfall, der andere Mord. Es sei denn – es sei denn, Feldmann wäre damals auch ermordet worden, indem jemand nachgeholfen hatte. Auf diesen Gedanken war Jan gekommen, nachdem er mit dem Unfallfahrer von damals gesprochen und dieser berichtet hatte, Feldmann habe mit den Armen gerudert, als er auf die Straße gelaufen war. Hatte Feldmann deswegen diese Bewegungen gemacht, weil er vielleicht nach einem heftigen Stoß mit dem Gleichgewicht kämpfen musste? Zwar hatte der Mann, der Christian Feldmann angefahren hatte, sonst niemanden am Straßenrand gesehen. Aber seine Aussage könnte ein Anhaltspunkt dafür sein, dass Feldmann durch Fremdeinwirkung auf die Straße gelaufen war. Wenn ja, wer könnte dahinterstecken? Vielleicht der gleiche Mensch, der auch Cornelius Beck auf dem Gewissen hatte? Oder etwa Cornelius Beck selbst? Ein eskalierter Streit unter Freunden mit tödlichem Ausgang? Und wenn das so wäre: Was hatte Beck dann bei den Eltern seines Freundes gewollt? Ein Geständnis abgelegt? Hatten dann am Ende sogar Feldmanns Eltern aus Rache Cornelius Beck ermordet?

Jetzt fuhr Jan die kurvigen Straßen runter ins Tal der Kurstadt, bog dann in eine unscheinbare Seitenstraße ab und suchte das Haus der Feldmanns. Es war das letzte Haus in der Straße, ein hübsches Fachwerkhaus, das die Besitzer offenbar sehr pflegten. Vorgarten und Eingangsbereich waren liebevoll hergerichtet. Jan klingelte, stellte sich vor und ließ sich hereinbitten.

Die Feldmanns waren ein freundliches, älteres Ehepaar. Sie boten Jan einen Kaffee an, den er dankend annahm. Frau Feldmann ging in die Küche, während sich Herr Feldmann auf einen Sessel gegenüber von Jan niederließ.

»Es wundert uns, dass die Polizei den Unfall unseres Sohnes so spät noch einmal aufrollt«, sagte Herr Feldmann.

»Eigentlich ist der… der Unfallhergang auch geklärt«, sagte Jan und achtete auf eine bedachte Wortwahl.

»Möchten Sie auch ein Stück Kuchen?«, fragte Frau Feldmann aus der Küche.

»Gerne«, sagte Jan. Er hatte das Gefühl, so höflich wie möglich sein zu müssen, wenn er dieses nette Ehepaar noch einmal mit dem Tod ihres Sohnes konfrontieren musste.

»Also, was führt Sie zu uns?«, bohrte Herr Feldmann nach.

Jan räusperte sich. »Es ist so, dass vor ein paar Tagen in der alten Jahrgangsstufe Ihres Sohnes ein Mord passiert ist.«

»Ja, Herr Beck wurde umgebracht, davon haben wir gehört. Wie furchtbar«, sagte Frau Feldmann und stellte Jan einen Teller mit Käsekuchen hin. »Aber was hat das mit uns zu tun?«

»Nun, Cornelius Beck war zur Schulzeit mit Ihrem Sohn eng befreundet«, sagte Jan. »Und wir versuchen herauszufinden, ob es irgendeinen Zusammenhang zwischen dem Tod von Cornelius und dem Tod von Christian geben könnte.«

»Was meinen Sie mit einem Zusammenhang?«, fragte Herr Feldmann verwundert.

»Wir müssen einfach vielen Hinweisen nachgehen. Und wir haben gestern erst erfahren, was mit Ihrem Sohn damals passiert ist. Herr Feldmann, erinnern Sie sich daran, ob es damals, als Christian zur Schule ging, mal einen Vorfall gab … vielleicht einen Streit zwischen Christian und einem Mitschüler?«

»Nein, wirklich nicht. Natürlich haben sich die Kinder in der Schule mal gestritten. Aber nichts Gravierendes.«

»Wie haben Christian und Cornelius denn ihre Zeit zusammen verbracht?«

»Wie gleichaltrige Jungs eben ihre Zeit verbringen«, schaltete sich Frau Feldmann ins Gespräch ein. »Sie haben zusammen Videos geschaut, sind ins Kino gegangen, später haben sie sich in Kneipen getroffen. Nichts Besonderes.«

Jan merkte, dass ihn die Befragung nicht weiterbrachte. Er bat die Feldmanns daher, ein bisschen mehr aus dem Leben von Christian zu erzählen, und widmete sich seinem Kuchen. Die Eltern lächelten und erzählten einige Anekdoten aus Christians Kindheit, von seinen beruflichen Plänen bei der Bundeswehr und seinen Erfolgen im Fußballverein. Jan merkte ihnen an, dass sie den Tod ihres Sohnes längst akzeptiert hatten.

»Der Kuchen war übrigens sehr lecker, Frau Feldmann«, sagte Jan und zeigte auf den leeren Teller.

»Möchten Sie noch ein Stück?«, fragte Frau Feldmann.

»Nein danke«, winkte Jan ab. »Ich habe auch nur noch eine Frage, dann muss ich auch schon wieder gehen. Herr Feldmann, Frau Feldmann, haben Sie je daran gedacht, dass Christians Tod nicht einfach ein Unfall war?«

Das Ehepaar Feldmann sah Jan stumm an. Dann warfen sich die beiden Eheleute fragende Blicke zu.

»Sie meinen, dass Christian absichtlich überfahren worden ist?«, fragte Herr Feldmann.

»Nein, ich meinte eher, dass ihn jemand auf die Straße geschubst haben könnte«, korrigierte Jan.

»Großer Gott, wer sollte so etwas tun?«, entrüstete sich Herr Feldmann. Seine Frau rang jetzt um Fassung.

Schließlich stieß sie einen Schrei aus und begann zu weinen. Herr Feldmann setzte sich neben seine Frau und legte tröstend den Arm um sie.

Dann blickte er zu Jan. »Herr Grimberg, ich glaube, diese Frage hat meiner Frau nicht gutgetan.«

»Das tut mir sehr leid, aber ich musste sie stellen«, sagte Jan.

»Warum denn, bitteschön?«, fragte Herr Feldmann vorwurfsvoll. »Wissen Sie, wir haben in den letzten zwanzig Jahren gelernt, mit Christians Tod zu leben. Wir haben ihn in guter Erinnerung und sind dankbar, dass wir ihn zu einem jungen Mann heranwachsen sehen durften. Aber es ist nicht so, dass uns der Verlust heute gleichgültig geworden ist. Christian ist unser einziges Kind. Mein Familienname wird nicht weitergegeben werden können. Wir werden nie Enkelkinder im Arm halten. Wir haben nie erlebt, wie Christian eine Frau mit nach Hause bringt und uns stolz verkündet, dass er heiraten will. Wir haben auch nie erlebt, wie Christian eine Ausbildung oder ein Studium beendet und seinen ersten Job bekommt. Und irgendwann werden wir einsam sterben. Das alles bedeutet Christians Tod für uns. Und das ist schmerzlich genug. Aber wir haben bisher akzeptieren können, dass Christians Tod ein dummer, tragischer Zufall war. Bitte lassen Sie uns damit in Frieden. Wir wollen nicht glauben müssen, dass jemand absichtlich Christians Tod wollte. Wie sollten wir damit leben?«

Jan sah die beiden verlegen an.

»Wie sollten wir damit leben?«, wiederholte Herr Feldmann.

Jan sah ein, dass er hier keine weiteren Erkenntnisse über Christians Tod bekommen konnte, weil seine Eltern einfach keine Hinweise für ihn hatten. Warum sollte er sie jetzt noch weiter belasten? Er stand auf.

»Ich verstehe Sie. Es tut mir leid«, sagte Jan. »Ich werde dann jetzt mal gehen.«

Jan trat aus der Tür hinaus, zögerte einen Moment, dann drehte er sich noch einmal um. »Eine letzte Frage habe ich noch. Könnten Sie mir eben noch sagen, wo Sie am Samstagabend waren?«

»Jetzt reicht es aber! Gehen Sie jetzt, junger Mann! Gehen Sie!«

Jan verschwand, ohne noch mal nachzuhaken. Er würde die Frage auch später noch klären können und fühlte sich mies, dass er sie hatte stellen müssen.

* * *

Eine Stunde später: Ein dunkler Keller. Zwei Türen, beide halb geöffnet. Hinter einer befand sich ein Krimineller mit einer Schusswaffe. Jan atmete langsam ein, dann hob er seine Dienstwaffe an. Er streckte seinen rechten Arm und entsicherte seine Pistole. Er versuchte, ruhig zu bleiben. Aber er merkte, wie angespannt er in Gefahrensituationen wie dieser war. Jan fixierte den Kellerflur. Gegenüber war die Treppe, die hoch ins Erdgeschoss führte, rechts war der Kellerraum, und Jan wusste, dass hinter dieser Tür der Geflüchtete verschwunden war. Hatte der eine Waffe dabei? Jan wusste es nicht. Er versuchte, sich zu konzentrieren. In den nächsten Sekunden würde Jan eine Entscheidung treffen müssen, bei der es um Leben und Tod gehen könnte.

»Kommen Sie mit erhobenen Händen raus!«, rief Jan.

Es kam jetzt nicht nur darauf an, wie gut Jan schießen konnte, sondern auch, ob er überhaupt schießen sollte. Plötzlich ging es ganz schnell. Ein Mann kam aus der Tür und zielte mit einem Revolver auf Jan. Diese Schrecksekunde überwältigte ihn. Er schoss zwei Mal, beide Schüsse gingen an dem Gegner vorbei. Dieser feuerte nun ebenfalls einen Schuss ab. Der rauchende Revolverlauf zeigte genau auf Jans Gesicht. Jan feuerte zwei weitere Schüsse ab, die diesmal im Oberkörper des Angreifers einschlugen. Jan stockte der Atem.

»Mist!«, fluchte Jan, steckte seine Dienstwaffe ein und nahm den Gehörschutz ab.

»Das können Sie wohl laut sagen, Grimberg«, stimmte Wagner zu. »Warum haben Sie zuerst vorbeigeschossen?«

»Weiß nicht«, murmelte Jan.

»Weil Sie sich ganz schön erschrocken haben, als der Kerl rauskam, nicht wahr?«, fragte Wagner.

»Schon möglich«, sagte Jan. »Ja.«

»Ging mir lange Zeit auch so. Und die anderen beiden Schüsse haben Ihnen nicht mehr viel genützt«, sagte Wagner. »Wenn Ihr Gegner real gewesen wäre, hätte er sie jetzt getötet. Er hätte sie umgelegt, bevor sie ihn im Bauch getroffen haben«, stellte Wagner fest.

Starke Nerven waren nicht gerade Jans Kernkompetenz – Computersimulation hin oder her. Er kam mit Einsätzen zurecht, aber seine Schreckhaftigkeit stand ihm manchmal ein wenig dabei im Weg. So wie gerade beim Schießtraining.

»Jetzt sehen Sie mir mal zu, wenn Sie möchten«, bot Wagner an, setzte sich den Gehörschutz wieder auf und ließ die gleiche Simulation starten – fast die gleiche, denn auch Wagner wusste natürlich nicht, ob der imaginäre Gegner ein Verbrecher oder ein unbewaffneter Zivilist war. Der Mann auf der Leinwand kam diesmal schneller aus seinem Versteck als bei Jan und zielte auf Wagner. Blitzschnell knallten zwei Schüsse aus Wagners Waffe. Einer traf den Mann im rechten Arm, der andere im linken Bein. Der Mann in der Simulation war außer Gefecht gesetzt, aber nicht tödlich getroffen.

»Wow!«, staunte Jan. Ihm war aufgefallen, dass Wagner während der ganzen Szene nicht ein Mal mit den Augen geblinzelt hatte.

»Sie haben eben zu lange gezögert, weil Sie nicht sicher waren, ob Sie einen Unbewaffneten erschießen, nicht wahr?«

»So ist es«, gab Jan zu.

»Versuchen Sie, zuallererst, wenn jemand aus dem Versteck kommt, nach der Waffe Ausschau zu halten. Sehen Sie nicht auf das Gesicht oder die Bewegung, sehen Sie auf die Stellen, an der er oder sie eine Waffe halten könnte. Und dann schießen Sie sofort, wenn das der Fall ist. Möglichst auf Arme oder Beine, denn wenn Sie sich mit der Waffe doch geirrt haben, kommen Sie nachher schneller aus der Nummer raus, wenn sie den Unschuldigen nur angeschossen und nicht getötet haben.«

»Ich habe gelernt, dass man auf den Oberkörper zielen soll, weil man zu wenig Zeit hat, auf andere Körperteile zu zielen«, entgegnete Jan.

»Wenn Sie ein guter Schütze sind, brauchen Sie diese Zeit zum präzisen Zielen nicht, sondern schaffen es auch schneller, Arme oder Beine zu treffen«, sagte Wagner.

Jan musste seinem Kollegen in diesem Punkt recht geben. Wagner war ein verdammt guter Schütze. »Wollen wir noch ein Feierabendbier trinken?«, fragte er. Vielleicht war es an der Zeit, sich mit Wagner zu versöhnen.

»Keine Zeit, ich fahre gleich noch zu meinem Sohn«, antwortete Wagner. »Beim nächsten Mal vielleicht.«

»Dann also vielleicht ein anderes Mal«, sagte Jan. »Einen schönen Feierabend.«

Aber Wagner hatte sich schon umgedreht und war auf dem Weg nach draußen.

* * *

Martin witterte eine unbestimmte Gefahr und beeilte sich, nach Hause zu kommen. Der Abend war so trüb, dass der Mond kein Licht spenden konnte. Er ging alleine durch die Gassen der Euskirchener Innenstadt. Jendrik hatte ihn am frühen Abend besucht, dann waren sie noch um die Häuser gezogen und hatten in ihrer Stammkneipe noch ein paar Bier getrunken und über alte Zeiten gequatscht. Jendrik hatte diesmal nicht über die Mordnacht reden wollen, er hatte ihn heute auch nicht noch einmal vor möglichen Mordanschlägen gewarnt oder über die Vorfälle von früher geredet. Das war Martin nur recht. Er mochte Jendrik sehr, er war sein bester Freund, und er war froh, dass die Freundschaft seit ihrer Schulzeit gehalten hatte.

Manchmal war es Martin fast unheimlich, dass Jendrik immer zu ihm hielt. Jendrik war einfach ganz anders als Martin, der sich immer irgendwie schwach fühlte. Jendrik hingegen war stark, er war ein echter Lebemann und erfolgreich.

Martin stockte plötzlich der Atem, als er Schritte hinter sich hörte. Zuerst dachte er an einen nächtlichen Fußgänger, der wie er selbst von einer Kneipentour nach Hause ging. Aber die Schritte waren zu unregelmäßig. Sie liefen und stoppten, und es waren nicht die Schritte nur eines Menschen, sondern mehrerer. Und jetzt hörte er, wie die Schritte näherkamen. Schneller und schneller. Jemand packte ihn unsanft an der Schulter und warf ihn gegen eine dunkle Häuserwand. Zwei junge Männer, fast noch Kinder, standen vor ihm. Einer klemmte seinen Unterarm gegen Martins Hals, so dass er würgte, der andere hielt ihm ein Messer vors Gesicht.

»Dein Geld und dein Handy!«, sagte einer.

»Los, mach schon, du Spacko, dein Geld und dein Handy, oder sollen wir dir das Messer in den Arsch schieben? Ja, stehst du auf so was?«, drohte der andere.

Martin zitterte am ganzen Leib. Kurz blitzten Erinnerungen aus längst vergangenen Zeiten auf. Er hatte Angst, und sein Kopf schmerzte, als würden leichte Schläge von außen gegen seinen Schädel klopfen. Bis er begriff, dass da Klopfen weitere Schritte waren, die von außen kamen. Eine dritte Gestalt war dazugekommen, die nun hinter den beiden Angreifern stand. Der vordere Räuber verzerrte plötzlich sein Gesicht, er schien Schmerzen zu haben und sank zu Boden. Die dritte Person war Jendrik, der den jungen Kerl am Genick packte und in die Knie zwang. Dann hämmerte Jendrik seine flache Hand gegen den Hals des Mannes mit dem Messer, der seine Waffe immer noch in der Hand hielt. Auch er sank in die Knie, und Jendrik trat ihm mit voller Wucht mehrmals auf die Finger, bis er das Messer fallen ließ. Der Kerl mit dem Messer kniete immer noch vor Jendrik und Martin und hielt sich die schmerzende Hand fest. Jendrik holte mit dem rechten Fuß aus und trat ihm ins Gesicht. Dann ein zweites und drittes Mal. Hässliches Blut schmierte sich von seinen Lippen über seine Wangen. Beide Augen waren geschwollen. Jendrik warf den anderen Angreifer, der fassungslos danebenstand, zu Boden, ließ diesen aber in Ruhe.

»Das reicht, Jendrik«, versuchte Martin seinen Freund zu stoppen. Aber Jendrik trat weiter auf ihn ein. Entsetzt sah Martin auf den blutenden, jungen Mann, der da am Boden lag und nun gar nicht mehr bedrohlich aussah. Er lag gekrümmt wie ein Embryo auf dem kalten Asphalt und hielt sich beide Hände vors Gesicht.

»Oh Gott, hör jetzt auf!«, rief Martin.

»Wie wäre es mit einem Dankeschön«, fauchte Jendrik ihn an.

Blitzschnell half der Kumpel des zu Boden gegangenen Angreifers seinem Freund hoch, und die beiden verschwanden, so gut sie mit ihren Verletzungen laufen konnten, in der Dunkelheit.

»Musstest du denn gleich so brutal sein?«, fragte Martin.

»Du meinst, ich hätte sie einfach höflich bitten sollen aufzuhören?«, gab Jendrik sichtlich verärgert zurück.

»Jendrik, ich bin dir doch dankbar, dass du mir geholfen hast. Aber ich habe nur ein schlechtes Gewissen, dass du den Kerl, der da eben lag, ernsthaft verletzt …«

»Ernsthaft verletzt? Weißt du, was die mit dir gemacht hätten? Und erzähl mir nichts von Gewissen. Entweder du tust Dinge, um dich am Leben zu halten, oder du tust sie nicht. Da hilft dir doch kein Gewissen.«

Martin fühlte sich unbehaglich bei dem, was Jendrik da sagte. Natürlich war er froh, dass sein Freund ihm zur Hilfe geeilt war. Und natürlich hatte Jendrik recht: Was wäre wohl passiert, wenn er nicht dazwischengegangen wäre? Er wusste, dass er sich immer auf Jendrik verlassen konnte. Aber dass er so gewalttätig sein konnte, hätte Martin nicht gedacht. Als er die Szene eben beobachtet hatte, war es ihm vorgekommen, als hätte Jendrik keinerlei natürliche Hemmung gehabt, als er die Typen verprügelt hatte.

»Bist du denn okay?«, fragte Jendrik schließlich.

Martin tastete seinen Körper ab und sah jetzt erst, dass seine rechte Hand sich rotblau gefärbt hatte und geschwollen war.

»Ich glaube, diese Typen haben mich an der Hand verletzt«, sagte Martin und fühlte vorsichtig daran. »Ist aber, glaube ich, nicht gebrochen.«

»Soll ich dich ins Krankenhaus bringen?«, fragte Jendrik fürsorglich.

»Nein danke, es tut ein bisschen weh, aber es ist nicht so schlimm. Danke«, antwortete Martin und fügte hinzu: »Ich weiß es wirklich sehr zu schätzen, dass du mir geholfen hast.«

»Pass auf dich auf, mein Freund«, antwortete Jendrik. »Wir sehen uns dann die Tage, ja? Soll ich dich noch zu deinem Haus bringen?«

»Nicht nötig, Kumpel. Ich wohne doch gleich um die Ecke, das schaffe ich schon.«

»Wie du meinst. Ich muss jetzt wirklich mal ins Bett.«

Dann verschwand Jendrik so schnell, wie er gekommen war.

* * *

Abends kam manchmal die Leere. Sie kam in Jan Grimbergs Wohnung und war dann überall. Jan fragte sich dann, was das eigentlich alles sollte. Wozu er einzelne Verbrecher jagte, während an anderen Stellen neue, viel größere Verbrechen geschahen. Was der Polizeiberuf überhaupt mit ihm selbst zu tun hatte. Ob es wirklich die richtige Entscheidung gewesen war, zur Polizei zu gehen. Und ob es wirklich Sinn hatte, sich tagtäglich bis spät abends für einen unterbezahlten Job aufzuopfern, so dass er keine Zeit hatte, eine Frau fürs Leben zu finden. Und bei all den Fragen zum Sinn seines Lebens knabberte Jan am meisten daran, dass er die Beziehung zu der Frau, die er zuletzt geliebt hatte, ausgerechnet wegen seines Berufes vermasselt hatte. Das war so absurd. Und alle Versuche danach, diese Beziehung doch noch zu retten, waren endgültig fehlgeschlagen. Jenny hatte ihm heute eine SMS geschickt, dass sie nun einen neuen Freund hatte. Es war also endgültig aus.

Jan warf den Pizzakarton, den er eben geleert hatte, in den Müll und ging zu seiner langen Bücherwand. Er musste etwas lesen, um sich abzulenken oder vielleicht sogar ein paar Antworten auf seine vielen Fragen zu finden. Während seines Philosophiestudiums hatte er sich mehr Bücher angeschafft, als er je hatte lesen können.

Er war auf der Suche nach Orientierung im Leben. Heimlich suchte er diese Orientierung auch in der Religion, auch wenn er nie viel mit Religion hatte anfangen können. Aber er wollte nun doch genauer wissen, wie manche Menschen zum Glauben kamen, und hoffte, dass, wenn er einmal verstanden hatte, was es mit Gott auf sich hatte, er auch einen konkreteren Sinn und Halt im Leben finden könnte. Jan suchte nach Anhaltspunkten für die Existenz Gottes und hatte dafür die passende, bislang ungelesene Lektüre im Regal.

Er holte einige Werke der Scholastiker heraus, jener Philosophen, die im Mittelalter versucht hatten, theologische Fragen mit philosophischer Vernunft zu beantworten. Dann legte er die Bücher auf den Tisch neben seinem Sessel und blätterte sie nacheinander durch. Thomas von Aquin war dabei, Wilhelm von Ockham und Anselm von Canterbury. Er blieb bei Thomas von Aquin hängen und tauchte ein in die fünf Wege zur Erkenntnis Gottes. Sofort packte ihn seine alte Leidenschaft für das Lesen philosophischer Bücher. Die Leere verschwand mit jedem Satz, den er las. Seine Gedanken waren nicht mehr bei dem Fall, nicht mehr bei Wagner und nicht mehr bei Jenny, sondern ganz bei Suche nach Gott.

8. Kapitel

15. November 2015

Dirk Meyer hielt die Spannung kaum noch aus. Darum hatte er in den letzten Tagen beschlossen, seiner Frau Erika mal etwas Gutes zu tun. Sie noch mal richtig zu verwöhnen. Prompt hatte er vorgestern seine Schwiegereltern als Babysitter engagiert und gestern ein Wellnesswochenende in Ahrweiler gebucht. In zwei Wochen schon würde er einfach mal mit ihr zwei Tage wegfahren und sich im Hotel verschanzen. Und nach mehreren Saunagängen, Bädern und Massagen würde er gereinigt zurückkehren und wieder einen normalen Alltag führen können. Außerdem würde ihn das wieder mehr mit Erika zusammenführen. Sie musste in den letzten Tagen doch gemerkt haben, dass er oft abwesend war. Das Wellnessgeschenk, das er ihr nun am Frühstücktisch präsentierte, würde sie auf andere Gedanken bringen.

Erika kam ins Wohnzimmer, saß verschlafen am Esstisch und nahm verwundert den Geschenkumschlag in die Hand, drehte ihn einmal nach links und einmal nach rechts und warf ihrem Mann einen fragenden Blick zu. Dirk lächelte, zuckte unschuldig mit den Schultern und schmierte zur Tarnung sein Brötchen. Die Zwillinge hatten beschlossen, erst im Kindergarten zu frühstücken und spielten vergnügt im Kinderzimmer.

Dann öffnete Erika den Umschlag, zog den Gutschein heraus und las ihn eine gefühlte Ewigkeit. »Ist irgendwas?«, fragte sie schließlich.

Dirk strich immer noch mit der Butter über die Brötchenhälfte. »Was meinst du, Schatz? Freust du dich nicht?«, fragte er zurück.

Lautes Kinderlachen drang durch den Flur.

»Ich weiß nicht«, sagte sie, legte den Gutschein auf den Tisch und nippte an ihrem Kaffee. Dann schmierte sie sich ein Brot, als wäre es ein ganz normaler Morgen. Schließlich legte sie das Messer beiseite und sagte: »Irgendwas ist doch mit dir. Du redest seit dem Klassentreffen kaum mit mir, bist ständig draußen unterwegs, telefonierst heimlich und meinst, ich merke es nicht. Und dann schenkst du mir aus heiterem Himmel ein Wochenende im Hotel, als wäre ich diejenige, die auf andere Gedanken gebracht werden müsste. Das ist doch merkwürdig, meinst du nicht?«

»Ich wollte dir einfach mal eine Freude machen, was ist denn merkwürdig daran?«, fauchte Dirk sie beleidigt an.

»Ich weiß nicht. Ich meine … Ich verstehe ja, dass das ein Schock sein muss, wenn einer deiner alten Schulfreunde auf dem Klassentreffen, an dem du teilnimmst, ermordet wird. Aber andererseits: Du hast mir nie von diesem Mann erzählt. Ich glaube deswegen nicht, dass dir sein Tod so nahegeht, dass du dich deshalb so komisch verhältst. Da ist doch etwas anderes. Hast du etwa …«

Weiter kam sie nicht, denn die Klingel riss sie aus dem Gespräch.

Erika sah auf die Uhr. »Es ist zwanzig nach sieben! Wer kann das am frühen Morgen sein?«

»Ich gehe schon«, sagte Dirk und ging zur Wohnungstür. Jemand musste den Besucher schon unten am Hauseingang reingelassen haben, denn er hörte bereits Schritte im Treppenhaus. Dirk öffnete die Tür. »Sie?«, fragte er überrascht. Es war schon wieder dieser Kommissar. »Was tun Sie hier – so früh am Morgen?«, fragte Dirk. Ihm wurde flau im Bauch. Wenn ein Polizist um kurz nach sieben am Morgen vor der Tür stand, konnte das nichts Gutes bedeuten. Gar nichts Gutes.

Jetzt ist alles aus, dachte Dirk. Jetzt wird dieser Wagner alles kaputtmachen, meine Familie, mein Heim, meine Ehe, alles. Wenn der Typ gleich wieder geht, wird nichts mehr so sein wie vorher.

»Ich störe doch nicht? Darf ich reinkommen?«, frage Wagner.

»Es … es ist gerade wirklich ungünstig. Meine Frau und ich müssen gleich zur Arbeit und vorher noch an der Kita vorbei. Wir sind gerade auf dem Sprung.«

»Es dauert auch nicht lange«, beruhigte ihn Wagner und verschaffte sich Eintritt. »Ich bin in fünf Minuten wieder weg. Es sei denn, ich muss Sie gleich mitnehmen«, fügte Wagner hinzu.

Dirk konnte nicht einordnen, ob das ein Scherz oder ein Trumpf sein sollte.

»Wer ist das?«, fragte Erika, die nun in der Tür zwischen Wohnzimmer und Flur stand und neugierig auf ihren Mann und den Fremden sah.

»Herr Wagner von der Kripo«, stellte Wagner sich vor.

»Haben Sie den Mörder etwa gefunden?«, frage Erika.

»Nein, aber wir sind nah dran«, antwortete Wagner kühl. »Und Ihr Mann kann uns vielleicht bei der Aufklärung helfen.«

»Wenn es nur fünf Minuten dauert, kann ich Ihnen sicher noch ein paar Auskünfte geben. Ich fahre dann ein paar Minuten später los«, antwortete Dirk nervös.

»Brauchen Sie mich auch dazu?«, fragte Erika. »Sonst müsste ich wirklich jetzt aufbrechen ...«

Wagner nickte. »Gehen Sie nur.«

Erika ging in den Flur und schlüpfte in ihre Schuhe. Dann zog sie die Zwillinge an.

Dirk führte Wagner ins Wohnzimmer.

»Ich habe nur noch ein paar Rückfragen wegen der Nacht – Sie wissen schon – als Ihr Schulfreund ums Leben kam«, begann Wagner. »Schicke Wohnung übrigens.«

»Danke«, sagte Dirk. »Es ist gar nicht einfach, eine bezahlbare Vierzimmerwohnung in Köln zu finden. Und wenn man dann noch auf Altbau steht.« Er versuchte, Zeit zu gewinnen. Erika war immer noch im Flur und konnte mithören. »Außerdem möchte man ja, dass die Wohnung in einer ruhigen Straße liegt, wenn man kleine Kinder hat, verstehen Sie ...«, fuhr Dirk fort.

»Ach ja«, sagte Wagner nun sichtlich gereizt. »Es hat mich übrigens gewundert, dass Sie Kinder haben.«

»Aha? Sieht man mir das etwa nicht an?«, fragte Dirk zurück. Sein Herz schlug schneller.

»Sagen wir es mal so: Ich habe gehört …«, sagte Wagner, doch Dirk fiel ihm sofort ins Wort: »Kann ich Ihnen eigentlich noch einen Kaffee anbieten?«

»Nein Danke! Kommen wir zur Sache«, sagte Wagner ungeduldig. »Ich habe gestern noch einmal mit Ihrem Schulfreund Alex gesprochen, mit dem Sie sich ja sehr lange an jenem Abend unterhalten haben.«

Dirk hörte, wie Erika die Tür hinter sich zuzog. Erleichtert stöhnte er auf. »Und?«, fragte er.

»Ihrem Freund ist es wohl rausgerutscht, dass Sie nicht nur über alte Zeiten geredet haben, sondern auch sexuellen Kontakt hatten.«

Dirk setzte sich auf einen Stuhl und senkte den Blick zum Boden. Den Kopf legte er in seine Hände. Nach einer Weile sah Dirk auf und sagte: »Meine Frau weiß davon nichts.«

»Das dachte ich mir. Wäre ja auch nur schwer auszuhalten für Ihre Frau, nicht?«

»Bitte …«, flüsterte Dirk.

»Deswegen sagte ich eben, dass es mich wundert, dass Sie Kinder haben. Ich dachte halt, Sie wären schwul.«

Dirk schlug mit beiden Händen auf seine Schenkel. »Ich bin nicht schwul!«

»Vielleicht müssen Sie sich an den Gedanken ja gerade erst gewöhnen und es erst für sich selbst akzeptieren. Das ist doch in Ordnung, wirklich. Aber Tatsache ist doch, dass Sie homosexuellen Geschlechtsverkehr hatten.«

»Bitte«, flehte Dirk noch einmal. »Meine Frau darf das nicht wissen. Es war eine einmalige Geschichte. Alex hat mich verführt. Aber ich habe ihm gesagt, dass das nicht weitergehen wird. Sagen Sie meiner Frau nichts, bitte!«

»Wenn Sie kooperieren, lässt sich das vielleicht vermeiden«, stellte Wagner in Aussicht. »Warum haben Sie uns bei der Vernehmung nicht gleich die Wahrheit über Ihr Alibi verraten? Dachten Sie, Sie haben etwas Verbotenes getan?«

»Ich weiß nicht ...«

»Sie wissen nicht, ob es verboten ist? Nun, das mag zwar nicht jedermanns Sache sein, aber gesetzlich verboten ist homosexueller Verkehr nicht. Nicht mehr ...«, grinste Wagner.

Dirk antwortete: »Ich meinte: Ich weiß nicht, warum ich nicht die Wahrheit gesagt habe. Vielleicht hatte ich einfach Bedenken, dass meine Frau auch davon erfahren könnte, wenn ich es irgendjemandem sage.«

»War Ihnen denn nicht klar, dass Sie mit der Polizei reden? Dass es um einen Mordfall geht?«

»Nein, in dem Moment wohl nicht«, flüsterte Dirk demütig.

»Ich sage Ihnen, warum Sie uns belogen haben«, sagte Wagner: »Entweder ist es so, wie Sie sagen. Sie waren erschrocken über sich selbst, über den Seitensprung, den Sie begangen haben, und hatten Angst um Ihre Familie. Aber vielleicht hatte es ja noch einen anderen Grund ...«

Dirk sah ihn fragend an.

Wagner fuhr fort: »Nun ja: Wenn wir uns nur einmal hypothetisch fragen, ob Ihre kleine Perversion auch mit dem Mordfall zu tun haben könnte. Dann war es doch vielleicht so – nur einmal hypothetisch angenommen, wie gesagt: Sie werden nachts auf dem dunklen Pferdehof von Ihrem alten, ähm, Freund, verführt – und es bekommt jemand mit. *Cornelius Beck* kriegt es mit: Er sieht Sie, oder er hört Sie durch die Zimmerwand oder wie auch immer. Und als Sie bemerken, dass Ihre kleine schwule Schmuserei nicht geheim geblieben ist und Beck Sie gesehen hat, brennt bei Ihnen eine Sicherung durch. Vielleicht hat Beck ja eine dumme Bemerkung gemacht, in etwa: ›Wenn das deine Frau erfährt, mein lieber Dirk‹, oder so ähnlich. Dann sind Sie handgreiflich geworden, Beck ist vor Ihrem Angriff geflohen. Sie hinterher, haben nur noch im Sinn, was passiert, wenn es irgendjemand durch Beck erfährt und schließlich Ihre Frau über Ihr schmutziges Geheimnis informiert wird – Sie sehen also die Heugabel auf dem Hof stehen, greifen Sie im Vorbeigehen, holen Beck irgendwann ein, Beck stolpert und fällt hin, und in Ihrer Panik rammen Sie ihm die Heugabel in den Rücken.«

»Was glauben Sie?«, empörte sich Dirk.

»Nun, Ihre Familie ist Ihnen offenbar viel Wert. So viel, dass Sie dafür die Polizei belügen. Dann frage ich mich: Würden Sie, um Ihre homosexuellen Ausbrüche zu verheimlichen, auch töten?«

»Wie bitte? Nein! Das kann doch nicht …« Dirk stockte, dann stieß er einen Schrei aus und hielt sich die Hand vor den Mund. Im Türrahmen stand Erika. Sie stand da und sagte kein Wort, aber ihr Gesicht verriet, dass Sie viel zu viel mitgehört hatte. Er hatte sie nicht reinkommen hören.

Sie starrte ihren Mann an. Nach einer Weile sagte sie: »Ich hatte meine Handtasche vergessen.«

»Ich glaube, wir sollten die Tatnacht nun doch noch einmal Schritt für Schritt durchgehen und zu Protokoll geben«, sagte Wagner. »Könnten Sie vielleicht Ihre Arbeitsstelle anrufen und sagen, dass Sie heute wohl nicht mehr kommen? Dann könnten Sie nun direkt mit zur Kreispolizeibehörde kommen.«

Dirk tat, was Wagner sagte, meldete sich bei der Arbeit für diesen Tag krank und verließ mit dem Kommissar das Haus, während seine Frau weiterhin fassungslos im Flur stand.

* * *

Auf Jans Schreibtisch stapelten sich inzwischen zwei Dutzend Notizblätter. Es gab Tage, da trieb der Polizeiberuf Jan in die Verzweiflung. So ein Tag war heute. Er hatte seit gestern mit mehreren Angehörigen von Cornelius Beck gesprochen. Nachdem er sie jedes Mal vertröstet hatte, dass sie den Mörder noch nicht gefunden hätten, hatte er versucht, weitere brauchbare Details aus dem Leben von Cornelius Beck zu erfahren. Becks Ehefrau wusste nichts über den Vorfall mit dem Lehrer, den Beck zu Schulzeiten wegen sexueller Belästigung beschuldigt hatte. Becks Schwester konnte sich dunkel daran erinnern, hatte aber sonst nicht das Gefühl, dass ihr verstorbener Bruder in seiner Jugend besonders verhaltensauffällig gewesen sei, wobei sie zugeben musste, dass sie sich wegen des großen Altersunterschiedes damals wie heute nie besonders für ihren jüngeren Bruder interessiert habe. Becks Eltern lebten nicht mehr und konnten sich zu den Vorfällen in der Schulzeit nicht äußern. Und als Jan Becks Frau aufgefordert hatte, ihm fünf mögliche Feinde von Cornelius zu nennen, waren ihr nur zwei eingefallen: der Nachbar, der sich mit Cornelius regelmäßig wegen gegenseitiger Vorwürfe in Bezug auf Ruhestörung in der Wolle hatte, und ein Kollege, mit dem Cornelius einen kleinen, aber insgesamt eher harmlosen Konkurrenzkampf führte. Beide Feindschaftsmotive reichten bei Weitem nicht aus, um einen Mord zu verüben.

Auch die Lehrerliste, die ihm der Schulleiter vom Hannah-Arendt-Gymnasium gegeben hatte, führte bislang ins Leere. Kein Lehrer konnte nennenswerte Details über Christian, Cornelius oder Karsten erzählen, weil sie sich zu schlecht erinnerten oder ihnen diese Schüler einfach nicht negativ aufgefallen waren. Nur den Vorfall mit dem Missbrauchsvorwurf gegen Lehrer Stich hatten zwei ehemalige Kollegen bestätigt.

Jan kam nicht weiter. Er hatte das Gefühl, alle Möglichkeiten ausgeschöpft zu haben. Das war der Moment, wo Jan wieder daran zweifelte, den richtigen Beruf gewählt zu haben. Sicher, er hatte schon einen großen Erfolg gehabt, gleich am Anfang bei der Kripo. Aber das war doch letztendlich eher ein Zufallstreffer gewesen. Und mit diesem Erfolg war natürlich auch der Erwartungsdruck von außen gestiegen. Jan befand sich in einer Sackgasse. Karsten blieb weiterhin spurlos verschwunden. Immerhin galt Karsten nach wie vor als Hauptverdächtiger. Jan hatte keine Ahnung, wie er und seine Kollegen nach Karsten weitersuchen sollten. Aber er hielt es immer noch für möglich, dass Karsten unschuldig war und Cornelius Beck von einem anderen

Menschen getötet worden war. Aber eine zweite nützliche Spur fand Jan einfach nicht. Und er hatte nicht das Gefühl, dass nur Wagner ihm aus dieser Sackgasse heraushelfen würde. Jan hatte nach wie vor das Gefühl, dass Wagner, obwohl sie Partner waren, lieber sein eigenes Ding machte. Niemand konnte ihm helfen.

Oder doch?

Jan stand plötzlich auf, sagte Frauke, dass er noch einmal für drei Stunden auf Recherchetour sei, und stieg kurz darauf ins Auto.

* * *

Die A1 war für Jan ein unendlich weiter Weg ins Ungewisse gewesen. Mehr als hundert Kilometer hatte er zu bewältigen gehabt. Während der Fahrt war ihm immer unwohler zumute geworden. Mehrere Monate lang hatte er versucht zu verdrängen, dass er einen Freund hatte, der zum Mörder geworden war. Er hatte Ralf Steiner noch nicht ein einziges Mal im Gefängnis besucht.

Jetzt bäumte sich die Mauer der Justizvollzugsanstalt Hagen vor Jan auf wie eine unbezwingbare Bergwand. Für ihn war es eine neue Erfahrung, als Besucher in ein Gefängnis zu gehen. Wie trostlos musste es für Angehörige sein, die Knastbrüder zu besuchen und sich für eine Stunde hinter die Gefängnismauern zu begeben. Jan drückte auf die Besucherklingel. Er machte dem Wachmann an der Pforte alle wichtigen Angaben zu seiner Person und zu seinem Anliegen und wurde durch die Sicherheitsschleuse gelassen. Jetzt gab es kein Zurück mehr. Er hatte den Termin mit der JVA Hagen sehr kurzfristig vereinbaren können, was nicht selbstverständlich war.

Jan verbrachte einige Zeit im Wartebereich, ohne auf die Uhr zu sehen. Dann musste er einige Gegenstände abgeben, lief durch eine weitere Schleuse und wurde dann zum Besucherraum geführt. Durch die Korridore hallte mehrmals der dumpfe Knall zufallender Türen, gefolgt von dem klirrenden Klicken der Schlösser. Jan bekam bei diesen Geräuschen eine Gänsehaut. Sie kamen zu einem kleinen Raum, in dem mehrere Tische und Stühle aufgebaut waren. Das Erste, was Jan im Besuchsraum auffiel, waren die Bilder an der Wand, die wohl Gemütlichkeit und Wärme vermitteln sollten, aber die vergitterten Fenster nicht verschleiern konnten. Ein Beamter zeigte Jan einen Tisch, an den er sich setzen konnte. Zwei andere Inhaftierte bekamen gerade im selben Raum Besuch. Einer von ihnen sprach mit einer Frau, die einen kleinen, etwa fünfjährigen Jungen bei sich hatte. Der Mann weinte ununterbrochen. Jan versuchte, die Stimmen auszublenden, und wartete.

Es dauerte sehr lange, bis endlich die Tür aufging und Ralf Steiner hereingeführt wurde. Steiner, der gut ein Jahr zuvor noch Jans Mentor bei der Kripo gewesen war. Er sah abgemagert aus, wirkte fast gebrechlich. Außerdem hatte er eine dicke Narbe im Gesicht, ein langer, hässlicher Striemen, der sich von seiner Schläfe bis zum Unterkiefer zog. Steiner setzte sich ihm gegenüber und zeigte keine Gesichtsregung. Kein Anzeichen von Freude, kein Anzeichen von Ablehnung, kein Anzeichen von Verwunderung. Er wirkte einfach nur gleichgültig. Einen langen Moment saßen sich die beiden Männer gegenüber und sagten kein einziges Wort. Jan versuchte zu lächeln, aber es misslang und verzerrte sein Gesicht zu einer komischen Grimasse.

»Kann ich dir irgendwas zu trinken anbieten?«, fragte Steiner schließlich. »Ich kann mal eben meine Nespresso-Maschine aus meiner Zelle holen. Oder möchtest du lieber einen Cognac?« Dann lachte Steiner sinnlos.

Schließlich räusperte Jan sich und fragte: »Was ist passiert?« Dabei zeigte er auf Steiners Wange.

Steiner lachte gequält. »Wir haben uns ja lange nicht gesehen, was, Grimbach?«

»Ich heiße immer noch Grimberg, Herr Steiner«, sagte Jan trocken, und beide lachten kurz auf, ehe die Anspannung wiederkam.

»Ich habe einen alten Bekannten getroffen«, sagte Steiner und zeigte auf sein Gesicht. »Ein Zuhälter, den ich hierhergebracht habe, hatte wohl noch eine Rechnung mit mir offen.«

»Oh«, war alles, was Jan dazu einfiel.

Wieder lachte Steiner ganz unvermittelt. »Und das war alles, was ihm einfiel. Er hat mir mit einer präparierten Gabel eine Narbe im Gesicht verpasst, der kleine Schwachkopf. Als ob das einen Unterschied machte, ob ich hier drinnen eine Narbe habe oder nicht. Ob du hässlich bist oder nicht, zählt doch nur für die Welt draußen. Hat er wirklich gemeint, dass mich das unglücklich macht, so eine kleine Narbe? «

»Es tut mir leid, Ralf«, flüsterte Jan.

Steiner machte eine Handbewegung, als wollte er Jans Worte damit beiseite wischen. »Ach, Jan, hör auf. Natürlich tut es dir nicht leid, das kann auch keiner erwarten, und ich am wenigsten. Du hast deine Pflicht getan, und es war folgerichtig, mich festzunehmen. Ich hätte das an deiner Stelle auch getan. Es ist in Ordnung, dass ich hier bin, wirklich. Ich habe mich schuldig gemacht, aber ich fühle keine Schuld in mir, verstehst du?«

»Vielleicht«, murmelte Jan.

»Was ich sagen will: Jeder hat bekommen, was er verdient. Drei Menschen sind tot, und sie haben bekommen, was ihnen zusteht. Mir wurde meine Freiheit genommen, ich sitze hier mit Schwerverbrechern in diesem Bau, ich bin einsam, weil ich niemanden habe, der mit mir sprechen will, meine Frau ist in der Psychiatrie und hat jeden Weltbezug verloren, sie wird mich nie besuchen und hat vielleicht auch noch gar nicht mitbekommen, dass ich hier bin, mein neues Zuhause ist eine kleine, graue Zelle, nicht viel größer als eine Besenkammer, und das Essen hier schmeckt beschissen. Aber das habe ich verdient.«

Jan sah ihn betroffen an.

»Aber hey – für einen absehbaren Zeitraum von fünfzehn Jahren kann man es hier ganz gut aushalten, finde ich«, sagte Steiner trocken. Dann nickte er in Jans Richtung. »Und wie geht es dir, Junge? Erzähl doch mal.«

»Eigentlich ganz gut.«

»Eigentlich?«

Jan seufzte. »Mein neuer Partner ist Jürgen Wagner.«

Steiner schlug sich mit der Hand gegen den Kopf. »Oh Scheiße! Dieser Lackaffe. Ausgerechnet der! Mein Beileid. Da hat es dich ja schlimmer erwischt als mich.« Wieder lachte er freudlos.

»Danke fürs Beileid.«

»Im Ernst: Sieh dich vor, Jan: Wagner geht für seine Zwecke über Leichen.«

»Genau wie du«, rutschte es Jan raus, und bereute es im gleichen Moment. Das hätte er nicht sagen sollen. Er hatte die ganze Zeit Angst gehabt, etwas Falsches zu sagen, und jetzt war es passiert. Er sah Steiner an, der keine Miene verzog.

Doch plötzlich prustete Steiner los. Er lachte gelöst, er lachte, weil es ihm offenbar gut tat, dass Jan, der trotz allem vor ein paar Monaten so etwas wie ein Freund für ihn geworden war, ihn besuchte. Dann fing er sich wieder. »Also noch mal zurück zu Wagner: Ich habe ihn ja damals auch kennenlernen dürfen. Auf dich, Grimberg, wird der keine Rücksicht nehmen, so wie ich ihn einschätze.«

»Och, damit habe ich schon Erfahrung«, sagte Jan.

Und wieder wurde Steiner ernst: »Lass dir von Wagner nicht deine Kripolaufbahn ruinieren, hörst du?«

»Geht klar, Boss.«

»Ex-Boss, wenn ich bitten darf. Also, zur Sache jetzt. Warum bist du hier? Woran arbeitest du?«

»Na ja, eigentlich darf ich dir das nicht sagen. Aber …«

»Ich weiß, ich weiß, ich verrat's auch keinem«, grinste Steiner. »Im Ernst. Es spielt keine Rolle, verstehst du? Ich werde nie wieder als Polizist arbeiten, das weißt du genau. Also wie kann ich dir helfen? Oder geht es um Liebeskummer?«

Jan verdrehte die Augen. »Nein.«

»Sinnkrise?«

»Schon eher.«

»Hat es also doch mit deinem neuen Fall zu tun?«

»Vielleicht«, lächelte Jan. »Ich dachte mir, na ja, wir kriegen das schon irgendwie hin. Wir versuchen zunächst, so darüber zu reden, dass es keiner mitbekommt, und wenn doch, suche ich nach einem dienstlichen Weg, der das rechtfertigen könnte. Weil ich vielleicht einfach eine besondere Expertise von dir brauche, oder irgendwie so etwas.«

Sofort wurde Steiner hellhörig. Jan hatte es nicht anders erwartet. »Ich komme gerade einfach nicht weiter«, sagte er. »Die Ermittlungen laufen stockend, und vielleicht hast du einen kleinen Impuls für mich, wie ich den Fall noch mal von einer anderen Seite betrachten könnte.«

»Welchen Fall?«, fragte Steiner. Es war offensichtlich, dass ihn die alte Neugierde schon gepackt hatte.

»Also, da ich mit dir nicht über den Fall sprechen darf, nehmen wir doch mal einen hypothetischen Mord an: Stell dir vor, dreißig ehemalige Abiturienten eines Gymnasiums treffen sich nach zwanzig Jahren zum Jubiläum, übernachten auf einem abgelegenen Hof, und einer von ihnen ruft mitten in der Nacht bei der Polizei an, weil zwei der Jubilare vermisst werden.«

»Das wäre eine interessante Geschichte«, bemerkte Steiner.

»Und jetzt stellen wir uns vor, einer der Vermissten wird noch in der gleichen Nacht tot auf einem Feld gefunden, und er ist, sagen wir mal, mit einer Heugabel aufgespießt worden.«

»Was sind denn das für widerliche Geschichten, die du dir da ausdenkst?«

»Vielleicht habe ich sie mir ja nicht ausgedacht«, merkte Jan an. »Also: Einer ist tot, der andere wird vermisst.

Was würdest du zu so einem hypothetischen Fall sagen?«

»Hm«, grummelte Steiner. Seine Mimik hatte sich verändert. Er sah jetzt nicht mehr aus wie ein Insasse eines Gefängnisses, sondern wie ein Ermittlungsexperte, der mit disziplinierter Anstrengung versucht, einen Fall zu lösen. »Vermutlich würde man zunächst davon ausgehen, dass der Vermisste der Mörder ist.«

»Das wäre doch irgendwie naheliegend, oder? Und irgendwo müsste man ja anfangen.«

»Hätte der Vermisste denn ein Motiv, das ihn zum Verdächtigen macht – außer, dass er sich so plötzlich vom Tatort entfernt hat?«

»Nehmen wir an, der Vermisste ist eine schwierige Persönlichkeit. Eine Art Stalker. Vielleicht beobachtet er Frauen, mit denen er sich wünscht, zusammen zu sein, und dafür gibt es Belege. Also, nur einmal so angenommen: Er sieht sich die Frauen an, lebt alleine in einer Wohnung, im Doppelbett liegt aber ein Frauenpyjama und im Bad steht eine zweite Zahnbürste. Er sehnt sich offenbar nach einem Leben mit einer Frau, die er aber nicht in seinem Leben hat. In seinen Tagebüchern fantasiert er darüber, wie wunderbar das Leben zu zweit mit der Frau wäre, die er gerade begehrt.«

»Hört sich bisher so an, als sprichst du über einen Irren, der Frauen umbringt, weil er sie begehrt. Der Tote ist aber doch ein Mann?«

Jan nickte. »Aus seinen Tagebüchern geht hervor, dass seine Stimmung immer schnell wieder kippt, wenn seine Angebetete auf einmal mit einem anderen Mann daherkommt. Das zieht ihn offenbar so in die

Tiefe, dass wir vermuten können, dass er sich für eine alte Schulfreundin, die er beim Klassentreffen wiedergesehen hat, begeistert hat, und ihm der Ermordete in die Quere gekommen ist, weil er vielleicht vor seinem Tod eine Spontan-Affäre mit einer alten Mitschülerin hatte.«

»Klingt ja alles sehr einfach. Also: Dieser Verschwundene begafft Frauen und wünscht sich, mit ihnen zusammen zu sein. Für die Frauen ist dieser Mann nicht gefährlich, wohl aber für die Männer, die diese Frauen abbekommen – weil er sozusagen krankhaft eifersüchtig darauf ist, dass ihnen die Frauen gehören, die er selbst eigentlich gerne hätte.«

»Genau.«

»Und bei dieser Wiedersehensfeier sieht er eine Frau wieder, in die er meinetwegen schon in der Schulzeit verknallt war, himmelt sie beim Klassentreffen heimlich an, und sieht dann, wie ein anderer mit ihr etwas anfängt – und diesmal platzt ihm der Kragen, er lauert seinem Nebenbuhler dann auf diesem Pferdehof auf, greift sich ein Werkzeug, das zufällig da rumsteht, eine Heugabel, jagt den Nebenbuhler quer durch die Felder und Wälder, bis der Gejagte nicht mehr kann, und dann rammt er ihm in der Wut seiner Eifersucht diese Heugabel in den Rücken.«

»Genau«, wiederholte Jan.

»Okay«, sagte Steiner und steckte sich eine Zigarette in den Mund, ohne sie anzuzünden. »Das ist doch schon eine runde Sache. Warum kommst du denn nicht weiter?«, fragte Steiner, als wollte er, dass Jan sich selbst eine Antwort auf diese Frage gibt.

»Tja«, meinte Jan. »Also erstens haben wir ihn noch nicht gefunden. Ich meine – es gibt natürlich Anhaltspunkte, wo man ihn finden könnte, wenn man nur lange genug auf der Lauer liegt. Ins weitere Ausland ausgeflogen ist er wohl nicht, die Flughäfen haben wir überprüft. Bei Freunden wird er wohl auch nicht untergeschlüpft sein, denn enge Freunde hat er nicht. Er versteckt sich vermutlich irgendwo in einer leeren Wohnung oder so etwas. Und das Naheliegendste ist, dass er weiterhin heimlich die Nähe der Frau sucht, die er in der Mordnacht begehrt hat. Da sind wir dran und beschatten diese Frau. Aber sie lebt in der Millionenstadt Köln, und der Gesuchte wird genug Sicherheitsabstand halten, um nicht entdeckt zu werden. Die Suche erweist sich also noch als schwierig. Aber da ist noch etwas anderes.«

»Also: zweitens …«

»Zweitens habe ich einfach so ein unbestimmtes Gefühl, dass wir vielleicht auch den Falschen jagen könnten.«

»Und es wird dich dann auch gar nicht weiter wundern, dass ich dieses Gefühl spontan auch habe. Wie kommst du zu diesem Gefühl?«, fragte Steiner wie ein Lehrer, der versucht, die Antwort aus dem Schüler herauszukitzeln.

»Keine Ahnung. Es ist einfach da. Intuition.«

»Intuition«, bestätigte Steiner. »Auch wenn man immer glaubt, dass Logik hilfreicher wäre, so liegt man doch manchmal mit der Intuition richtig, auch wenn man sie nicht so einfach begründen kann. Die einfachste Lösung ist nicht immer die richtige. Das sagt mir meine Intuition ganz oft.«

»Schön, dass wir uns da ähnlich zu sein scheinen und dass du mein Gefühl unterstützt. Aber wie komme ich dann weiter?«

Steiner lehnte sich zurück, verschränkte die Arme und dachte kurz nach. Jan ließ ihn gewähren, obwohl die Besuchszeit langsam knapp wurde. Die Insassen hier durften nur zwei Stunden pro Monat besucht werden.

»Was mich meine Erfahrung gelehrt hat«, sagte Steiner schließlich, »ist, dass man sich den Kreis der möglichen Verdächtigen noch ein zweites oder drittes Mal ansehen sollte und dabei die stillen, eher unauffälligen Personen in den Blick nehmen sollte.«

»Die stillen Personen?«, fragte Jan.

»Ich meine die Personen, die besonders ruhig erscheinen. Ruhig, unauffällig, nett, lieb. Weißt du, was ich meine?«

»Ich denke schon«, sagte Jan.

»Ruhige Personen haben ja unterschiedlichste Gründe, warum sie so sind: Sie sind entweder schüchtern, oder sie haben etwas zu verbergen, oder sie sind gehemmt und verklemmt – und dann stimmt mit ihnen vielleicht etwas nicht. Natürlich will ich das nicht verallgemeinern. Es ist nur so ein Tipp, der dich weiterbringen kann, aber nicht muss. Es ist eben meine Erfahrung nach vielen Jahren bei der Kripo, dass die ruhigen, unauffälligen Menschen im Umfeld eines Mordes oft mit der Tat zu tun hatten. Nenne mir doch einfach mal vier Personen, die für dich am ehesten für die Tat in Frage kommen, und vier weitere Personen, die zum Umfeld gehören, aber bislang eher unauffällig waren.«

Jan überlegte kurz, dann zählte er auf: »Unter denen, die ein Motiv für den Mord haben könnten, wären das der Verschwundene, dann ein früherer Lehrer, den hat der Ermordete früher einmal vermutlich zu Unrecht der sexueller Belästigung beschuldigt, vielleicht noch diese Frau, mit der der Getötete in der Mordnacht etwas hatte, vielleicht hat sie sich eine Zukunft mit ihm erhofft und er hat sie nach dem Sex abblitzen lassen, und dann ist da noch so ein Typ, der wurde von einem homosexuellen Mitschüler beim Abitreffen verführt, hat aber eigentlich Familie und wurde von dem Mordopfer offenbar beobachtet – jedenfalls steht der bei Wagner auf der Verdächtigenliste.«

»Du meinst, Wagner führt eher seine eigenen Ermittlungen durch, als mit dir zusammenzuarbeiten?«, fragte Steiner.

»Mache ich doch auch gerade«, antwortete Jan.

Steiner lachte: »Gut – weiter. Die anderen vier.«

Jan überlegte erneut: »Hm, wen habe ich bisher nicht als Täter wahrgenommen? Da wäre dieser Typ, dem der Pferdehof gehört. Der ist aber auch nicht gerade introvertiert. Dann so ein schräger Vogel, der einfach wie ein Sonderling aussieht, irgendwie nicht von dieser Welt, aber keinerlei Beziehung zu dem Opfer zu haben scheint. Daneben steht in meinem Notizbuch eine Frau, von Beruf Psychologin, die sich die halbe Nacht auf dem Abitreffen mit dem Sonderling unterhalten hat. Auch so eine Unscheinbare, auch keine Hinweise auf ein Motiv. Und dann nehmen wir einfach noch einen Kerl dazu, der auch wie die anderen irgendwie in der Runde dabei war, nichts Auffälliges bemerkt hat und ebenfalls keine Hinweise auf die Tat gibt. Und du meinst, einer von denen war es?«

»Nein, ich meine nur, es wäre durchaus möglich, dass am Ende einer von ihnen irgendwie in die Tat eingebunden war.«

»Das ist doch eine merkwürdige Methode, oder? Einfach mal diejenigen verdächtigen, die am wenigsten für die Tat in Betracht kommen?«

»Ja. Aber glaub mir, Jan: In vielen Fällen hat sich bei mir diese Methode bewährt. Ganz oft haben sich Hinweise bei den Personen ergeben, die ich gar nicht auf der Verdächtigenliste hatte, nachdem ich sie mir noch mal genauer angesehen habe. Eine strenge Logik und klare Täterprofilraster gibt es nur in Kriminalromanen. Die Wirklichkeit ist viel komplizierter.«

»Und was mache ich jetzt mit dieser Erkenntnis?«

»Hausaufgabe für den nächsten Besuch: Untersuche die vier Unverdächtigen, denke dann noch mal darüber nach, welche Verbindung sie zum Täter oder zur Tat haben könnten – und in ein paar Tagen sprechen wir uns wieder.«

»Du glaubst also, ich komme wieder?«

»Kommst du nicht?«

Jan lächelte und stand auf. »Dann bis bald.«

»Bis bald, Jan. Danke für deinen Besuch.«

Jan war schon dabei, aufzustehen, als Steiner noch einen Satz hinterherschob: »Und denke daran: Die vier müssen nicht unbedingt die Täter sein, können aber trotzdem in die Tat verwickelt sein.«

Jan verstand und machte sich auf den Weg zurück nach Euskirchen.

* * *

Wenn er sie sah, wurde er fast wahnsinnig vor Sehnsucht. Er konnte von ihr einfach nicht genug bekommen. Karsten Schröder genoss jede Minute, die er in der Nähe von Daniela verbringen durfte. Außerdem musste er ja irgendwie sein Undercover-Leben sinnvoll gestalten. Die Tage im Versteck und in der Einsamkeit waren lang ohne Daniela. Er schlich zwischen den Supermarktregalen entlang und beobachtete, wie sie ihren Einkaufswagen füllte. Eines Tages werden wir am Samstagvormittag gemeinsam unsere Wochenendeinkäufe machen, dachte er und sehnte sich nach einem normalen, spießigen Leben – einem Leben zu zweit natürlich. Um nicht aufzufallen, legte er auch hin und wieder eine Dose Ravioli oder eine Paprika in seinen Einkaufskorb. Schließlich brauchte er auch selbst etwas zu essen. Seit vier Tagen nun hockte er nachts in dem heruntergekommenen Pensionszimmer einer versoffenen, alten Dame in Köln-Ehrenfeld, die ihren Gast nicht nach dem Ausweis gefragt hatte und offenbar auch von der Fahndung nach ihm nichts mitbekommen hatte. Dieses Zimmer war ein reiner Zufallstreffer, weil er vor Jahren mal für einen Cousin aus Leipzig für einen Messebesuch eine Pension in Köln gesucht hatte, weil der Cousin sich auf seine Ortskunde verlassen hatte und sich hinterher über den abgewrackten Schuppen beklagt hatte, den Karsten ihm vermittelt hatte. Als Karsten letzte Woche sein Konto geräumt und die Eifel fluchtartig verlassen hatte, war die Erinnerung an diese Pension wiedergekommen, in der er nun die unruhigen Nächte verbrachte, während er tagsüber wie ein Obdachloser durch die Großstadt irrte.

Daniela legte ihre Einkäufe auf das Band an der Kasse. Karsten positionierte sich zwei Kassen weiter und ließ sie nicht aus dem Blick. Sie war so schön! Er hielt dieses Versteckspiel nicht mehr lange aus. Er musste sie bald ansprechen, und wenn er daran zugrunde gehen würde.

Im üblichen Abstand folgte er ihr aus dem Supermarkt. Er hatte in ein paar Tagen gelernt, ihr unauffällig zu folgen. Irgendetwas war heute allerdings anders. Er konnte nicht sagen, was es war. Es war nur ein unbestimmtes Gefühl, fast eine Paranoia. Er fühlte sich heute selbst beobachtet. Aber immer, wenn er sich umdrehte und die Leute ansah, die eben noch ihn angesehen hatten, merkte er, dass er es sich nur einbildete.

Je näher sie zu ihrer Wohnung kamen, umso größer wurde der Abstand, und als sie im Hauseingang schließlich verschwand, ärgerte sich Karsten über Chancen, die er absichtlich hatte verstreichen lassen. Aber es war ja nicht zu spät. Er hatte alle Zeit der Welt, er hatte nichts zu verlieren. Und selbst wenn Daniela ihm einen Korb geben würde – sie würde nicht gleich die Polizei rufen, das glaubte er einfach nicht. Er fasste sich ein Herz und ging zu dem Haus, in dem Daniela wohnte. Vor dem Eingang blieb er stehen und sah eine ganze Weile das Klingelschild mit ihrem Namen an. Minutenlang stand er einfach da und überlegte, ob es wirklich die richtige Entscheidung war. Natürlich war sie das – er musste mit Daniela reden, und zwar heute noch! Karsten streckte den linken Arm in Richtung Klingel aus.

Noch bevor er auf den Knopf drücken konnte, wurde sein Arm ruckartig nach hinten gerissen. Bevor er reagieren konnte, spürte er einen Tritt von hinten in die Beine und fiel der Länge nach auf den Boden. Sein Kopf schlug leicht auf den Asphalt, so dass er vor lauter Benommenheit nur die Hälfte mitbekam. Mehrere Menschen bewegten sich um ihn herum. Ein etwa gleichaltriger Mann im Anzug hockte sich vor ihn, zeigte einen Ausweis mit einer Marke, stellte sich als soundso Wagner vor und sagte irgendetwas Förmliches, woraus Karsten schließen konnte, dass er gerade verhaftet wurde. Handschellen klickten hinter seinem Rücken, sie waren sehr unbequem. Zwei Männer an seiner Seite halfen ihm auf die Beine, und als er nach oben sah, erblickte er Danielas Gesicht hinter der Fensterscheibe. Aber er konnte keine Reaktion in ihrem Gesicht erkennen. Kein Entsetzen, kein Mitleid, keine Wut, keine Erleichterung. Im nächsten Moment wurde er in einen Polizeiwagen gedrückt, der sich kurz darauf in Bewegung setzte.

* * *

Wie ein aufgeregter Hund bei Gewitter lief Daniela in ihrer Wohnung auf und ab. Was sie eben gesehen hatte, verstörte und erleichterte sie. Die Polizei hatte Karsten Schröder festgenommen. Vor ihrer Wohnung! Das konnte doch nur bedeuten, dass er mit dem Mord an Cornelius zu tun haben musste. Sie hatte also recht gehabt. Cornelius war von Karsten ermordet worden. Karsten hatte sich verändert, aber sie hatte ihn erkannt, als er bei seiner Verhaftung zum Fenster hochgesehen hatte. Es war ein flehender Blick gewesen. Flehend warum? Ihm zu verzeihen, dass er Cornelius getötet hatte? Wie könnte sie ihm das je verzeihen? Was hatte er überhaupt vor ihrer Wohnung verloren? Jetzt wurde ihr bewusst, dass sie diesen armen Wichser in den letzten Tagen mehrmals gesehen hatte. Mindestens einmal war er hinter ihr hergeschlichen, er war ihr aufgefallen, aber sie hatte ihn wegen seiner Tarnung für einen fremden Fan gehalten. Daniela schüttelte sich vor Ekel, als ihr klar wurde, wie nahe ihr der Mörder ihrer großen Liebe gekommen war. Und wie sehr sie vielleicht selbst in Gefahr gewesen war.

Am Abend des Klassentreffens war ihr Karstens lüsterner Blick auf sie nicht entgangen, auch nicht seine erbärmlichen Versuche, ein Gespräch mit ihr zu beginnen. Das passte so zu dem Karsten, den sie aus der Schulzeit kannte. Dieser verklemmte Typ, der Mädchen angaffte, es aber nicht schaffte, mit einer Frau auszugehen.

Jetzt wurde ihr klar, was bedeutete, dass Karsten verhaftet worden war: Während sie in den letzten Tagen versucht hatte, in den Alltag zurückzukehren, war sie vielleicht ständig von einem irren Stalker beobachtet worden. Und sie war viel mehr Teil des mörderischen Geschehens gewesen, als sie gedacht hatte. Vermutlich hatte Karsten Cornelius aus Eifersucht getötet. Sie hatte nicht nur zufällig mit dem Mordopfer geschlafen, sie war vermutlich sogar der Grund, wieso Cornelius ermordet worden war.

* * *

Karsten Schröder fühlte sich unsagbar klein, als er am frühen Abend am Tisch saß und dieser Wagner ihm gegenüberstand, beide Hände auf den Schreibtisch stützte und ihn aufforderte, Namen und Adresse zu nennen. Karsten antwortete sachgemäß.

»Alter und Beruf?«, setzte Wagner die Befragung fort.

»Ich bin 38 Jahre alt und arbeite als freiberuflicher IT-Consultant«, antwortete Karsten. Gerade kam ihm die Unterhaltung eher wie ein Bewerbungsgespräch vor.

»Können Sie uns sagen, in welcher Beziehung Sie zu Cornelius Beck standen?«

Karsten antwortete, was ihm spontan einfiel, und dachte, dass er von jetzt an jedes Wort vorsichtig äußern müsse. Schließlich würde später alles im Protokoll stehen. »Ich war mit ihm auf der gleichen Schule, dem Hannah-Arendt-Gymnasium. Wir haben zusammen Abi gemacht, das war 1995.«

»Waren Sie mit ihm befreundet?«, fragte Wagner.

»Was verstehen Sie unter Freundschaft?«, fragte Karsten, um Zeit zu gewinnen und über eine Antwort nachzudenken.

»Das werden Sie doch wohl selber wissen, was Freundschaft ist«, gab Wagner barsch zurück. »Also: War Cornelius Beck damals Ihr Freund?«

»Nein, das würde ich nicht sagen. Wir hatten wenig gemeinsam, und viele kamen mit Cornelius nicht klar.«

»Sie auch nicht?«

»Nein, ich auch nicht«, antwortete Karsten und dachte: Verdammt, das war vielleicht unvorsichtig.

»Warum nicht?«, sprang Wagner gleich darauf an.

»Cornelius war einfach manchmal … etwas arrogant. Er hatte seine Freunde, aber ich gehörte nicht zu diesem Kreis.«

»Hatten Sie damals Konflikte mit Cornelius Beck?«

»Nein.«

»Hat Cornelius Beck Ihnen jemals etwas getan?«

»Nein.«

»Haben Sie Cornelius Beck seit 1995 noch einmal gesehen?«

»Ja, letzte Woche beim Jubiläumstreffen.«

»Sie halten sich wohl für besonders clever, nicht wahr? Und was war vorher? Vorher nicht mehr?«

»Nein.«

»Haben Sie letzte Woche mit ihm gesprochen?«

»Nein!«, sagte Karsten ruhig. Bis jetzt lief es doch ganz glatt.

»Was wollten Sie vor der Wohnung von Daniela Ginster?«

»Wie bitte?«, fragte Karsten und merkte, wie ihn diese Frage sofort aus der Ruhe brachte. Der Kommissar musste das bemerkt haben.

»Warum waren Sie vor dieser Wohnung, als wir Sie aufgegriffen haben?«

»Ich wusste gar nicht, dass Daniela Ginster dort wohnt.«

»Dafür waren Sie aber in den letzten Tagen auffällig oft in ihrer Nähe.«

»Woher wollen Sie das wissen?«

»Reden Sie sich nicht raus, ich kann es beweisen.«

Karsten seufzte. »Na schön. Ich wusste nicht, wo ich hinsollte, und hoffte, dass ich mit Daniela reden könnte.«

»Deswegen haben Sie sich tagelang unbemerkt an sie herangeschlichen?«

»Ich wusste eben nicht, wie ich sie ansprechen sollte.«

»Haben Sie öfter Probleme damit, Frauen anzusprechen?«

»Wie kommen Sie jetzt darauf?«, fragte Karsten erbost. Er fühlte sich ertappt.

»Beantworten Sie meine Frage.«

»Ich war immer schon ein wenig schüchtern, ja. Was soll das?«

»Gefällt Ihnen Daniela Ginster?«

»Sie ist nett.«

»Außerdem?«

»Sie sieht ganz gut aus, ja.«

»Sie waren also geil auf Daniela Ginster?«

»Was erlauben Sie sich?«, schrie Karsten. Das hätte er nicht tun sollen, dachte er sofort. Er musste sich etwas einfallen lassen, um wieder die Selbstkontrolle zu bewahren. »Ich muss mal auf die Toilette«, sagte er.

»Jetzt nicht«, entgegnete Wagner. »Versuchen Sie noch ein wenig auszuhalten. Warum sind Sie nach dem Jubiläum geflohen?«

»Ich bin nicht geflohen, ich habe nur ein paar Tage Urlaub gemacht«, antwortete Schröder. Er musste wirklich dringend zum Klo. Abwechselnd kreuzte er seine Beine unter dem Tisch.

»Sie heben mehrere tausend Euro von Ihrem Konto ab, verlassen Ihre Wohnung und entschließen sich zufällig, nachdem eine Leiche gefunden worden ist, dass Sie mal dringend Urlaub in Ehrenfeld machen wollten. Das können Sie Ihrem Friseur erzählen.«

»Ich …«

»Wir haben Spuren von Ihnen am Tatort gefunden«, unterbrach ihn Wagner.

»Aber Sie wissen doch, dass ich auf dem Pferdehof war«, stammelte Karsten. Bilder wurden in seiner Erinnerung wach. Bilder von der Mordnacht.

»Die Spuren wurden knapp zwei Kilometer vom Pferdehof entfernt gefunden.«

Die Erinnerung kam wie ein Magen-Darm-Virus, der plötzlich Übelkeit auslöst. Karsten sah wieder Cornelius vor sich, wie er sich an Daniela heranmachte. Er sah wieder die Bilder, wie Daniela diesen verlogenen Stinkstiefel anlachte und zuließ, dass Cornelius immer aufdringlicher wurde. Er musste mitansehen, wie er Daniela an Cornelius verlor und nichts dagegen tun konnte.

»Was also haben Sie mitten in der Nacht auf dem Feld gemacht?«

Die Bilder der Erinnerung waren jetzt ganz klar: Als Daniela und Cornelius am späten Abend die Bar verließen, war Karsten ihnen gefolgt. Dann waren die beiden im gleichen Zimmer verschwunden, und Karsten dachte, er würde bei diesem Anblick sterben. Und als ob das nicht genügte, hatte er dann noch einen Blick ins Schlüsselloch gewagt. Er hatte gesehen, wie sich Danielas nackter Körper an Cornelius schmiegte, und als er das sah, starb tatsächlich etwas in ihm.

»Würden Sie bitte meine Frage beantworten?«

»Ich konnte nicht schlafen und habe einen Spaziergang gemacht. Einfach raus, bin einige Meter über ein gefrorenes Feld gelaufen und dann wieder zurück zum Pferdehof gegangen.«

»Und da ist Ihnen nicht zufällig ein Mann mit einer Heugabel im Rücken aufgefallen?«

»Nein, da lag kein Toter.«

»Sie lügen!«

»Ich habe wirklich keinen Toten dort gesehen.«

»Warum spielen Sie dabei so nervös mit ihren Händen? Sie lügen!«

Karsten sah Wagner verzweifelt an und merkte, dass der Kommissar ihn beim Lügen ertappt hatte. »Ich möchte nun nichts mehr sagen!«, entschied er.

»Wie Sie wollen. Dann werden Sie jetzt eben in eine Zelle gebracht.«

* * *

Wagner hatte sich gerade in den Feierabend verabschiedet. Er war kurz angebunden, weil er seinen Sohn heute Abend noch sehen wollte. Daher hatte sich Wagner auch nicht weiter gewundert, dass Jan noch im Büro geblieben war. Nun saß Jan alleine an seinem Schreibtisch. Irgendwo hörte er aus den offenen Räumen eine Tastatur rattern, ansonsten war das Behördengebäude fast leer. Die Schreibtischlampe spendete ein ungemütliches Licht im Raum. Jan hatte kurz über das Schröder-Verhör nachgedacht. Schröders Aussagen blieben rätselhaft, Schröders Untertauchen war unentschuldbar. Dennoch hatte Jan weiterhin das unbestimmte Gefühl, dass Schröder nicht der Mörder war.

Jan breitete mehrere Bögen weißes DIN-A4-Papier vor sich aus und nahm einen Stift in die Hand. Auf je einen Papierbogen schrieb er nun die Namen der bislang am wenigsten Verdächtigen auf: Marcus, Anke, Martin, Matthias. Jan folgte nun Steiners Methode, indem er sich fragte, warum diese vier von der Jubiläumsfeier, die er mehr oder weniger spontan und zufällig ausgewählt hatte, bisher nicht unter Verdacht geraten waren. Zu diesem Matthias fiel ihm nicht viel ein. Bei Marcus kam ihm die Idee, dass dieser vielleicht die Party bewusst auf dem Pferdehof veranstaltet hatte, um Cornelius dorthin zu locken und zu ermorden. Die tödliche Wirkung, die eine Heugabel haben kann, wenn sie in den menschlichen Körper eindringt, dürfte Marcus als Pferdewirt kennen. Aber warum sollte er Cornelius Beck dann mitten auf einem Feld töten und liegen lassen? Wenn es der ortskundige Marcus gewesen wäre, hätte dieser doch sicher irgendwo auf seinem Pferdehof ein Versteck für die Leiche gefunden. Aber natürlich war es auch denkbar, dass Beck vom geplanten Tatort geflohen war oder auf dem Feld gefunden werden sollte.

Jan setzte sein Brainstorming mit Anke fort. Die Gedankenblitze führten Jan von der Tatsache, dass Anke eine Frau war, zu der Idee eines Eifersuchtsmordes. Wenn es Anke war, hatte sie vielleicht Cornelius getötet, weil sie ihn mit Daniela erwischt hatte, aber selbst in ihn verliebt war oder eine frühere Beziehung mit ihm hatte – also ein ähnliches Motivmuster wie bei Karsten Schröder. Warum eigentlich eifersüchtig auf Daniela, fragte sich Jan. Vorstellbar war es ja auch, dass Anke lesbisch war und Cornelius ihr Daniela ausgespannt hatte. In diese Richtungen müsste Jan seine Überlegungen und Ermittlungen fortsetzen und sehen, ob sich über die Beziehung zwischen Anke und Daniela sowie zwischen Anke und Cornelius etwas herausfinden ließe. Anke war übrigens das Alibi von Martin Braun, der ja auch auf der Liste der Unverdächtigen stand. Was war mit dem?

Jan fiel als Erstes ein, dass Martin sehr in sich gekehrt erschien. Er hatte einen kleinen Tick, zuckte öfter mal mit dem Auge, hatte fettige Haare und müffelte, als würde er nur einmal in der Woche duschen. Irgendwie ein komischer Kauz. Er notierte sich das Wort *introvertiert,* machte von dort aus einen Pfeil und schrieb an die Spitze: *Grund?* Als mögliche Gründe, die ihm spontan einfielen, notierte er: *Naturell, dominante Eltern, Mobbing.* Jetzt kamen Jans freie Assoziationen in Fahrt. Unter dem Stichwort *Mobbing* schrieb Jan die Wörter *Beruf, Schule, teuflische Nachbarn* und unter *Schule* formulierte er schließlich einen Namen: *Cornelius Beck.* Jan war selbst erstaunt, dass er wie von selbst mit ein paar Wörtern ein mögliches Motiv für einen anderen Täter als Karsten Schröder gefunden hatte: War es möglich, dass Martin Braun deshalb so verschüchtert und nervös war, weil er in der Schulzeit von Beck fertiggemacht worden war? Konnte sein, musste aber nicht. Aber wenn, dann wäre die Frage, ob Beck hinter dem Mobbing steckte. Immerhin hatte Beck ja auch einen Lehrer auf dem Gewissen, wie Stich erzählt hatte. Wenn Beck seine Lehrer fertiggemacht hatte, dann vielleicht auch seine Mitschüler. Und wenn Beck seinen Mitschüler Martin gemobbt hatte, dann war er vielleicht nicht alleine daran beteiligt gewesen. Mobbing unter Schülern vollzog sich doch eher in Gruppen. Jan notierte neben *Cornelius Beck* links und rechts je ein Fragezeichen. Wer könnte, wenn diese Vermutung stimmte, mit dabei gewesen sein?

Jan sah auf die Uhr. Es war spät geworden. 20.30 Uhr. Er war zufrieden. Von den vier Personen auf der Liste der Unverdächtigen hatte Jan nun zwei Richtungen, in denen er weiterforschen wollte. Anke und Martin. Gleich morgen würde er damit beginnen.

* * *

Karsten Schröder saß in seiner Zelle und hatte jedes Zeitgefühl verloren. Es kam ihm vor, als wäre es eine Ewigkeit her, dass er festgenommen wurde, dabei war es erst heute passiert. Nun war er kein freier Flüchtiger mehr, sondern ein gefangener Tatverdächtiger. Er versuchte, die Sekunden zu zählen, um eine Ahnung zu bekommen, wie lange er hier verweilte, aber es war unerträglich. Jede Sekunde war quälend lang. Es schien, als würden die engen, kahlen Betonmauern, zwischen denen er gefangen war, ihn jeden Moment zerquetschen wollen. Aber er wusste, dass er es verdient hatte, hier zu sein. Es war seine eigene Schuld. Er hatte einen Fehler begangen.

Karsten ließ die Mordnacht zum x-ten Male Revue passieren. Wie er Cornelius und Daniela durch das Schlüsselloch beim Sex beobachtet hatte. Wie es ihn zugleich erregte und demütigte. Wie er Schritte auf dem Flur hörte, sich als Voyeur ertappt fühlte und die Flucht ergriff. Er hatte in diesem Moment nicht zur Wiedersehensparty zurückgehen wollen, sondern machte einen langen Spaziergang durch die Dunkelheit. Zuerst rannte er, als könnte er die Wut, Trauer und Scham, die er beim Anblick durch das Schlüsselloch bekommen hatte, auf diese Weise abschütteln. Als er nicht mehr rennen konnte, ging er langsamer durch die Dunkelheit und merkte, dass er sich immer weiter vom Hof entfernte. Im Nebel hatte er Probleme, die Orientierung wiederzufinden. Mehr als eine Stunde war er ziellos durch die Kälte geirrt und hatte um Daniela getrauert, die er nun endgültig an Cornelius verloren hatte. Er suchte den Weg zurück zum Pferdehof. Von Weitem hörte er Autos, die über die Landstraße jaulten, und einmal glaubte er, Stimmen zu hören. Der Nebel wurde dichter, er lief eine ganze Weile noch geradeaus, ohne sicher zu sein, ob es die richtige Richtung war, und die Sicht wurde irgendwann wieder etwas besser.

Und dann sah er plötzlich etwas. Zuerst glaubte Karsten, eine Tasche auf dem Feld liegen zu sehen, aber als er näherkam, erkannte er die Umrisse eines Körpers. Eines menschlichen Körpers. Etwas Langes ragte aus dem Körper hervor, ein Stock oder der Stiel eines Gartengerätes. Als er erkannte, dass dort ein Mensch leblos auf dem Feld lag, änderte Karsten kurz die Richtung. Er wollte nicht wissen, warum dort ein Körper lag und ob der Mensch noch lebte. Er hatte Angst und wollte damit nichts zu tun haben.

Aber dann drehte er sich wieder um und ging auf den Körper zu. Irgendetwas zog ihn dorthin. Erst als er unmittelbar davorstand, erkannte er, dass dort Cornelius lag und nicht mehr lebte. Karsten kniete sich neben den Toten und sah ihn lange einfach nur an. Zwei Gefühle beherrschten ihn in diesem Augenblick: Genugtuung und Schrecken. Beide Gefühle waren gleich stark. Er hatte noch nie eine Leiche gesehen, und der Anblick war grauenerregend. Eine Mistgabel steckte im Rücken des Toten. Wer konnte das getan haben? Aber gleichzeitig wurde ihm klar, dass Cornelius seiner Daniela nie wieder nahekommen würde. Das Problem Cornelius hatte sich ein für alle Mal erledigt. Es war, als hätte jemand seinen innersten Wunsch, Cornelius aus dem Weg zu räumen, gehört und ihm eine Freude bereiten wollen. Als hätte ein ihm wohlgesonnener, unbekannter Killer ihm diese Trophäe hingelegt.

Und dann kam plötzlich noch ein drittes Gefühl dazu: Angst. Eben noch hatte Karsten gelächelt, jetzt begann er am ganzen Leib zu zittern. Karsten wusste nicht, woher diese Angst kam und worauf sie sich richtete. Aber die Angst war so groß, dass er plötzlich einfach nur noch wegwollte. Gänsehaut breitete sich über seinen ganzen Körper aus. Er konnte nicht mehr zurück zu seinen Schulfreunden gehen. Er durfte auch nicht derjenige sein, der die Nachricht von Cornelius' Tod übermittelte. Man würde ihm nicht glauben, das war klar, man würde ihn selbst verdächtigen. Er wollte aber auch nicht nach Hause, sondern einfach nur weg. Deswegen war er in der Nacht geflohen. Weil er Cornelius' Leiche gesehen hatte und weil sie diese Angst in ihm ausgelöst hatte. Von Antweiler nach Euskirchen waren es zehn Kilometer. Irgendwie hatte er die Kraft aufbringen können, diese Strecke über die Felder zu Fuß zu laufen. Dann hatte er sich in der Kreisstadt Geld abgehoben und hatte irgendwann nach fünf Uhr den ersten Zug nach Köln genommen. Am nächsten Tag hatte er von der Fahndung nach ihm erfahren.

Sie hatten die ganze Zeit den Falschen gesucht, und sie hatten nun den Falschen in diese Zelle gesperrt.

9. Kapitel

16. November 2015

Als er die Augen öffnete, sah er nichts als Finsternis. Panisch suchte er nach einem Lichtschalter, aber er konnte sich nicht orientieren. Er hatte in den qualvollen Stunden vergessen, wo er war und wie er hierhergekommen war.

Er wollte den Ausgang suchen, merkte aber jetzt, dass er sich nicht bewegen konnte. Als er versuchte, sich aufzurichten, spürte er an allen Körperseiten enge Wände, die ihn umgaben. Er war in einer Kiste eingesperrt. In Todesangst schlug er mit der Hand gegen die Decke, immer und immer wieder. Er musste hier raus, er musste hier raus, er musste hier raus!

Müsste er in seinem engen Gefängnis verhungern, ersticken, sterben?

Plötzlich hörte er Schritte.

Jetzt waren sie da!

Sie waren neben der Kiste, in die sie ihn gesperrt hatten. Er spürte ihre Schläge gegen die Kiste, sie rüttelten die durch, er wurde nach links und nach rechts geschleudert und verlor wieder die Orientierung.

Dann das plötzliche Knacken eines Schlosses.

Licht schien durch die Rillen. Im Raum draußen war es nun hell.

Jemand öffnete den Deckel.

Und er erschrak zu Tode.

Der Mensch, der über ihm stand – war er selbst!

Er schrie laut auf und setzte sich aufrecht. Und er brauchte eine ganze Weile, bis er merkte, dass er in seinem Schlafzimmer saß und keine Holzwände, sondern weiche Decken ihn umgaben.

* * *

Anke Bauer öffnete Jan die Tür und lud ihn freundlich in ihre Praxis ein. Diese befand sich in einer gepflegten, denkmalgeschützten Jugendstilvilla im Wuppertaler Ölbergviertel.

»Danke, dass ich so spontan vorbeikommen konnte«, sagte Jan und sah sich die Bilder in der Praxis an. Sie passten zu einer Psychologin, fand er.

»Ich habe eine halbe Stunde Zeit, dann kommt der nächste Klient«, sagte sie.

»Ich habe auch nur ein paar kurze Fragen, die vielleicht helfen können, den Mord an Herrn Beck aufzuklären«, sagte Jan und versuchte, während er mit Anke Bauer sprach, herauszufinden, ob irgendetwas an ihr auf eine Mörderin hindeutete. »Wie gut kannten Sie Cornelius Beck in der Schulzeit?«

Anke Bauer seufzte: »Dafür sind Sie jetzt hergekommen? Die Frage habe ich doch schon beantwortet. Ich hatte ein paar Kurse mit ihm in der Oberstufe, auf jeden Fall den Deutsch-Leistungskurs, das weiß ich noch. Aber sonst hatte ich wenig mit ihm zu tun, wir hatten unterschiedliche Cliquen.«

»Erinnern Sie sich denn noch daran, wer in der Schulzeit sein bester Freund war?«

»Ja, das weiß ich noch«, sprudelte es aus Anke heraus. »Christian war sein bester Freund. Christian Feldmann. Er starb noch während der Oberstufe bei einem Unfall. Er ist vor einer Kurve auf die Straße gelaufen und wurde von einem Auto erfasst.«

»Davon habe ich schon gehört.«

»Ja. Das war tragisch, gerade für Cornelius, der seinen besten Freund verloren hat. Aber …«

»Aber?«

»Aber Cornelius hat sich danach verändert, und zwar zum Guten.«

»Wie meinen Sie das?«

»Cornelius und Christian kamen sich immer so unglaublich cool vor«, erzählte Anke Bauer. »Sie waren sicher bei einigen oberflächlichen Schülern auch beliebt. Aber sie machten ihre zum Teil echt üblen Scherze oft auf Kosten anderer. Zusammen waren die beiden manchmal echt miese Ratten. Einem aus der Jahrgangsstufe sollen sie mal eine Mausefalle in die Tasche gesteckt haben. Der hat geschrien wie am Spieß, als er sein Heft rausholen wollte.«

Bingo, dachte Jan, ein Mobber-Duo, und fragte: »Wem hatten sie die Mausefalle …«

»Das weiß ich nicht mehr, ist schon so lange her«, wehrte Anke Bauer ab.

»Aber es war nicht Martin Braun?«

»Martin? Wie kommen Sie darauf? Nein, wirklich nicht. Ich bin mit Martin gut befreundet, das wüsste ich.«

Dass Cornelius und Christian anderen Mitschülern übel mitspielten, könnte Jans vage These bestätigen, dass Cornelius' Tod mit einem Fall von Mobbing in der Vergangenheit zu tun haben könnte. Jan beschloss, Ankes mutmaßliches Eifersuchtsmotiv, das er sich zusammengereimt hatte, erst einmal aufzuschieben und zunächst diesen Martin aufzusuchen. Vielleicht gab es ja doch noch eine brauchbare Verbindung zwischen ihm und Cornelius. Er stellte noch ein paar routinierte Fragen zu ihrem Alibi und verabschiedete sich dann.

* * *

Von Wuppertal nach Euskirchen brauchte Jan fast zwei Stunden. Schuld war ein endloser Stau an der Leverkusener Brücke, die seit Jahren saniert wurde. Ungeduldig wartete Jan, bis der Verkehr wieder flüssiger wurde. Schließlich parkte er am Rande der Euskirchener Altstadt vor Martins Antiquariat. Von Anke hatte Jan den Hinweis bekommen, wo er Martin um diese Zeit finden würde.

Martin wirkte sichtlich überrascht von Jans Besuch und wollte ihn schon abwimmeln, aber Jan versicherte, dass er nur zwei, drei kleine Fragen habe.

»Wie gut kannten Sie Cornelius Beck in der Schulzeit?«, fragte Jan erneut.

»Oh, gar nicht gut, ich hatte nicht viel mit ihm zu tun«, antwortete Martin und vergrub seine Hände in den ausgefransten Hosentaschen.

»Mochten Sie ihn nicht?«, fragte Jan verwundert.

»Doch, doch – er war ein netter Kerl. Aber wir hatten einfach sehr unterschiedliche Freunde.«

»Wirklich? Er war nett? Ich habe von anderen gehört, dass er auch sehr gemein sein konnte«, bohrte Jan nach.

»Naja, ein und derselbe Mensch kann wohl sehr unterschiedlich wahrgenommen werden«, sagte Martin und machte eine etwas fahrige Geste mit den Händen. »Möchten Sie auch etwas trinken?«

Jan nickte. »Ein Glas Wasser wäre nett.«

Martin ging zur Küchenzeile seines Ladens und goss zwei Gläser voll. Jan konnte beobachten, dass es ihm kaum gelang, die Wasserflasche ruhigzuhalten.

»Mit wem waren Sie denn in der Schulzeit befreundet?«, fragte Jan.

»Mit einigen«, antwortete Martin.

»Hatten Sie keinen besten Freund?«

»Doch, Jendrik.«

»Jendrik? War der auch bei der Wiedersehensparty?«

»Nein. Er war nicht in unserer Jahrgangsstufe.«

»Verstehe. Und Cornelius? Hatte der einen besten Freund?«

»Ich weiß nicht…«, stammelte Martin und nippte an seinem Wasser.

»Vielleicht Christian Feldmann?«

»Ja, das kann sein.«

»Der ist doch während der Schulzeit verunglückt, richtig?«

»Ja, richtig.«

»Haben Sie Ihre Schulzeit eigentlich in guter Erinnerung?«

»Herr Grimberg, ich weiß nicht, was das mit dem Tod von Cornelius Beck zu tun haben soll.«

»Entschuldigen Sie, ich bin vom Thema abgewichen.«

»Schon gut.«

»Aber eine letzte Frage habe ich noch«, sagte Jan.

»Und die wäre?«

»Ist Ihnen bekannt, dass Cornelius Beck und Christian Feldmann in der Schulzeit einen oder mehrere Mitschüler gemobbt haben?«

Martin sah aus dem Fenster und schien die Frage nicht gehört zu haben.

»Herr Braun, haben Sie meine Frage verstanden?«

Die Tür öffnete sich mit einem Glockenklang.

»Da kommt Kundschaft«, sagte Martin. »Ich habe nun keine Zeit mehr.«

Jan merkte, dass er gerade keine Chance mehr hatte, an Martin ranzukommen. »In Ordnung. Aber vielleicht könnten Sie morgen noch einmal in mein Büro kommen, dann könnten Sie uns vielleicht noch mit ein paar kleinen Informationen weiterhelfen.«

»Ja«, sagte Martin nur knapp.

Jan verabschiedete sich und ging zur Tür. Zwischen den Regalen hörte er die Schritte eines Kunden, der im Laden stöberte.

* * *

»War das die Polizei?«, fragte Jendrik, der den Laden gerade betreten hatte.

»Ja, das war Herr Grimberg von der Kripo. Er hatte nur ein paar Fragen.« Martin nahm einen Stapel Bücher vom Schreibtisch und begann sie einzusortieren.

»Dafür, dass er nur ein paar Fragen stellen wollte, bist du aber ganz schön durch den Wind, mein Freund. Was wollte er denn wissen?«

»Wer meine Freunde in der Schulzeit waren, wer Cornelius' Freunde waren ... und ob ich eine glückliche Schulzeit hatte.«

»Oh Shit!«, sagte Jendrik.

»Entschuldigen Sie, können Sie mir vielleicht mal behilflich sein? Ich suche die Erstausgabe von Arnold Gehlens Buch *Der Mensch*«, meldete sich plötzlich ein Kunde hinter Martin.

»Ja, natürlich«, sagte Martin.

»Ich gehe mal ins Hinterstübchen und warte dort«, sagte Jendrik, und Martin nickte ihm zu. Dann setzte sich Martin an den PC und schaute nach. »Den Gehlen habe ich sogar hier«, sagte er freundlich zum Kunden und holte das Buch aus dem Regal.

Fünf Minuten später kam Martin in den kleinen Rückzugsraum seines Antiquariats zu Jendrik, der auf dem Sessel saß und die Füße lässig auf den Beistelltisch gelegt hatte.

»Du weißt, was das bedeutet?«, fragte Jendrik.

»Was?«

»Na, die Fragen des Herrn Grimberg.«

Martin setzte sich. »Er verdächtigt mich?«

Jendrik nickte.

»Aber ich war's nicht«, flüsterte Martin.

»Ich weiß«, sagte Jendrik. »Aber du warst der Letzte, der Cornelius lebend gesehen hat, bevor er getötet wurde! Und jetzt muss ich mal kurz raus, bin gleich wieder da.«

Jendrik ging ohne weitere Erklärung. Martin wusste, dass Jendrik recht hatte: Er war der Letzte, der Cornelius am vergangenen Wochenende lebend gesehen hatte, bevor ihm jemand eine Heugabel in den Rücken gerammt hatte.

* * *

Jan saß an seinem Arbeitsplatz und versuchte so auszusehen, als wäre er beschäftigt, damit Wagner ihn nicht aufhielt. Fieberhaft überlegte Jan, wie der nächste Schritt nun aussehen könnte. Jan hatte das Gefühl, dass er noch mehr aus diesem Martin rausholen könnte. Er glaubte, dass an dieser Mobbinggeschichte etwas dran war. Nun musste er sich etwas einfallen lassen, von Martin persönlich etwas darüber zu erfahren. Bis dahin würde er seinen Verdacht noch für sich behalten. Erst wenn seine Vermutung, dass Martin hinter dem Mord an Cornelius steckte, wasserdicht war, würde er damit vor Wagner auftrumpfen – und hoffentlich dann in Zukunft von diesem selbstverliebten Schnösel mehr auf Augenhöhe behandelt werden.

Frauke öffnete die Bürotür und lugte hinein. »Jan, ein Herr Feldmann hat angerufen. Er wollte sich für seinen schroffen Ton entschuldigen, und ich soll dir ausrichten, dass er mit seiner Frau am Samstag bei einem Dinner bei Freunden war und mit seiner Frau dort übernachtet hat. Diese Freunde habe ich auch schon kontaktiert, die haben mir das Alibi bestätigt.«

Jan bedankte sich und war froh, dass er die Feldmanns nicht weiter als Tatverdächtige belästigen musste.

Eine Stunde später als üblich kam Wagner ins Büro. Er setzte sich ans andere Ende von Jans Tisch.

»So spät heute?«, fragte Jan.

»Hatte ich Ihnen nicht gesagt, dass mein Sohn bei mir übernachtet hat? Ich musste ihn noch in die Kita bringen. Was gibt's denn Neues, Herr Grimberg?«

»Bei mir eigentlich nichts – und wie ist Ihr aktueller Stand?«

»Wir müssen heute dringend daran arbeiten, Karsten Schröder festzunageln – viel länger können wir ihn nicht mehr festhalten. Und es hat lange genug gedauert, ihn zu finden.«

»Was Ihnen ja gut gelungen ist, Herr Wagner.«

»Danke – ich weiß. Und ich weiß auch schon, wie wir ein Geständnis aus ihm herausbekommen.«

»Und wie?«

»Ich werde ihm nachher unauffällig und ganz nebenbei damit drohen, seine ganzen Stalker-Geschichten Daniela Ginster zu erzählen. So abhängig, wie der von ihr ist, glaube ich, dass er alles dafür tun wird, dass sie nicht erfährt, was für eine arme, notgeile Sau er ist. Und dann wird er gestehen.«

»Glauben Sie denn, dass er es auch wirklich war?«

»Da bin ich mir sicher. Haben Sie etwa Zweifel daran?«

»Ich? – Nein, eigentlich nicht«, gab Jan vor.

»Was meinen Sie mit eigentlich?«

Weiter kamen Sie nicht, denn Frauke rief Jan zu sich. »Jan – da ist ein Anruf für dich. Er sagt, es sei dringend. Irgendein Kerl, der unbedingt nur mit dir sprechen will.«

Wagner sah Jan perplex an, und Jan stolzierte zum Telefon.

»Grimberg!«, meldete sich Jan.

»Kommissar Jan Grimberg?«, fragte eine raue Männerstimme.

»Ja, der bin ich. Was kann ich für Sie tun?«

»Es geht um den Mord an Cornelius Beck.«

»Sie kennen Cornelius Beck?«

»Ich kannte ihn, ja.«

»Mit wem spreche ich denn?«

»Cornelius Beck war eine miese, kleine Kröte!«

»Und Sie wollen mir Hinweise zum Mord geben?«

»Ich will Sie zumindest von einem Irrtum abhalten.«

Jan wurde hellhörig. Er machte eine hektische Geste in Fraukes Richtung, die Rückverfolgung des Anrufs zu aktivieren. »Welchen Irrtum?«

»Sie machen gerade einen Fehler.«

»Was genau wissen Sie denn über den Mord?«, fragte Jan. Es galt, Zeit zu gewinnen, den Mann hinzuhalten. War das nur ein Trittbrettfahrer, ein Wichtigtuer? Oder war das ein erstzunehmender Hinweis?

»Cornelius Beck wurde am letzten Samstag gegen drei Uhr nachts nach der Abi-Jubiläumsfeier vom Hannah-Arendt-Gymnasium ermordet. Er rannte in der Nacht um sein Leben, lief blind in der Dunkelheit über die Felder und stürzte dann. Er wurde von hinten mit einer Heugabel aufgespießt, spuckte dann noch fünf Minuten röchelnd Blut und verendete mit dem Gesicht im Dreck.«

Bei Jan gingen alle Alarmglocken an. »Sagen Sie mir, wer Sie sind!«

»Sie verdächtigen Martin Braun, richtig?«

»Dazu kann ich Ihnen aus ermittlungstaktischen Gründen nichts sagen.«

»Aber Sie waren heute Morgen bei ihm und haben ihn nach seiner Schulzeit und seiner Erinnerung an Cornelius Beck gefragt – er hat mir davon erzählt.«

Jan blätterte in seinem Notizbuch, während er telefonierte. Gleichzeitig suchte er durch die Glasscheibe Blickkontakt zu Wagner, aber der sah nicht her und war immer noch mit dem Verhör beschäftigt. »Heißen Sie zufällig Jendrik?«

»Ja, der bin ich. Hören Sie: Ich kann Ihnen versichern, dass Martin nichts mit dem Mord an Cornelius Beck zu tun hat. Lassen Sie ihn in Frieden, er hat schon genug Probleme.«

»Hören Sie, wir müssen allen Hinweisen nachgehen. Solange die Ermittlungen laufen, können wir nicht einfach Personen davon ausschließen, nur weil sie psychisch weniger belastbar sind.«

»Er war es nicht!«, fauchte der Anrufer Jan an. »Ich gebe Ihnen mein Wort, dass Martin unschuldig ist.«

»Und wie kann ich mir da sicher sein?«

»Ich weiß, wer es war.«

»Darf ich …« Jan hörte nur noch ein Freizeichen.

* * *

»Wo warst du?«, fragte Martin irritiert, als Jendrik wieder in sein Antiquariat kam.

»Ich musste mal kurz telefonieren«, antwortete sein Freund.

»Ist irgendwas?«

»Ja, es ist etwas«, konterte Jendrik gereizt. »Du steckst ganz schön tief in Schwierigkeiten, wenn du es noch nicht gemerkt hast, mein Lieber!«

Martin drehte sich um wie ein bockiges Kind, das gerade von der Mutter zurechtgewiesen wurde. Er setzte sich an seinen Arbeitstisch, ohne Jendrik anzusehen, und versuchte, sich wieder in den Bücherkatalog zu vertiefen. Eine Weile schwiegen sich die beiden an. Dann schlug Martin plötzlich mit der Hand auf den Tisch. »Kannst mit vielleicht endlich mal sagen, was hier eigentlich los ist, Jendrik?«

»Ich sagte doch gerade: Du steckst in Schwierigkeiten und merkst das nicht einmal. Und ich bin gerade dabei, dich da rauszuholen – wie immer!«

»Wie immer?«

»Du weißt doch mehr, als du zugeben willst, Martin.«

Martin gab weiterhin vor, beschäftigt zu sein. »Ich weiß nicht, was du meinst.«

»Ich glaube schon«, sagte Jendrik. »Ich will dir die Wahrheit nicht aufdrängen, aber ich glaube, dass es eine Frage gibt, die dich schon sehr lange beschäftigt. Und es ist vielleicht an der Zeit, dass du mir diese Frage einfach mal stellst.«

Martin legte die Bücher ab und stützte sich mit beiden Händen am Regal ab. Er zögerte eine Weile, dann traute er sich plötzlich. »Also schön«, sagte er. »Christians Tod war kein Unfall, oder?«

Jendrik nickte.

»Was genau hast du mit Chris gemacht?«

»Ich habe gar nicht viel gemacht. Ich bin ihm einfach gefolgt, als *Burg in Flammen* zu Ende war. Er war so alkoholisiert, dass er mich gar nicht bemerkt hat. Und dann, vor der Kurve, als ich ein Auto kommen hörte, habe ich ihn auf die Straße geschubst. Das war wirklich ein Kinderspiel.«

»Oh mein Gott«, flüsterte Martin. »Warum?«

»Warum was?«

»Warum hast du das getan? Ich meine – hattest du keine Skrupel, einfach so einen Menschen umzubringen?«

»Nein, hatte ich nicht«, sagte Jendrik entschlossen. »Weil ich weiß, was er dir angetan hat. Weil ich gesehen habe, wie du unter ihnen gelitten hast. Und weil ich weiß, dass sie nicht damit aufgehört hätten, wenn ich die beiden Best Buddys nicht mal auseinandergebracht hätte.«

»Aber einen Menschen umbringen?«

»Ich habe ihn ja streng genommen gar nicht umgebracht. Ich habe ihn nur auf die Straße gestoßen. Er ist dann daran gestorben, dass ihn ein Auto erfasst hat. Außerdem: Du hast dich gegen die beiden nicht wehren können. Da war es doch meine Pflicht, dir zu helfen. Ehe sie *dich* umgebracht hätten. Sind wir Freunde oder nicht?«

»Natürlich, die besten auf der Welt«, sagte Martin, stand auf und sank weinend in die Knie.

»Hey«, sagte Jendrik fürsorglich und hockte sich neben seinen Freund.

»Und weiter?«, schluchzte Martin. »Was hast du noch getan? Hast du auch Cornelius…?«

»Du ahnst es doch …«

Martin nickte nur. »Deshalb wusstest du, dass ich ihn als Letzter gesehen habe.«

»Er hatte dich in der Nacht schräg angemacht.«

»Ja. Ich hatte auf dem Abi-Nachtreffen versucht, ihm aus dem Weg zu gehen. Aber irgendwann, als ich kurz draußen war, hat er mich dann doch erwischt. Cornelius dachte, *ich* hätte Chris auf dem Gewissen. Er hat mich wüst beschimpft und mir gedroht. ›Das wirst du mir jetzt büßen‹, hat er gesagt, und ich hatte in dem Moment Todesangst. So wie damals.«

»Und dann?«, fragte Jendrik, als wüsste er die Antwort.

»Ich weiß es nicht«, wimmerte Martin. »Cornelius hat mich zu Boden gestoßen, ich bin mit dem Kopf auf dem Asphalt aufgeschlagen, und dann hatte ich einen Blackout. Ich glaube, ich war kurz weggetreten, und als ich vom Boden aufgesehen habe, war Cornelius nicht mehr da.«

»Ich habe gesehen, wie er dich angegriffen hat«, sagte Jendrik ruhig. »Ich hatte noch einen Termin in der Nähe und wollte an dem Abend noch spontan bei der Party vorbeischauen, und als ich kam, standst du da mit Cornelius. Dann habe ich beobachtet, wie er handgreiflich wurde, du gingst zu Boden, und ich bin zu ihm gelaufen und habe nach der Heugabel gegriffen, die da stand. Ich habe ihm damit zuerst einen Schlag ins Gesicht verpasst. Cornelius hatte sofort die Hosen voll und ist abgehauen.«

»Dann hast du mir also auch da geholfen?«, fragte Martin immer noch mit Tränen im Gesicht. »Aber warum bist du Cornelius hinterhergerannt? Hätte es nicht gereicht, ihn einfach zu verjagen?«

Jendrik drückte Martin fest an sich. »Vielleicht wollte ich es einfach ein für alle Mal zu Ende bringen. Vielleicht habe ich aber auch einfach gar nicht nachgedacht. Ich hatte auf jeden Fall eine Scheißwut auf ihn, als er auf dich losgegangen ist.«

»Und dann hast du zugestochen?« Martin sah seinen Freund nicht an, als er danach fragte. Er hatte seinen Kopf einfach auf Jendriks Schulter gelegt.

»Er rannte wie ein Hase. Ich hätte ihn vielleicht auch gar nicht mehr eingeholt, wenn er nicht plötzlich gestolpert wäre. Er geriet ins Straucheln und fiel der Länge nach auf den Boden. Ich bin weitergerannt, und auf einmal stand ich über ihm, habe die Heugabel mit beiden Händen hochgestreckt und auf ihn niedersausen lassen. Dann habe ich sie mit dem Fuß bis zum Anschlag in seinen Rücken gedrückt. Ich wusste gar nicht, dass das mit so einem Gerät überhaupt geht. Aber die Zacken an der Heugabel waren offenbar sehr spitz, und ich habe ihn durchbohrt wie Schaschlik.«

Martin verzog angewidert das Gesicht. Er lachte und weinte, freute sich und erschauderte gleichzeitig. Dann befreite er sich plötzlich aus Jendriks Armen, sah ihn ernst an und sagte er: »Ich weiß gerade nicht, was ich davon halten soll. Einerseits bin ich heilfroh, dass ich einen Schutzengel wie dich an meiner Seite habe, und ich weiß gar nicht, was ich sagen soll, dass du das alles tust, einfach so aus Freundschaft. Andererseits bin ich gerade zu Tode erschrocken über dein Geständnis. Es …«, Martin holte einmal tief Luft. »Ich meine: Man darf doch nicht töten.«

Mit einem Satz sprang Jendrik auf. »Was kommst du mir schon wieder mit Moral, du kleiner Wurm!«, schrie er Martin an. »Hatten deine beiden Peiniger denn irgendwas mit Moral am Hut? Die haben es doch nicht verdient, dass man sie moralisch behandelt. Weißt du: Ich habe damit auch etwas riskiert! Für dich habe ich eine Menge aufs Spiel gesetzt. Ich fasse es nicht!«

Die Ladentür öffnete sich plötzlich. Oh nein, nicht jetzt, dachte Martin.

»Hallo?«, rief eine Frauenstimme, die Martin sofort erkannte. »Martin?«, fragte Anke. »Bist du da?«

»Ja, ich bin hier!«

Er hörte ihre Schritte. Dann kam sie zwischen den Regalen hervor. »Wieso sitzt du auf dem Boden?«, fragte sie erstaunt.

»Ich …«, stammelte Martin, dann sah er sich erstaunt um. »Wo ist Jendrik hin?«

»Jendrik war hier?«, fragte Anke neugierig.

Martin vernahm hinter den Regalen Schritte, die eindeutig Jendrik zuzuordnen waren. Dann hörte er die Tür zuschlagen. »Er ist wohl gerade gegangen«, stellte Martin fest.

»Oh«, sagte Anke. »Wie schade.«

»Wir haben uns gestritten«, erklärte Martin.

»Hast du geweint?«, fragte Anke fürsorglich und half Martin auf die Beine.

»Ich hatte, sagen wir mal, gerade ein sehr emotionales Gespräch mit Jendrik«, sagte Martin.

»Willst du mir davon erzählen?«

»Warte!«, sagte Martin, hastete zur Ladentür und schloss ab. Dann ging er auf Anke zu. »Ja, es wäre wohl ganz gut, wenn ich dir davon erzähle. Aber du musst es für dich behalten. Versprichst du mir das?«

»Du weißt doch, dass du mir vertrauen kannst«, sagte Anke.

Dann begann Martin, ihr von Jendriks Geständnis zu erzählen.

* * *

Wagner sah Jan fassungslos an, nachdem Jan ihm vom Geständnis des mysteriösen Anrufers berichtet hatte.

»Das heißt dann wohl, wir haben eine heiße Spur«, stellte Jan abschließend fest.

»Zwei«, konterte Wagner beharrlich.

»Kommen Sie: Die Beweislage gegen Karsten Schröder ist nach wie vor dünn. Ja, er ist ein Stalker, der Frauen aus einer sicheren Distanz beobachtet. Aber in dem Rahmen ist es schon fast unmöglich, ihm allein das Stalking als Straftat nachzuweisen. Geschweige denn den Mord.«

Wagner sah Jan immer noch irritiert an. Jan nahm mit Genugtuung zur Kenntnis, dass er seinen Kollegen offenbar aus dem Konzept gebracht hatte.

»Also gut, geben wir Ihrer neuen Spur eine Chance«, sagte Wagner schließlich. »Fassen wir zusammen, was wir über ihn haben: Wer ist dieser Jendrik?«

»Der beste Freund von Martin Braun.«

»Warum hat er Sie angerufen?«

»Er weiß, dass ich Martin verdächtigt habe.«

Frauke winkte Jan zu. »Eine Sekunde…«, sagte Jan und verschwand kurz im Nebenraum, kam aber sofort wieder. »Der Anruf kam von einer Telefonzelle in der Euskirchener Innenstadt.«

»Der mysteriöse Anrufer wird wohl nicht mehr danebenstehen«, stellte Wagner lapidar fest. »Was bringt uns nun dieser Anruf?«

»Er sagte, er wisse, wer der Täter ist. Und er hatte eine Menge Detailwissen über den Tathergang. Er kannte

Fakten, die eigentlich nur wir kennen – oder der Mörder von Cornelius Beck. Täterwissen.«

»Nicht zu fassen. Sie glauben, dieser Jendrik war es?«

»Er klang jedenfalls voller Hass, als er über Cornelius Beck sprach.«

»Haben Sie denn schon Hinweise auf ein Motiv?«

»Da kann ich nur spekulieren. Die Hinweise erhärten sich, dass Cornelius Beck damals andere Schüler gemobbt hat. Möglicherweise war Martin ein Opfer von ihm. Das ist bisher nur so ein Gefühl, er verhält sich ganz merkwürdig, wenn wir über Cornelius Beck sprechen. Wir haben am Tatort einen Elektroschocker gefunden. Möglicherweise wollte Beck damit seinem früheren Opfer Martin beim Wiedersehen erneut etwas antun. Vielleicht ist der beste Freund von Martin auch sein Beschützer.«

»War dieser Jendrik denn auf der Party? Ich hatte ihn gar nicht auf der Liste.«

»Nein, war er nicht, das bestätigte auch Martin. Aber vielleicht ist er nur kurz dazugestoßen, ohne dass er von anderen Partygästen bemerkt worden ist, und gleich nach dem Mord wieder abgehauen.«

»Denkbar wäre das. Weiter: Wo können wir diesen Jendrik finden?«

»Keine Ahnung. Von Martin können wir sicher die Adresse bekommen. Aber er könnte natürlich wie Schröder nun flüchtig sein.«

»Nicht schon wieder jemanden suchen, der abgehauen ist«, stöhnte Wagner. »Wissen Sie, wie dieser Jendrik aussieht?«

»Nein.«

»Auch das müssen wir rauskriegen. Haben Sie seinen Nachnamen?«

»Äh, nein.«

»Na, fabelhaft, Grimberg.«

»Wir nehmen uns jetzt Martin noch einmal vor und lassen nicht locker, bis wir alles über Jendrik wissen.«

»Ich fasse es ja nicht, dass Sie mir so viele Informationen vorenthalten haben.«

»Ich fasse es ja auch nicht, dass Sie Karsten Schröder schon längst gefunden hatten, ohne es mir zu sagen.«

»Brechen wir auf, Grimberg.«

* * *

»Puh, das ist gruselig«, war Ankes erster Kommentar, nachdem Martin mit der Geschichte fertig war.

»Denkst du jetzt schlecht über Jendrik?«, fragte Martin.

Anke stand auf und hielt sich die Hände vors Gesicht. Dann lief sie auf und ab. »Nein, so würde ich das nicht sagen. Ich mag Jendrik, das weißt du. Ich weiß es wirklich zu schätzen, dass du so einen guten Freund hast. Ich habe mich ja auch schon oft mit ihm unterhalten und finde Jendrik sympathisch. Mein Eindruck war immer, dass er es mit der Sorge um dich ehrlich meint. Er liebt dich wie einen kleinen Bruder, weißt du?« Anke ging in die Hocke. »Aber dass Jendrik zu einem Mord fähig ist – zu zwei Morden! Das haut mich doch gerade um.« Anke hielt Martins Hand. »Wie geht es denn jetzt weiter, Martin?«

Martin stützte den Kopf auf die verschränkten Arme. »Ich weiß es nicht.«

»Aber ist dir denn klar, dass hier gerade gewaltig etwas aus dem Ruder gelaufen ist? Wie wollt ihr da wieder rauskommen, du und Jendrik?«

»Ich habe keine Ahnung«, sagte Martin. »Aber ich glaube irgendwie, dass Jendrik schon einen Plan hat.«

»Ja«, seufzte Anke. »Jendrik hat immer einen Plan. Wenn du nicht mehr weiterkommst, ist er zur Stelle und hilft dir da raus. Aber diesmal wird es keinen Ausweg geben, Martin! Verstehst du? Die Polizei sucht den Mörder von Cornelius, die Leute von der Kripo schleichen hier ständig rum, und sie werden einen Mörder finden. Sie werden irgendwann auf Jendrik stoßen, und wenn sie ihn nicht finden, nehmen sie dich in die Mangel, oder sie verhaften einen Unschuldigen. Das geht nicht gut, Martin!«

Martin starrte mit leeren Augen in den Raum.

»Und da ist noch etwas, das mir Sorgen bereitet«, fuhr Anke fort. »Ich glaube, dass Jendrik sich nicht mehr unter Kontrolle hat. Er hat vor zwanzig Jahren Christian vor ein Auto gestoßen – das kann vielleicht noch in einem Affekt geschehen sein. Aber diesmal hat er jemanden, der am Boden lag, grausam aufgespießt. Das ist viel kaltblütiger als der Mord an Chris.«

»Aber er wollte mich doch vor Cornelius beschützen. Cornelius hatte mich angegriffen, bevor Jendrik auf ihn losging.«

Anke hielt Martin nun an beiden Händen und sah ihn ernst an. »Martin, was ich dir jetzt sage, wird dir nicht gefallen. Ich glaube, nach dem, was du erzählt hast, dass Jendrik sich gerade verändert. Er war immer ein lieber Kerl, aber er scheint auch eine sehr dunkle Seite zu haben. Er mag dich so sehr, dass er dich immer beschützt hat. Aber wenn er für dich tötet, ist das doch nicht normal.«

»Du meinst, Jendrik ist irre?«

»So würde ich das nicht sagen …«

»Wie denn, Frau Psychologin?«, fragte Martin verärgert.

»Jendrik leidet wohl unter einer krankhaften Form des Helfersyndroms. Ich habe die Befürchtung, dass Jendrik noch mehr Menschen umbringen könnte. Dass er jeden aus dem Weg räumen könnte, der irgendeine Bedrohung für dich darstellt. Und deswegen wäre es gut, wenn du mal überlegst, ob du ihn weniger brauchst.«

»Wie meinst du das?«

»Ich meine, dass Jendrik gerade vielleicht nicht mehr der richtige Freund für dich ist.«

Martin sah sie entsetzt an.

Anke legte sanft ihre Hand auf Martins Schulter. »Ich merke, dass ich dich gerade überfordere, aber denk mal darüber nach. Wir sprechen die nächsten Tage noch mal, in Ordnung?«

Dann ging Anke und ließ Martin zurück.

Er versuchte, sich zu sammeln, und setzte sich an seinen Schreibtisch. Da fiel sein Blick auf einen Zettel, den Jendrik ihm hinterlegt hatte.

* * *

Jan und Wagner parkten vor Martins Antiquariat. Obwohl es erst früher Nachmittag war, sah der Laden dunkel aus.

Wagner sprintete vor und wagte einen Blick durch die Scheibe an der Eingangstür. »Sieht unbelebt aus, aber eigentlich hat der Laden gerade geöffnet, steht hier«, sagte Wagner. »Ich glaube, hier stimmt was nicht.« Er gab Jan ein Zeichen, und beide griffen nach ihrer Dienstwaffe. Wagner drückte den Türgriff runter. Die Tür war offen. Er schlich sich rein.

Jan blieb dicht hinter ihm und versuchte, ruhig zu bleiben. Aber solche Situationen wie diese, die plötzlich lebensbedrohlich sein konnten, jagten ihm eine Angst ein, die er nicht in den Griff bekam, trotz jahrelanger Routine, die er im Streifendienst gewonnen hatte. Sie sicherten mit hervorgehaltener Waffe alle Winkel des Antiquariats.

»Hier ist niemand«, sagte Wagner schließlich.

»Vielleicht ist Martin nur kurz zur Pommesbude gegangen«, vermutete Jan.

»Blödsinn. Dann würde er doch seinen Laden abschließen. Sieht eher aus, als hätte er den Raum Hals über Kopf verlassen.«

»Oder er ist gewaltsam hier rausgeholt worden«, ergänzte Jan. »Wer weiß, wozu dieser Jendrik noch fähig ist.«

»Das gefällt mir jedenfalls gar nicht hier«, sagte Wagner. »Sehen wir uns ein bisschen um.«

Jan nickte und suchte auf dem Boden nach möglichen Blutspuren, Wagner nahm sich Martins Arbeitsplatz vor.

»Hier ist was!«, rief Wagner kurz darauf.

Jan kam zu ihm. Wagner zeigte auf den Tisch. Dort lag ein handgeschriebener Zettel.

Müssen noch mal reden. Aber an einem sicheren Ort, schließlich ist die Polizei nun hinter mir her. Komm um 17 Uhr zur Stephanus-Kirche in Flamersheim.

Bis gleich, Jendrik

»Wir haben ihn«, sagte Wagner.

»Wie spät ist es jetzt?«, fragte Jan.

»Kurz vor fünf. Also los! Ich fahre, Sie organisieren währenddessen Verstärkung.«

Sie rannten raus, stiegen in den Dienstwagen und fuhren mit Vollgas durch die Straßen von Euskirchen.

* * *

Für den Weg zum Treffpunkt brauchte Martin nur eine Viertelstunde. Der Ortsteil Flamersheim lag knapp zehn Kilometer vom Euskirchener Stadtzentrum entfernt. Der Treffpunkt war nicht schwer zu finden. Der weiße Kirchturm war von Weitem schon zu sehen. Martin stieg aus seinem Wagen und näherte sich dem Kirchplatz. Einen Augenblick hielt er inne und bewunderte verträumt den einzigartigen Baustil – eine mittelalterliche Basilika, die sich in L-Form an einen neuen Erweiterungsbau anschloss. Der Anblick dieser Dorfkirche rief eine tiefe Sehnsucht in Martin wach und führte ihn in eine ganz andere Welt – die Vorstellung von einem einfachen, friedlichen Leben an einem idyllischen Ort in der Eifel. Er stellte sich vor, wie er ein Leben mit Frau und Kindern hier aufgebaut hätte und nach der Sonntagsmesse mit anderen Flamersheimern auf dem Kirchplatz plauderte. Kurz malte er sich dieses Leben aus, da kamen die schrecklichen Erinnerungen zurück, die es ihm unmöglich machten, ein normales Leben zu führen. Martin war nicht zum Träumen hier, sondern weil Jendrik ihn hierherbestellt hatte.

Er ging einmal um das Kirchengebäude herum und fand zwei Eingänge an der östlichen und westlichen Seitenwand. Martin entschied sich für den westlichen Eingang, trat ein und sah Jendrik auf einer Kirchenbank sitzen. Martin nahm neben ihm Platz.

»Da bist du ja«, begrüßte ihn Jendrik.

»Warum hier?«, fragte Martin und fing an zu lachen. »Ich wäre nie darauf gekommen, dass wir uns ausgerechnet in einer katholischen Kirche in Flamersheim treffen.«

»Eben darum«, antwortete Jendrik. »Dann kommen die, die mich suchen, auch nicht darauf.«

Beängstigt und bewundernd zugleich würdigte Martin im Stillen Jendriks Idee.

»Hast du's ihr erzählt?«, fragte Jendrik beinahe drohend.

»Anke?«

»Nein, der heiligen Mutter Maria – natürlich Anke!«

Martin nickte schuldbewusst. »Ich war nach unserem Gespräch so durch den Wind, dass Anke sofort gemerkt hat, dass etwas los ist. Und dann musste es einfach raus. Aber bei Anke bleibt es ein Geheimnis. Sie wird niemandem davon erzählen.«

»Sicher?«

»Sie ist meine gute Freundin, und dich mag sie auch. Und sie würde nichts tun, was mir schadet. Was hast du denn jetzt vor?«

»Ich will verhindern, dass man dich weiter verdächtigt.«

»Und wie willst du das anstellen?«

»Ich habe bereits bei der Polizei angerufen und gesagt, dass du es ganz sicher nicht warst und dass ich weiß, wer Cornelius umgebracht hat. Und wenn sie jetzt eins und eins zusammenzählen, werden sie wohl darauf kommen, dass ich es war.«

»Was? Warum hast du das gemacht?«

»Ich hab's einfach getan. Als du mir erzählt hast, dass dieser Grimberg wieder bei dir rumschnüffelt und dich wohl auf dem Kieker hat, hielt ich es in dem Augenblick für die einfachste Lösung.«

»Hattest du keine Sorge, dass sie dein Handy orten?«

»Hab doch von einer Telefonzelle aus angerufen.«

»So etwas gibt es noch? Und wenn sie dich nun kriegen?«

»Wie denn? Sie kennen nur meinen Vornamen, wissen nicht, wo ich wohne, wie ich aussehe, wissen nicht, wer ich bin. Und sicherheitshalber werde ich in der nächsten Zeit meinen Aufenthaltsort öfter mal wechseln. Und ich werde mich weiter einmischen, sollte die Kripo nicht endlich von dir ablassen.«

Martin zuckte nervös mit dem rechten Auge. »Was hast du denn vor?«

»Überlass das mir«, antwortete Jendrik und stemmte den rechten Fuß gegen die vordere Kirchbank.

»Aber lass niemanden dabei zu Schaden kommen!«, flehte Martin.

»Ich sagte doch: Ich will verhindern, dass du am Ende wegen meiner Tat in den Knast wanderst. Hast du eigentlich die Nachricht für unser Treffen hier vernichtet?«

»Du meinst den Zettel?«

Jendrik nickte.

»Ich glaube … nein, ich bin sofort losgefahren. Der Zettel liegt noch auf dem Tisch.«

»Hast du überprüft, ob dir jemand folgt?«

»Nein.«

»Na klasse – wenn die Schnüffler zufällig in der letzten Stunde noch mal bei dir vorbeigekommen sind, wissen sie dann vielleicht auch, wo wir gerade sind.« Jendrik drehte sich um, um sich zu vergewissern, dass sie tatsächlich alleine in der Kirche waren. Dann rückte er näher an seinen Freund heran. »Dann machen wir jetzt mal einen Plan«, sagte er zu Martin.

* * *

Mit Blaulicht hatten Jan und Wagner Flamersheim in knapp zehn Minuten erreicht. Wagner war gefahren wie ein Henker, während Jan sich die ganze Fahrt über am Türgriff festgekrallt hatte. Deswegen hatte es etwas länger gedauert, bis Jan die Verstärkung anfunken konnte. Jetzt waren Jan und Wagner noch vor den Kollegen an der Kirche Sankt Stephanus. Sie schlossen leise die Autotüren und schlichen sich zur Eingangstür.

»Ich höre Stimmen«, flüsterte Jan, der als Erster das Portal erreicht hatte. Er legte den Kopf an das Tor und versuchte, die Stimmen zu identifizieren. »Das ist er«, sagte er schließlich. »Das ist die Stimme von Jendrik. Und von Martin. Sie sind beide da drin.«

»Dann nichts wie rein«, befahl Wagner.

Jan hatte Zweifel, ob das die richtige Entscheidung war. »Wollen wir nicht noch zwei Minuten warten, bis die Kollegen da sind?«

»Klar, Grimberg, wir können auch noch eben einen Kaffee trinken gehen. Ich habe gerade auf dem Weg hierhin ein nettes Café gesehen. Herrgott noch mal, diesen Jendrik krallen wir uns jetzt. Solange die da drinnen sind, kriegen wir sie auch leichter. Mit zwei Personen werden wir ja wohl fertig werden. Oder machen Sie sich gleich in die Hose vor Angst?«

»Sie haben aufgehört zu sprechen!«, bemerkte Jan, und bevor er weiter mit Wagner über das Vorgehen diskutieren konnte, hatte Wagner schon die Kirchentür aufgezogen und stürmte rein. Jan folgte ihm rasch.

»Keine Bewegung, Polizei!«, hallte Wagners Stimme durch den Kirchenraum.

Auf der vorderen Bank saß ein Mann. Es war Martin. Er war allein und drehte sich erschrocken um. Wo war Jendrik?

Wagner und Jan eilten zu ihm.

»Wo ist er?«, fragte Wagner. »Wo ist Ihr Freund Jendrik?«

»Weg«, sagte Martin nur.

Jan sah sich irritiert um. Hatte Jendrik sich hier irgendwo versteckt?

»Wo ist er hin?«, brüllte Wagner ihn an, während Jan die verborgenen Winkel der Kirche absuchte. Er warf einen Blick hinter den Beichtstuhlvorhang und rannte dann zum Altar. Auch hier konnte er Jendrik nicht entdecken.

»Er … er ist gerade durch den Ostausgang verschwunden«, sagte Martin, immer noch eingeschüchtert.

»Verdammt!«, schrie Wagner wie von Sinnen. »Welcher Ostausgang?«

Jan öffnete eine Tür. »Dieser hier!«

»Das glaub ich jetzt nicht! Wieso haben Sie beim Reinkommen nicht den zweiten Eingang gesichert, Grimberg?«, kläffte Wagner Jan an.

»Wussten Sie denn, dass die Kirche zwei Eingänge hat?«, schrie Jan zurück.

»Wir haben jetzt keine Zeit zu verlieren, Grimberg. Los, hinterher. Ich sag den Kollegen Bescheid, dass sie ganz Flamersheim durchsuchen sollen.«

Jan rannte nach draußen und entschied sich, erst einmal die Richtung zum Ortszentrum zu nehmen. Irgendwo musste er ja anfangen, obwohl ihm klar war, dass es keinen Zweck hatte und Jendrik sicher längst über alle Berge war.

Einen Kilometer lief er geradeaus, dann bekam er Seitenstechen und stampfte wütend auf den Boden. Er ärgerte sich darüber, dass ihnen Jendrik entwischt war, er ärgerte sich über den Ton, in dem Wagner ihn herumkommandierte, und er ärgerte sich über sich selbst, dass ihm der kleine, aber bedeutende Fehler mit dem zweiten Eingang unterlaufen war.

* * *

Das Glück war zum Greifen nahe. Jetzt begann sein neues Leben. Karsten Schröder atmete die frische Stadtluft tief ein und aus. Freiheit! Noch nie hatte sich das Leben unter freiem Himmel so gut angefühlt. Er hatte die ganze Zeit gewusst, dass es nur eine Frage von Stunden sein würde, ehe die Kripo ihr Missverständnis einsehen und ihn entlassen würde. Er musste sich nun nicht mehr verstecken. Nicht vor der Polizei, nicht vor der Öffentlichkeit, nicht vor Daniela. Die Nacht in der U-Haft hatte ihn spüren lassen, wie wertvoll Zeit war. Er hatte nun keine mehr davon zu verschenken. Er würde heute Abend noch bei Daniela klingeln und ihr seine Liebe gestehen. Oder zumindest erst einmal mit ihr reden, eine unverbindliche Unterhaltung führen. Alles Weitere würde sich schon ergeben. Er wollte nicht mehr ungeduldig sein, vor allem aber wollte er nicht mehr nur der stille Beobachter sein.

Karsten umklammerte den kleinen, bescheidenen Blumenstrauß und bog in die Straße ein, in der Daniela wohnte. Er wartete einen Moment vor dem Haus, zögerte, und dann drückte er entschlossen auf die Klingel. Nichts geschah. Niemand öffnete, niemand sprach durch die Freisprechanlage. Karsten klingelte ein zweites und ein drittes Mal. Daniela schien nicht zu Hause zu sein. Dann würde er eben warten, dachte Karsten und setzte sich auf die unterste Stufe der Treppe, die zum Hauseingang führte. Es war ja noch früh am Abend, und Warten hatte er in den letzten Stunden gelernt. Er streichelte die Blumen und fror ein bisschen.

Als eine Stunde vergangen war, hielt er die Kälte nicht mehr aus. Er musste sich ein wenig bewegen und beschloss, eine Runde um den Block zu drehen. Also stand er auf und lief in Richtung Straßenecke. Als er dort ankam, spürte er plötzlich einen stechenden Schmerz im rechten Rippenbereich. Er fühlte sich an die Brust und sah dann die große Menge Blut in seiner Hand. Erst dann nahm er die Gestalt wahr, die vor ihm stand.

»Du?«, fragte er verwundert, und dann stach die Person ein zweites Mal ihr Messer in seinen Körper. Mit vielen offenen Fragen in seinem Kopf, die ihn in diesem Moment quälten, wurde er ohnmächtig.

10. Kapitel

16. November 2015

Martin saß mit zusammengezogenen Schultern an Jans Bürotisch, wo er vernommen wurde. Immer wieder blickte er nach rechts und nach links, als witterte er Gefahr von allen Seiten. So hatte sich Jan immer die Figuren aus den Kafka-Erzählungen vorgestellt, die in einer unheimlichen Situation einer unbekannten Macht ausgeliefert sind. Sie hatten weniger als zehn Minuten gebraucht, um aus dem labilen Mann herauszubekommen, dass Jendrik tatsächlich der gesuchte Täter war.

»Also noch mal: Sie bestätigen also, dass Jendrik der Mörder von Cornelius Beck und Christian Feldmann ist?«, fragte Jan.

Martin nickte. Jan sah ihm an, wie sehr er darunter litt, dass er gerade seinen Freund verriet.

»Und er hat Ihnen persönlich die Morde gestanden?«

Martin nickte wieder.

»Und Sie könnten ihn da nicht missverstanden haben?«

Martin schüttelte den Kopf.

»Wollen Sie einen Kaffee?«, fragte Jan.

»Ja«, antwortete Martin und lächelte unsicher. Jan gab Frauke ein Zeichen, und sie brachte eine Tasse. Jan stellte sie auf den Tisch, und Martin trank dankbar einen Schluck, indem er den Kopf zum Tisch streckte und von dem randvollen Kaffeebecher abschlürfte, ohne den Becher anzuheben.

»Also gut: Warum hat Ihr Freund Jendrik denn für Sie getötet?«, wollte Jan wissen.

»Das ist eine komplizierte Geschichte«, murmelte Martin.

»Er wollte Sie beschützen, nicht wahr?«, sagte Jan.

Martin lächelte. »Ja.«

»Wovor?«, fragte Jan. Er hatte das Gefühl, dass sich Martin ihm öffnen würde, wenn er ganz behutsam vorging – und wenn Wagner ihm die Tour hier nicht vermasselte.

»Na, vor Chris und Cornelius«, flüsterte Martin.

Jan sah Martin tief in die Augen, wie ein neuer Freund, dem man vertrauen kann. »Was ist denn passiert?«, fragte Jan.

»Sie haben mir sehr wehgetan«, flüsterte Martin weiter. Dabei hörte er sich an wie ein kleines Kind.

»Was haben sie gemacht?«, flüsterte nun auch Jan.

»Es war furchtbar«, sagte Martin.

»Was genau ist passiert?«, wiederholte Jan.

»Es war wirklich furchtbar, aber ich erinnere mich kaum!«

Jan tätschelte Martins Arm. »Hören Sie, ich will Ihren Freund Jendrik einfach nur verstehen. Dazu muss ich wissen, was man Ihnen antun musste, damit er … zwei Morde begangen hat. Möglicherweise kann ihn das ja sogar entlasten.«

Martin schloss die Augen und krallte seine Hände ineinander. Es sah aus, als dächte er intensiv nach, als suchte er in den verborgenen Winkeln seines Kopfes nach Antworten.

Dann öffnete er langsam wieder seine Augen, sah Jan unterwürfig an und sagte: »Ich erinnere mich kaum.«

Jan versuchte es erneut: »Ich weiß, es ist über zwanzig Jahre her. Aber versuchen Sie trotzdem, sich an Details zu erinnern. Denken Sie daran: Ich will einfach nur verstehen …«

»Aber ich kann mich wirklich kaum erinnern«, sagte Martin verzweifelt.

»Versuchen Sie es. Nehmen Sie sich Zeit. Vielleicht können Sie Jendrik ja mir Ihrer Aussage auch entlasten. Aber dafür müssen wir so viel wie möglich wissen.«

An Wagners Schreibtisch klingelte das Telefon. Wagner, der sich erstaunlich gut im Hintergrund gehalten hatte und Jan einfach gewähren ließ, ging ran. Eine ganze Weile telefonierte er und schrieb hektisch seinen Notizblock voll.

»Ist Ihnen jetzt mehr eingefallen?«, beharrte Jan.

Martin saß nur da und reagierte nicht.

»Herr Braun?«, fragte Jan und beugte sich zu ihm runter. Dann sah er, dass Martins Augen weit geöffnet waren und ins Leere starrten.

Plötzlich begann Martin zu sprechen. Die Augen blieben dabei in der unheimlichen Starre. »Tick-tack, tick-tack, tick-tack, tick-tack«, murmelte Martin vor sich hin. Und plötzlich lachte Martin wie ein kleiner Junge. Er lachte und prustete los und konnte gar nicht mehr aufhören. Er wirkte immer noch wie in Trance. »Wir sind Urmenschen«, lallte Martin.

»Was meinen Sie damit? Wir sind Urmenschen?«, fragte Jan. Es war furchtbar. Martin stammelte lauter unverständliches Zeug, benahm sich merkwürdig und schien nicht ansprechbar zu sein.

Dann blickte Martin plötzlich erschrocken auf, sah sich um und sagte hilflos: »Aber ich erinnere mich doch wirklich kaum.«

Was ging hier vor, fragte sich Jan. Was hatten die damals mit ihm gemacht?

Unsanft unterbrach Wagner das Gespräch und sah Martin missmutig an. »Sie werden hier jetzt wohl ein bisschen warten müssen«, sagte er zu Martin. »Grimberg, kommen Sie mal rüber!«

Jan stand auf, folgte Wagner ins nächste Büro und schloss die Glastür.

»Wie es scheint, hat sein Freund Jendrik wieder zugeschlagen«, begann Wagner.

»Großer Gott – er mordet noch weiter?«

»Zumindest fast. Karsten Schröder wurde vorhin mit einem Messer attackiert. Er lebt noch, aber sein Zustand ist kritisch.«

»Karsten Schröder? Gibt es da eine Verbindung?«

»Er war in der gleichen Jahrgangsstufe wie Cornelius und Christian, wie Sie wissen. Innerhalb kurzer Zeit Cornelius und Karsten – das wird ja wohl kein Zufall sein. Der kriminaltechnische Dienst prüft gerade, ob sie Spuren von Jendrik finden.«

»Könnte er nicht einfach ein Opfer eines Raubüberfalls geworden sein?«, fragte Jan unsicher.

»Na, das wäre ja schon ein sehr großer Zufall. Und so ein heißes Pflaster ist Köln nun auch nicht.«

»Karsten wurde in Köln angegriffen?«

»Ja.«

»In der Straße, in der Daniela Ginster wohnt?«

»Richtig.«

»Ist er schon vernommen worden?«

»Er ist noch nicht bei Bewusstsein. Und wir können hoffen, dass er durchkommt. Allein schon wegen der Vernehmung.«

Jan sah Wagner verächtlich an. »Wo war Daniela zur Tatzeit?«

»Nicht zu Hause. Ist auch noch nicht wieder aufgetaucht. Die Kollegen fangen sie ab, sobald sie kommt.«

»Und Sie glauben, dass es wirklich Jendrik war?«

»Was glauben Sie, Grimberg?«

Jan überlegte kurz. »Ich glaube es auch.«

»Also gut«, fuhr Wagner fort. »Das bedeutet Folgendes: Erstens: Wenn das Motiv seiner Morde sein übertriebener Beschützerinstinkt ist, müssen wir zwei Schritte zurückgehen und herausfinden, wie Karsten nun in die ganze Geschichte verwickelt ist. Warum glaubt Jendrik, dass Martin auch vor Karsten geschützt werden muss? Und zweitens: Unser Freund Jendrik ist noch viel gefährlicher, als wir dachten. Er mordet weiter!«

»Das heißt, jeder, der Martin gefährlich werden kann, ist in Lebensgefahr.«

»Genau. Besser wäre es, wir fänden ihn bald. Am besten noch heute! Also machen wir uns an die Arbeit: Ich durchforste unsere Datenbanken und versuche, irgendwelche Hinweise auf seine Identität rauszufinden, und

Sie versuchen, dieses schützenswerte Küken in Ihrem Büro weiter auszuquetschen.«

Jan lief wieder zu Martin, der immer noch nervös um sich sah.

»Was glauben Sie, wo sich Ihr Freund gerade aufhält?«, fragte Jan.

»Ich weiß es wirklich nicht«, sagte Martin, und Jan glaubte ihm das.

»Wenn Ihnen doch etwas dazu einfällt, sagen Sie es uns schnell. Bevor es noch weitere Opfer gibt.«

»Es gibt noch weitere?«, fragte Martin entsetzt.

»Es könnte sein, dass Jendrik heute versucht hat, Karsten Schröder umzubringen.«

Martin drehte den Kopf hin und her. »Nein, nein, nein – das ergibt keinen Sinn.«

»Hören Sie, hat Ihnen Karsten …«

»Das ergibt keinen Sinn«, schrie Martin wie von Sinnen und warf mit einem Schlag sämtliches Büromaterial vom Schreibtisch. »Das kann nicht sein!«

Sofort kamen zwei Kollegen herbeigeeilt und hielten Martin fest. Der eben noch so schüchterne Martin wehrte sich mit aller Kraft, war aber zu schwach, um gegen zwei große Männer anzukommen. Schnell beruhigte er sich wieder.

»Ich glaube, wir brauchen mal eine kleine Pause«, sagte Jan.

»Die Kollegen bringen Sie in einen Aufenthaltsraum, wo Sie noch einen Kaffee trinken und etwas essen können. Ruhen Sie sich dort ein bisschen aus, dann reden wir weiter. Ach so, eine Sache noch: Können Sie uns sagen, wie Jendrik mit Nachnamen heißt?«

Martin überlegte lange. Dann sagte er: »Dehmann.«

* * *

Jan hackte hektisch in die Tastatur seines Computers und durchsuchte verschiedene Datenbanken. Er wusste, dass es jetzt keinen Zweck hatte, Martin vorschnell wieder zu befragen. Er musste erst einmal zur Ruhe kommen. Vielleicht würde ihm dabei ja noch mehr einfallen, was er ihnen erzählen wollte. Jan hatte den Eindruck, dass Martin bisher die Wahrheit gesagt hatte. Er glaubte, dass Martin mit ihnen kooperieren wollte, aber dass seine Erinnerung wirklich sehr schwach war – was Jan nicht weiter verwunderte, denn wenn Martin tatsächlich als Schüler nicht nur gemobbt, sondern regelrecht misshandelt worden war, dann wäre es psychologisch nachvollziehbar, dass er große Teile der Geschehnisse verdrängt hatte. Und Jan hatte auch Verständnis für Martins merkwürdigen Wutausbruch: Möglicherweise war es einfach jedes Mal ein Schock für ihn, wenn sein Freund Jendrik mordete, um ihn, Martin, zu beschützen! Jendrik war sein bester Freund, aber an ihrer Freundschaft klebte Blut.

Jan konnte Wagner überreden, Martin noch eine kleine Auszeit zu gönnen. Aber gleichzeitig rannte ihnen die Zeit davon. Jan und Wagner nutzten die Unterbrechung, um auf eigene Faust nach Hinweisen über Jendrik Dehmann zu suchen und dabei verschiedene Informationssysteme der Polizei zu durchforsten. Aber weiter kamen sie damit nicht, ein Jendrik Dehmann war nirgends zu finden. Dann teilten sich

Jan und Wagner die Liste der Schüler und Lehrer vom Hannah-Arendt-Gymnasium auf, die bislang zum Mord an Cornelius befragt worden waren. Sie telefonierten systematisch diese Personen ab, um sie nach Jendrik Dehmann zu befragen. Aber als sie nach einer Stunde mit den Blitz-Telefonaten durch waren, wussten sie weder, wo Jendrik sich aufhalten konnte, noch gab es verlässliche Hinweise auf sein Aussehen oder auf seinen Charakter. Die meisten konnten sich an ihn nicht erinnern, einige andere waren sich unsicher und spekulierten, wer das gewesen sein könnte. Aber dabei gab es keine Übereinstimmungen. So recht schien niemand diesen Jendrik überhaupt zu kennen. Das Problem schien hier einfach zu sein, dass Jendrik in einer anderen Jahrgangsstufe gewesen war, und wenn man nach dem Abitur die Eifel verließ, verlor man sich wohl ganz schnell aus den Augen. Wie sollte man sich da nach zwanzig Jahren noch an jemanden erinnern, mit dem man in der Schulzeit schon keinen Kontakt hatte? Es war an der Zeit, Martin wieder zu befragen.

Als er ins Büro gebracht wurde, sah er müde aus.

»Entschuldigen Sie, ich bin gerade im Aufenthaltsraum plötzlich eingeschlafen.«

»Ist in Ordnung. Sie haben ja auch einen anstrengenden und aufregenden Tag«, sagte Jan.

»Und tut … tut … tut mir leid wegen der Randale von eben«, stotterte Martin beschämt. »Ich habe da wohl ein wenig überreagiert. Es tut mir wirklich leid.«

»Warum haben Sie sich denn so aufgeregt?«, wollte Jan wissen.

»Ich weiß nicht. Ich kann mir einfach nicht vorstellen, dass Jendrik auch Karsten umgebracht hat.«

»Warum nicht? Er hat schließlich – vermutlich – zwei weitere Mitschüler von Ihnen auf dem Gewissen.«

»Aber warum Karsten?«

»Jendrik mordet für Sie. Das haben Sie uns selbst gesagt.«

»Ja, aber warum Karsten? Der hat mir nie ...« Jetzt stockte Martin, als wäre er sich selbst nicht sicher bei dem, was er sagte. Verdrängung, dachte Jan. Aber die genauen Hintergründe zu Jendriks Motiven könnten sie später noch ergründen. Jetzt ging es darum, Jendrik zu fassen. Und es ging darum, Martin möglichst für sie zu gewinnen.

»Ihr Freund Jendrik hat keinen festen Wohnsitz?«

»Nein, er ist wohl in der letzten Zeit aus beruflichen Gründen viel im Ausland gewesen.«

»Aber in den letzten Tagen war er immer hier in der Eifel?«

»Ja, wir haben uns jeden Tag gesehen.«

»Wo hat er denn dann gewohnt?«

»Keine Ahnung, wir haben uns meistens bei mir getroffen.«

»Sie wissen nicht, wo er gewohnt hat?«

»Darüber habe ich, ehrlich gesagt, noch gar nicht nachgedacht.«

»Wollen Sie uns verarschen?«, fragte Wagner sichtlich erregt.

»Nein, wirklich nicht. Ich weiß es nicht.«

»Wo war er denn im Ausland?«, fragte Jan ruhig. Martin kam ihm immer merkwürdiger vor.

»Zuletzt in Südamerika, in Venezuela.«

»Ich überprüfe das«, sagte Wagner und verschwand.

»Haben Sie eigentlich ein Foto von Jendrik – vielleicht in Ihrem Portemonnaie oder auf Ihrem Handy?«, fragte Jan.

»Nein, habe ich nicht.«

»Aber er ist doch Ihr bester Freund?«

»Ja, aber wir sind kein Paar«, rutschte es Martin raus, und plötzlich begannen Jan und Martin zu lachen.

Dann wurde Jan schnell wieder ernst. »Herr Braun«, fuhr Jan fort. »Vielleicht ist es möglich, dass Jendrik noch mehr Menschen auf seiner Todesliste stehen hat, weil er meint, dass er Sie vor ihnen beschützen will. Sie wollen doch, dass er keine weiteren Menschen tötet, oder?«

Martin nickte und wurde wieder ernst.

»Ich verstehe Ihre Situation«, sagte Jan sanft. »Ehrlich. Sie sind hier nicht unser Gefangener, sondern Sie sind hier, weil Sie uns helfen sollen. Und genau das bringt Sie in ernste Gewissenskonflikte, stimmt's?«

Martin kaute nervös an seinen Fingernägeln. Jan fuhr fort: »Denn Sie wissen genau, dass Sie nur hier sind, um Ihren besten Freund an die Polizei auszuliefern. Und ich kann sehr gut nachvollziehen, was in Ihnen vorgehen muss. Sie wollen Jendrik nicht verraten. Schon gar nicht bei allem, was er für Sie getan hat. Aber sehen Sie es mal so: Wenn Sie nicht mit uns kooperieren, dann machen Sie sich moralisch mitschuldig am Tod von mehreren Menschen. Jendrik tötet ja, nach allem, was uns bekannt ist, nicht in seinem, sondern in Ihrem Interesse. Können Sie das wirklich wollen?«

Martin sah auf den Boden und wagte es nicht, Jan in die Augen zu sehen.

»Herr Braun, auf der einen Seite steht der Wert Ihrer Freundschaft. Jendrik ist sicher der beste Freund, den man sich wünschen kann. Ein Freund, der alles für Sie tut, nicht wahr? Aber auf der anderen Seite stehen mehrere Menschenleben. Vielleicht keine unschuldigen Leben. Diejenigen, die Jendrik im Visier hatte und vielleicht noch haben wird, sind an Ihnen schuldig geworden, ich weiß. Aber trotzdem sind es Menschenleben, Martin. Menschen, die vielleicht das, was sie Ihnen vor zwei Jahrzehnten angetan haben, längst bereuen. Menschen, die Frauen und Kinder haben. Cornelius Beck hinterlässt eine dreijährige Tochter. Sie versteht nun nicht, warum ihr Vater nicht mehr da ist. Können Sie sich vorstellen, was Jendrik dem Kind damit angetan hat? Er hat nicht nur das Monster von damals getötet, sondern auch einen liebevollen Familienvater. Wollten Sie das denn?«

»Nein«, flüsterte Martin, den Kopf immer noch gesenkt.

»Und nun denken Sie noch einmal nach: Gibt es neben Cornelius, Christian und Karsten noch andere ehemalige Mitschüler, die nicht nett zu Ihnen waren und hinter denen Martin vielleicht noch her sein könnte?«

Martin legte die linke Hand auf die Stirn. Offenbar dachte er gerade angestrengt nach. Eine Minute saß er so da, und Jan ließ ihn in Ruhe. Dann sprach Martin endlich: »Thorsten. Thorsten Heller.«

Jan sah Martin fragend an, aber mehr sagte dieser nicht.

»War Thorsten Heller auch dabei damals?«

Martin nickte.

»War er auch in Ihrer Jahrgangsstufe?«

Martin nickte.

»War er beim Abiturjubiläum mit dabei?«

Martin schüttelte den Kopf.

Jan stöhnte innerlich. Hoffentlich konnte Martin ihm wenigstens einen Hinweis zum Wohnort geben. Jan fragte ihn danach.

»Ich glaube, er wohnt noch in Bad Münstereifel.«

Jan winkte Frauke zu sich und beauftragte sie, den genauen Wohn- und Aufenthaltsort von Thorsten Heller herauszufinden.

»Noch einmal«, sagte Jan. »Menschen sind in Gefahr. Thorsten Heller könnte in Gefahr sein. Wollen Sie mit daran schuld sein, wenn er der Nächste ist, der stirbt?«

»Nein!«, jammerte Martin plötzlich, verzog das Gesicht und heulte Rotz und Wasser.

Sehr gut, dachte Jan. Er hatte offenbar Martins Gewissen erreicht. »Aber noch können wir den nächsten Mord verhindern«, sagte Jan. »Kommen Sie bitte mal mit.«

Martin sah Jan fragend an.

»Ich stelle Ihnen einen Kollegen vor. Alles, was Sie nun tun müssen, ist, diesem Kollegen zu beschreiben, wie Jendrik aussieht. Und zwar möglichst genau.«

* * *

Während Martin damit beschäftigt war, bei der Erstellung eines Phantombildes zu helfen, suchten Jan und

Wagner weiter nach Hinweisen auf Jendrik: seinen Beruf, seine Wohnung, seinen Beziehungsstatus, seine Lebensgewohnheiten. Aber er war ein leeres Blatt Papier. Jendrik hatte nach Martins Angaben Kunst und Industriedesign in Düsseldorf studiert und entwarf freiberuflich Modelle für verschiedene Industrieunternehmen. In der Branche der Industriekünstler gab es aber keinerlei Hinweise auf eine Zusammenarbeit mit Jendrik Dehmann in den letzten Jahren. Und auch Flughäfen konnten keine Reisen dieses Mannes in den letzten Monaten feststellen.

»Dieser Kerl scheint also mehr kriminelle Energie zu haben, als wir angenommen haben«, stellte Wagner fest. »Er hat keinen Wohnsitz angegeben, es gibt überhaupt keine naheliegenden Spuren. Warum? Dafür kann es nur einen Grund geben: Er weiß sich hochprofessionell zu verbergen.«

»Er ist vor zwanzig Jahren zum Kriminellen geworden, als er Christian getötet hat. Vielleicht hat er seitdem immer Angst gehabt, entdeckt zu werden, und ein äußerst vorsichtiges Leben geführt: Unter falschem Namen gemeldet, unter verschiedenen Namen gearbeitet.«

»Genau das denke ich auch«, sagte Wagner. »Mist!«

Sie waren an einem äußerst schwierigen Punkt angelangt. Und diese Schwierigkeiten hätte Jan nun lieber mit Steiner als mit Wagner gelöst. Jan wäre gerne noch einmal zu Steiner gefahren, aber ihm war klar, dass er hier jetzt nicht weg konnte. Telefonanrufe in die JVA waren nicht gestattet, es sei denn, Jan hätte sein Anliegen offiziell gemacht und der Gefängnisleitung erklärt, dass er, Kriminalkommissar Jan Grimberg, seinen ehemaligen Kollegen Ralf Steiner gerne am Apparat hätte, um über einen aktuellen Fall zu sprechen. Dann würden die Behörden und Bilinski Jan aber die Hölle heiß machen. Jan musste alleine hier durch.

Er ging zu Martin. Dieser bestätigte gerade, dass das Phantombild Jendrik sehr ähnlich war. Jan sah auf dem Bild einen gutaussehenden Mann mit Dreitagebart, dunkelbraunen Haaren, modischer Frisur. Er erinnerte Jan an irgendeinen Schauspieler, aber Jan fiel der Namen nicht ein. Die einzige Auffälligkeit im Gesicht von Jendrik war ein tiefes Grübchen im Kinn. Jan hatte sich Jendrik ganz anders vorgestellt. Grimmiger, wie ein Mafiosi vielleicht. Doch auf dem Bild wirkte er eher sympathisch, wie jemand, dem man aus Sympathie einen Mord durchgehen lässt. Aber Jan hatte Zweifel, ob das Phantombild brauchbar war. Der Mann auf dem Bild sah nicht aus wie Ende dreißig, sondern höchstens wie Anfang zwanzig. Es würde schwierig werden, sich dieses ohnehin nur provisorische Gesicht von Jendrik auch noch zwanzig Jahre älter vorzustellen.

»Danke, Martin«, sagte Jan. »Sie haben uns sehr geholfen, und wir hoffen weiterhin auf Ihre Zusammenarbeit. Sie dürfen nun nach Hause gehen.«

Martin sah Jan verwundert an. Jan nickte nur, Martin lächelte und stand auf. Es war schon nach 19 Uhr. Jan beschloss auch, für heute Feierabend zu machen.

* * *

Als Jan seine Kommerner Wohnung betrat, fühlte er sich leer. Er konnte nicht mehr an den Fall denken, und es frustrierte ihn, dass der Tag ohne nennenswerte Erfolge zu Ende gegangen war.

Er nahm sich ein Glas Rotwein und ging zum Bücherregal. Um den Tag irgendwie noch sinnvoll abzuschließen, begann er mit der Lektüre von Anselm von Canterbury. Was Jan an mittelalterlichen Philosophen wie Anselm faszinierte, war wohl die Einsamkeit und Weltabgewandtheit, die diese Denker im Kloster gesucht hatten, wo sie ungestört vom wilden Treiben außerhalb der Klostermauern philosophieren konnten. Damit führten sie wohl das gegenteilige Leben von Jan. Während er ein hektisches, frustrierendes und oft gefährliches Leben als Verbrecherjäger führte, schloss sich Anselm von Canterbury einfach hinter kirchlichen Mauern ein und dachte über die wirklich wichtigen Fragen des Lebens nach. Zum Beispiel die, ob es Gott gab. Jan strich mit der Hand über den Buchdeckel. *Proslogion* lautete der Titel des Werkes, was so viel bedeutete wie »Anrede«.

Wenn Anselm ihn mit seinem Gottesbeweis überzeugen konnte, ginge er vielleicht auch ins Kloster und ließ sich zum Priester weihen, dachte Jan, und Wagner könnte seine blöde Kripo-Arbeit alleine machen. Er merkte, wie der Rotwein seine wohltuende Wirkung entfaltete. Endlich entspannte Jan sich so, dass er in das Buch eintauchten konnte.

Nach einer Stunde anstrengender Lektüre hatte Jan jedoch immer noch nichts begriffen. Anselm von Canterbury schrieb, dass Gott existieren müsse, weil wir Menschen uns ein vollkommenes Wesen namens Gott vorstellen könnten. Und weil wir es uns vorstellen könnten, müsste Gott auch existieren, sonst wäre er ja nicht vollkommen – seine Vollkommenheit setze ja gerade seine Existenz voraus, erklärte Anselm von Canterbury sinngemäß.

Jan nippte an seinem dritten Glas Wein und verzog die Stirn. Das war alles? Das war Anselms Antwort auf die vielleicht größte aller Menschheitsfragen? War das denn plausibel? Musste etwas existieren, bloß weil man es sich vorstellen konnte?

Jan ärgerte sich, dass er so viel Zeit damit verbracht hatte, einen Philosophen zu lesen, der eine so schlichte wie absurde Antwort gab. Er stand aus dem Sessel auf, ging zum Fenster und sah nach draußen. Von seinem Wohnzimmer aus konnte er bis zum Kommerner Hang sehen. Der Mond schien hell auf eine Wiese des Hangs. Jan überlegte: Die Wiese existierte, weil Jan sie sehen konnte, und nicht, weil er sie sich vorstellen konnte. Und ebenso konnte Jan sich vorstellen, dass es auf dem Mond eine vollkommene, grüne Wiese gab, aber nur weil Jan Grimberg sich das vorstellen konnte, existierten auf dem Mond doch keine grünen Wiesen!

Enttäuscht stellte Jan *Proslogion* von Anselm von Canterbury zurück ins Regal.

Musste denn etwas existieren, bloß weil man es sich vorstellen konnte?

Nein, natürlich nicht.

Jan trank seinen Wein aus und zog sich den Schlafanzug an.

Musste denn etwas existieren, bloß weil man es sich vorstellen konnte?

Jan legte sich ins Bett. Keine zwanzig Sekunden später sprang er auf und war völlig außer sich.

Großer Gott, dachte Jan, das musste es sein! Er hatte soeben den Fall gelöst!

Er ging in die Küche und machte Kaffee. An Schlafen war jetzt nicht mehr zu denken. Dann setzte er sich an den Küchentisch und entwarf ein Konzept für das weitere Vorgehen. Er müsste nun seine Vermutung bestätigen lassen. Und er müsste eine Falle stellen. Aber wie? Nun, er hatte noch die ganze Nacht Zeit, darüber nachzudenken.

11. Kapitel

17. November 2015

Jan wartete bis 7 Uhr, dann rief er Wagner an. Jedoch weihte er ihn nicht in seinen Verdacht ein, sondern forderte ihn auf, sofort zu Martins Wohnung zu fahren. Jan war vor Wagner da, wartete aber nicht vor der Wohnung, sondern klingelte sofort und ließ sich von Martin hereinbitten.

»Ich wollte mich noch einmal dafür entschuldigen, dass wir Sie gestern so lange festgehalten haben«, begann Jan. »Haben Sie denn gut geschlafen?«

Martin rieb sich mit der rechten Hand durch das Gesicht. »Es geht schon, aber ich mache mir Sorgen um Jendrik. Haben Sie ihn denn schon gefunden?«, fragte Martin.

»Nein – hat er Sie denn gestern noch kontaktiert?«

»Nein.«

»Wirklich nicht?«

»Nein, ehrlich. Jendrik war gestern nicht mehr bei mir. Ich glaube, er ist sehr vorsichtig geworden.«

»Das glaube ich auch. Aber es gibt auch eine gute Nachricht: Wir wissen nun, dass Jendrik Dehmann nicht auf Karsten Schröder eingestochen hat«, tastete Jan sich vor.

»Ach ja? Das sagte ich Ihnen doch schon, dass ich nicht glaube, dass er damit etwas zu tun hat. Wie haben Sie das herausgefunden?«

Jan beobachtete Martin genau. »Wir wissen nur, dass es jemand anderes gewesen sein muss. Mehr darf ich Ihnen noch nicht sagen. Aber noch mal zurück zu Ihrem Freund Jendrik …«

In dem Moment schrillte die Wohnungsklingel.

»Das wird mein Kollege sein, der auch vorbeikommen wollte. Wir haben gleich noch einen Termin hier in der Nähe.«

»Verstehe. Aber ich muss auch gleich in meinen Laden«, sagte Martin und strich sich nervös durch die Haare.

»Keine Sorge, es dauert bestimmt nicht lange.« Jan sah sich in der Wohnung um. Sie wirkte ähnlich ungepflegt wie ihr Besitzer. In den Ecken hingen dicke Spinnweben. Durch den offenen Türspalt zum Schlafzimmer konnte Jan sehen, dass sich Wäsche auf dem Fußboden stapelte. Daneben fiel Jan auf, dass Martin hinsichtlich seiner technischen Geräte noch in den 80er Jahren stehen geblieben war. Im Wohnzimmer sah er eine Stereoanlage mit Plattenspieler und Kassettenrecorder, und auf der Flurkommode stand ein Telefon mit Wählscheibe und Ringelschnur.

Wagner trat ein und sah Jan fragend an. Jan nickte ihm nur dezent zu und fuhr fort: »Also noch mal zurück zu Jendrik. Können Sie uns noch das genaue Geburtsdatum Ihres Freundes nennen? Das würde uns die Ermittlungen sehr erleichtern.«

»Warum wollen Sie das wissen?«

»Wir brauchen einfach ein paar weitere Informationen. Also?«

»Ich weiß es nicht.«

»Sie wissen es nicht? Aber er ist doch Ihr bester Freund? Sie werden doch zumindest wissen, in welchem Monat er Geburtstag hat.«

»Ich weiß es wirklich nicht«, sagte Martin verzweifelt.

Jan ging einen Schritt auf Martin zu. »Wissen Sie, was ich glaube, Herr Braun? Ich glaube, Ihr Freund Jendrik ist ein Betrüger. Er betrügt andere, er betrügt uns, und er betrügt auch Sie. Ist es nicht merkwürdig, dass Sie so viel Zeit mit ihm verbringen, und er Ihnen nicht einmal sagt, wann er Geburtstag hat? Und Ihnen erzählt er, er hätte Kunst in Düsseldorf studiert. Ich habe heute Morgen mit der Kunstakademie dort gesprochen. Dort war nie ein Jendrik Dehmann eingeschrieben. Merken Sie etwas? Sämtliche Hinweise auf eine Identität von Ihrem Freund laufen ins Leere. Es gibt kein Geburtsdatum, keinen Wohnsitz, und sein angeblich absolviertes Studium ist nicht nachweisbar. Man könnte meinen, es gibt überhaupt keinen Jendrik Dehmann.«

»Das ist ja lächerlich, Herr Grimberg. Ich sehe ihn doch fast jeden Tag. Also, wenn Sie mich mit solchen lächerlichen Fragen hinhalten wollen, gehe ich doch jetzt lieber in mein Antiquariat«, bestimmte Martin, stürmte an Wagner vorbei und eilte zur Wohnungstür hinaus.

»Los, halten wir ihn auf!«, sagte Wagner.

Aber Jan hielt ihn zurück. Ihm war gerade einiges klargeworden. Eine wichtige Frage war beantwortet. »Ich sorge dafür, dass Martin nicht aus den Augen gelassen wird. Wir haben noch etwas zu erledigen«, sagte Jan und gab Wagner ein Zeichen, ihm nach draußen zu folgen.

* * *

»Wir nehmen meinen Wagen«, sagte Jan bestimmend, und Wagner folgte stumm.

»Klären Sie mich jetzt mal auf?«, fragte er fordernd, als sie im Auto saßen.

Jan startete den Motor und fuhr aus der Parklücke. Dann suchte er den schnellsten Weg zur Autobahn. Erst als sie eine Weile über die A1 fuhren, legte er los: »Wir jagen ein Phantom.«

»Wie meinen Sie das?«

»Glauben Sie an Gott?«, fragte Jan zurück.

»Was soll das denn jetzt?«

»Glauben Sie an Gott?«, wiederholte Jan.

»Bringt das einen Vorteil?«

Jan grinste. »Im Mittelalter hat der Philosoph Anselm von Canterbury versucht, Gottes Existenz zu beweisen. Seine merkwürdige Schlussfolgerung lautet: Weil Gott vollkommen ist und ich mir so ein vollkommenes Wesen vorstellen kann, muss es auch existieren, denn diese Vollkommenheit ist Teil seiner Existenz.«

»Schwachsinn«, fauchte Wagner gereizt. Wagner merkte offenbar, dass Jan ihm einen Schritt voraus war, und das gefiel ihm ganz und gar nicht.

»Sehe ich auch so«, antwortete Jan. »Können Sie sich etwas vorstellen, was nicht existiert? Das können Sie doch sicherlich, oder? Einhörner und Hobbits können

Sie sich doch vorstellen? Aber müssen diese Wesen denn existieren, weil Sie sich sie vorstellen können?«

»Ich verstehe immer noch nicht, worauf Sie hinauswollen.«

Jan steuerte die Leverkusener Brücke an, die heute erstaunlich frei war. »Funken Sie erst einmal die Kollegen an. Zwei sollen inkognito den Laden von Martin aufsuchen, sich etwas länger darin umsehen und Martin dabei im Auge behalten.«

Wagner folgte Jans Anweisung, sah ihn aber die ganze Zeit skeptisch an. Zumindest schien Wagner zu merken, dass Jan es ernst meinte, und zeigte sich deswegen heute außergewöhnlich kooperativ. »Wohin fahren wir eigentlich?«, fragte er.

»Nach Wuppertal. Zu Anke Bauer.«

»Warum?«

»Ich habe gestern diesen Gottesbeweis gelesen. Und während ich mich über Anselm ärgerte und mich fragte, warum denn etwas, das in meiner Vorstellung existiert, auch real sein soll, sah ich auf einmal die Lösung des Falls vor mir: Jendrik existiert gar nicht wirklich, ihn gibt es nur in der Vorstellung von Martin – und in Wirklichkeit ist Martin unser Mörder.«

»Martin ist der Mörder von Cornelius Beck? Und warum haben wir ihn nicht gleich festgenommen?«

»Bis gerade war ich mir nicht ganz sicher, ob sich Martin dessen bewusst ist, dass Jendrik nur in seiner Fantasie existiert. Meine Hypothesen waren: Wenn es Jendrik Dehmann gar nicht gibt, dann verarscht uns Martin entweder – oder er ist psychisch krank. Jetzt glaube ich: Er wird die Morde nie gestehen, weil er sich vermutlich nicht an sie erinnert. Ich habe die halbe Nacht recherchiert und nun den Verdacht von Martin bestätigt bekommen, dass er eine dissoziative Persönlichkeitsstörung haben könnte. Das bedeutet: In ihm leben zwei oder mehr Persönlichkeiten. Eine davon ist Martin, eine ist Jendrik, und vielleicht gibt es noch mehr davon. Meine Theorie ist: Jendrik ist die Beschützerpersönlichkeit in Martin, die mit Martin kommuniziert wie eine Art imaginärer Freund. Martin scheint fest davon überzeugt zu sein, dass er sich mit Jendrik wirklich unterhält. Aber ich möchte mich noch mal absichern.«

»Das hört sich eher nach esoterischem Blödsinn an«, gab Wagner zu bedenken.

»Ist aber nur Psychologie. Und deswegen fahren wir jetzt zu einer Psychologin, Anke, die vielleicht mehr darüber weiß. Schließlich hat sie Martin ein falsches Alibi gegeben. Aber erste Hinweise haben wir schon selbst in der Hand. Martin erinnert sich nicht an Jendriks Geburtstag – weil Jendrik nie Geburtstag hat. In seiner Wohnung sieht es aus wie bei Hempels unterm Sofa. Er bringt Dinge nicht zu Ende, weil er zu wenig Zeit hat, wenn er ein Doppelleben führt.«

»Und das bedeutet aber auch, dass Jendrik nicht Karsten Schröder verletzt haben kann, weil Martin zur Tatzeit bei uns war.«

»So ist es.«

»Shit! Wer war es dann?«

Jan zuckte mit den Schultern. »Wir sind gleich da!«

* * *

Anke Bauers erschrockener Blick verriet den beiden Kripo-Beamten, dass sie ahnte, in welchen Schwierigkeiten sie steckte. Ihr schien klar zu sein, dass Jan und Wagner, nachdem sie schon mehrmals befragt worden war, so früh am Morgen nicht zufällig hier in ihrer Praxis auftauchten. Trotzdem versuchte sie zunächst, die beiden abzuwimmeln.

»Sie kommen gerade sehr ungelegen, ich habe schon eine Patientin im Wartezimmer, die nun einen Termin hat. Es ist ein dringender Termin, dafür bin ich extra am Samstagmorgen in die Praxis gekommen.«

»Dann warten wir eben«, sagte Jan. »Wir sind schließlich auch am Samstagmorgen in Ihre Praxis gekommen, nachdem wir festgestellt haben, dass Sie nicht zu Hause waren. Wir setzen uns so lange ins Wartezimmer.«

»Kommt nicht infrage. Dann haben Sie nun eben einen Termin mit uns«, bestimmte Wagner. »Oder sind Sie scharf darauf, eine Anzeige zu bekommen wegen Beschaffung eines falschen Alibis? Dann ist das heute Ihre letzte Patientin, die Sie vorläufig behandeln dürfen.«

Anke sah Wagner fassungslos an und verstand den Ernst der Lage. »In Ordnung. Kommen Sie durch ins Behandlungszimmer.«

Sie öffnete ihnen die Tür. Wagner trat ein, Jan folgte.

»Also?«, fragte Anke erwartungsvoll.

»Relativität, ja?«, sagte Jan und zeigte auf das gleichnamige Bild von M. C. Escher, das nun an der Wand hing, die vor ein paar Tagen noch ein Dalí-Bild zierte. Auf dem Bild waren Treppen zu sehen, die gleichzeitig auf- und abzuführen schienen. Es war dem Betrachter nicht möglich, sich auf eine klare Perspektive festzulegen.

»Worauf wollen Sie hinaus?«, fragte Anke.

»Es ist alles relativ, nicht? Wie Escher es in seinem Bild malt. Die Wahrheit ist relativ. Ihr Alibi für Martin – relativ. Sicher waren Sie mit ihm in der Nacht zusammen – aber nicht die ganze Zeit. Und Martins Unschuld – auch die ist relativ, nicht? Wenn Jendrik für ihn die Morde begangen hat, mag Martin unschuldig sein.«

»Martin *ist* unschuldig«, sagte Anke.

»Ja, das stimmt und das stimmt nicht«, fügte Jan hinzu.

»So ist es«, antwortete Anke.

Jan sah Anke streng an. »Sie kennen Martins Geheimnis, nicht wahr? Sie haben es die ganze Zeit gewusst?«

Anke sah ihn fragend an. Jan wurde deutlicher: »Sie wissen, dass Jendrik gar nicht existiert?«

Anke drehte sich von Jan weg, als suchte sie nach einem Ausweg. Doch sie schien zu merken, dass es keinen mehr gab. »Ja, das weiß ich.«

»Und warum haben Sie uns nichts davon erzählt?«

»Wie ich schon sagte: Martin ist unschuldig. Jendrik hat die Morde begangen.«

»Ja, aber das Problem ist nun einmal, dass Jendrik und Martin ein und dieselbe Person sind, stimmt's?«

»Ja, das stimmt. Aber Martin war immer nur das Opfer. Chris und Cornelius sind daran schuld, dass Jendrik überhaupt erst in Martins Leben getreten ist.«

»Dann erzählen Sie uns doch mal, was es damit auf sich hat. Was ist damals passiert? Von Martin haben wir nicht allzu viel darüber erfahren«, sagte Wagner.

»Natürlich nicht. Martin erinnert sich kaum an das, was Chris und Cornelius ihm angetan haben. Es wird sozusagen von seinem Unterbewusstsein zensiert.«

»Aber *Sie* wissen, was passiert ist?«, fragte Jan.

»Ja, ich werde Ihnen davon erzählen. Es ist nun an der Zeit, dass Sie alles erfahren. Ich bin erschüttert und erleichtert zugleich, dass Sie dem nun ein Ende bereiten. Wissen Sie: Jendrik wird immer gefährlicher. Aber der arme Martin ...« Tränen flossen plötzlich aus ihren Augen, die sie nicht zurückhalten konnte. Sie nahm sich ein Taschentuch und schnäuzte sich, dann fuhr sie fort: »Ich kannte Martin seit der fünften Jahrgangsstufe, wir waren immer in einer Klasse und saßen oft nebeneinander. Martin war immer ruhig, zurückhaltend, ein wenig schüchtern. Aber auch liebenswert, hatte das Herz am rechten Fleck. Er half anderen, wenn er darum gebeten wurde, drängte sich damit aber nicht auf. In Deutsch und Englisch war er Klassenbester und gab einigen unentgeltlich Nachhilfe. Dabei nutzten sie seine Gutmütigkeit sicher ein wenig aus, aber das war harmlos. Außerdem war Martin ein hübscher Junge, auch in der Oberstufe, als wir alle erwachsen wurden. Ja wirklich, nicht zu glauben, was? Wenn man sieht, wie ungepflegt er heute herumläuft. Er hatte ein hübsches Gesicht, schöne Augen, gepflegte, leicht lockige Haare, glatte Haut, gerade Zähne und ein hübsches Schauspielerlächeln. Martin hatte eine natürliche Schönheit, ohne sich eitel stylen zu müssen. Dabei war er nie eingebildet oder boshaft, er war fast moralisch vollkommen. Das machte ihn bei vielen Mitschülern, vor allem bei Mitschülerinnen, sympathisch, und in der Oberstufe waren einige heimlich verliebt in ihn oder fanden ihn zumindest süßer als so ultracoole Jungs wie Christian und Cornelius – das weiß ich, dass es so war. Das war sicher ein Grund, warum ihn manche Mitschüler, eben vor allem die Coolen, abgelehnt haben. Martin war eben irgendwie eine Art Gewinnertyp: Obwohl er so schüchtern und unaufdringlich und bescheiden war, gewann er die Herzen der Mädchen und die Anerkennung seiner Lehrer. Das machte einige aus der Schule eifersüchtig. Deswegen begannen Cornelius und Christian irgendwann, Martin fertigzumachen. Es lag einfach in ihrem Charakter.« Anke kämpfte wieder gegen ihre Tränen. »Entschuldigen Sie. Es ist einfach so tragisch, wenn jetzt die Erinnerung hochkommt, wie Martin früher war, und ich dann sehe, was aus ihm geworden ist: Ein verwahrloster, armer Mann mit einer schweren psychischen Erkrankung. Ist doch so …«

»Was meinen Sie damit: Es lag am Charakter der beiden Opfer?«

»Wenn ich hiermit fertig bin, wird Ihnen hoffentlich klar sein, wer wirklich das Opfer war. Cornelius und Christian waren lange befreundet. Irgendwie waren die beiden sehr verschieden, und doch passten sie zusammen. Cornelius war der Überflieger mit einer unsäglichen intellektuellen Arroganz, oder vielleicht kann man eher sagen, dass er sich in der Oberstufe zum Pseudo-Intellektuellen entwickelt hatte. Er hatte sehr fragwürdige Einstellungen, ein sehr wankendes Weltbild, das er sich mit philosophischem Halbwissen zurechtgezimmert hatte: Ein bisschen Nietzsche hatte er gelesen und schwärmte immer von dessen Idee des Übermenschen, ein bisschen Sozialdarwinismus faszinierte Cornelius auch, Sie wissen schon: der Kampf ums Dasein und das Recht des Stärkeren, und hinzu kam noch irgend so ein

Esoterik-Kram von der Höherentwicklung der Seele. Cornelius hatte von verschiedenen Lektüren und Weltbildern, die er nicht so richtig verstand, die ihn aber faszinierten, eine amoralische, antichristliche Haltung entwickelt, die er für intellektuell hielt. Und Christian war dagegen eher der grobe Prolet. Er wollte Offizier werden, weil ihm der Gedanke gefiel, über andere zu bestimmen, und er suchte sich in der Schule schon Schwächere, um an ihnen den Umgang mit Unterlegenen zu üben. Sie sehen, die beiden waren wirklich verschieden, aber gemeinsam war ihnen der Hang zum Sadismus.«

»Das klingt, als hätten Sie sich das gerade ausgedacht, um Martin in Schutz zu nehmen«, warf Wagner ungeduldig ein. »Woher wollen Sie so genau Bescheid wissen über das Seelenleben von Cornelius und Christian – die werden ja wohl kaum beide auf Ihrer Patientencouch gelegen haben.«

»Ich hatte damals was mit Cornelius, für kurze Zeit«, sagte Anke. »Außerdem konnte ich damals schon gut Menschen beobachten und analysieren. Ich mochte Christian nicht und auch nicht die Art, wie sich Cornelius immer mehr veränderte, deswegen wurde es mit uns nichts. Und dann fingen sie auch an, Martin zu mobben. Zuerst war es harmlos. Sie lachten im Unterricht, wenn Martin etwas sagte, manchmal schubsten sie ihn in der Schulcafeteria, wenn er gerade einen heißen Kaffee in der Hand hielt – aber Martin machte sich nicht viel daraus, er fand ihr Verhalten einfach kindisch und dachte, das würde schon wieder aufhören, wenn er es möglichst ignorierte. Aber in Wirklichkeit provozierte sie das erst recht. Und dann wurde es schlimmer.«

Wagner sah ungeduldig zu Jan rüber. Er wartete offenbar darauf, dass Anke endlich zum Punkt kam. Aber Jan gab ihm ein Zeichen, dass er sie weitersprechen lassen sollte.

Anke fuhr fort: »Das Schreckliche, was die beiden Martin angetan haben, begann nach einer Theaterprobe. Martin, Cornelius und Christian waren im gleichen Literaturkurs, den sie anstelle von Kunst und Musik in der Stufe 12 gewählt hatten. Am Ende dieser Jahrgangsstufe sollte ein Stück aufgeführt werden, eine eigens dafür geschriebene Theateradaption von Kafkas *Verwandlung*. Und weil die Aufführung bald anstand, gab es einige Abendproben im Theaterraum im Keller der Schule. An einem dieser Abende, es war, glaube ich, die vorletzte Probe, räumte Martin auf und brachte einige Requisiten in die Garderobe. Plötzlich standen Cornelius und Christian hinter ihm und schlossen den Garderobenraum zu. Dann beschuldigten sie Martin, die Discmans gestohlen zu haben. Das waren damals diese tragbaren CD-Player mit Kopfhörern, also MP3-Player mit CD-Fach.«

»Wir wissen, was ein Discman ist«, sagte Wagner, und Anke setzte ihren Bericht fort: »Einige Wochen vorher wurden in unserer Schule ständig diese Discmans aus Schultaschen, die unbeaufsichtigt herumlagen, gestohlen. Man hat nie herausgefunden, wer es war, aber Martin war es ganz sicher nicht, erstens interessierte er sich für solche Trends nicht, und zweitens hatte er so einen hohen Moralkodex, dass er einfach nie gestohlen hätte. Auch Christian und Cornelius wussten natürlich, dass Martin es nicht war, sie suchten nur einen Vorwand, einen Aufhänger, um ihre grausamen Spielchen zu beginnen, und behaupteten, ihn beim Stehlen erwischt zu haben. Dann bekam Martin erst einmal eine Tracht Prügel von ihnen. Abwechselnd hielt einer ihn fest, während der andere auf Martin einschlug. Aber das war erst der Anfang. Die Spielchen wurden dann immer skurriler. Cornelius erzählte Martin etwas von der Seele, die nun verunreinigt sei und wieder ins Gleichgewicht gebracht werden müsse, um sein Karma zu retten. Wie ich sagte: pseudointellektueller Esoterik-Murks. Dann nahm Cornelius ein Pendel raus, ließ es in der Hand baumeln, und Christian band Martin fest und zwang ihn, das pendelnde Amulett anzustarren.«

»Er hypnotisierte ihn?«, fragte Jan.

»So etwas Ähnliches sollte es wohl werden. Als Psychologin kann ich Ihnen versichern, dass man für eine echte, therapeutische Hypnose eine längere Ausbildung braucht und Cornelius sicherlich nicht zu einer echten Hypnose in der Lage war. Aber Cornelius war ja sehr intelligent und hat sich sicherlich einiges darüber angelesen, sodass er laienhaft möglicherweise wirklich Martin für kurze Zeit in Trance versetzen konnte.«

Jan erinnerte sich an Martins merkwürdiges Gebrabbel gestern: *Tick-tack, tick-tack*. Konnte er damit die Pendelbewegung bei der vermeintlichen Hypnose gemeint haben?

Anke fuhr fort: »Damit wollte er wohl alle negativen Energien aus Martins Seele verbannen. Um zu testen, ob Martin wirklich weggetreten war, nahm Christian irgendwann ein Feuerzeug in die Hand, nahm einen Dolch, der in der Garderobe stand, heizte ihn mit der

Flamme auf und verbrannte Teile von Martins Haut. Ob Martin dabei schrie oder stumm blieb, weiß ich nicht. Dann, als Martin immer noch halb in Trance das Pendel ansah, befahl Christian ihm, wie ein kleines Kind zu lachen, und tatsächlich lachte er mit einer unheimlichen, fremden Kinderstimme. Mehr als eine Stunde lang fügten sie ihm Verbrennungen, Schläge und Tritte zu. Außerdem bespuckten und bepissten sie ihn immer wieder. ›Hast du die Discmans gestohlen‹, fragten sie immer wieder, und wenn Martin verneinte, gingen die Qualen von vorne los. Martin war zwar eher ein schwacher Mensch, aber stolz genug, um sich nicht einfach unschuldig als Dieb abstempeln zu lassen. Aber Cornelius und Christian wollten seinen Willen brechen. Und irgendwann, nach langer Folter, knickte Martin ein und gestand den Diebstahl, wie eine Hexe im Mittelalter zugab, mit dem Teufel im Bund zu stehen, wenn man ihr nur lange genug Schmerzen zufügte. Aber damit war es noch nicht vorbei. Denn jetzt, wo Martin gestanden hatte, musste er ja auch bestraft werden. Ja, so zynisch waren sie. Dann sperrten sie ihn in eine Kiste.« Anke machte eine kurze Pause.

Jan und Wagner sahen sie stumm an. Was war das für ein grauenvoller Bericht, dem sie hier folgten?

Dann erzählte sie weiter: »Sie blieben die halbe Nacht im Schulkeller. Ein Freund oder Bekannter, der sich bei Cornelius und Christian anbiedern wollte, weil er sie cool fand, Thorsten Heller hieß der, erzählte dem Lehrer Dr. Hartz, der die Theatergruppe leitete, dass die drei Jungs schon nach Hause gegangen seien. Dr. Hartz ärgerte sich zwar darüber, dass sie so einfach, ohne sich abzumelden und ohne aufzuräumen, gegangen waren, kontrollierte aber nicht mehr die Räume, ob nicht doch noch jemand da war. Hätte er das an diesem Abend gemacht, wäre Martin viel Leid erspart geblieben, Cornelius und Christian würden wohl noch leben, und Jendrik würde nicht existieren.«

»Wo können wir diesen Dr. Hartz finden?«, fragte Wagner.

»Auf dem städtischen Friedhof in Bad Münstereifel«, sagte Anke nüchtern. »Er ist schon vor zehn Jahren gestorben.«

»Sie haben ja sehr lebhaft davon erzählt«, schaltete sich Wagner wieder ein. »Woher wissen Sie denn so genau, was damals passiert ist? Martin kann Ihnen davon ja wohl nicht erzählt haben, so wenig, wie der sich angeblich an die Ereignisse erinnert.«

»Nicht angeblich. Er erinnert sich wirklich nicht daran. Die Psyche schützt ihn davor, indem sie seine Erinnerung zensiert.«

»Also dann: Woher wissen Sie davon? Waren Sie etwa auch dabei?«

»Nein. Jendrik hat mir davon erzählt.«

»Jendrik? Ich dachte, Jendrik und Martin sollen die gleiche Person sein«, warf Wagner ein.

»Sie sind zwei Personen in einem Körper«, erklärte Anke. »Martin erinnert sich nicht, aber Jendrik erinnert sich daran – weil er der Stärkere und psychisch Belastbarere von beiden ist, und weil es ihm ja nicht widerfahren ist, sondern Martin. Jendrik erinnert sich an die Folter, die einem anderen – eben Martin – zugefügt worden ist. Verstehen Sie?«

»Ich denke schon«, sagte Jan. »Können Sie uns denn als Psychologin noch genauer erklären, was es mit Jendrik auf sich hat?«

»Sie meinen, wie Jendrik überhaupt in Erscheinung getreten ist? Ich werde es versuchen. Stellen Sie sich vor, Sie sind hilflos einer schrecklichen Situation ausgeliefert, die so furchtbar ist, dass sie kaum zu ertragen ist. Sie können der Situation körperlich nicht entkommen, daher versucht Ihre Psyche, dem traumatischen Ereignis zu entfliehen. Oft passiert das Menschen – vorwiegend Mädchen –, die als Kind missbraucht wurden. Das Mädchen betrachtet das Geschehen plötzlich von außen und erlebt diese fürchterlichen Schmerzen nicht mehr oder nicht mehr so intensiv, weil es sie nicht mehr als ihre eigenen Schmerzen, sondern als die eines Fremden wahrnimmt. Vereinfacht gesagt: Die Wahrnehmung dieser Qualen verändert sich so, dass die Qualen erträglich werden. So muss es wohl Martin ergangen sein, als sie ihm diese unglaublichen Schmerzen zugefügt haben und er eingesperrt in der Kiste zu ersticken drohte und an der Schwelle des Todes stand: Seine Persönlichkeit hat sich gespalten.«

»Wie bei Dr. Jekyll und Mr. Hyde«, kommentierte Wagner.

»In gewisser Weise, ja. Nur wird diese Spaltung in der Realität nicht künstlich erzeugt wie im Roman, sondern durch ein Trauma: Die Psyche spaltet sich als Selbstschutz auf. Dissoziative Persönlichkeitsstörung nennen wir das in der Psychologie. Zugegeben, wir wissen sehr wenig über dieses Krankheitsbild, und manche Psychologen haben Zweifel daran, dass es so etwas überhaupt gibt, denn letztendlich ist dieses Phänomen zu selten, um es zuverlässig erforschen zu können. Aber ich sage Ihnen: Es *gibt* diese Störung, denn mein guter Freund Martin leidet darunter, wie Sie ja wissen. Martins Persönlichkeit hat sich wohl in dieser Nacht, als er von Christian und Cornelius gefoltert wurde, gespalten.«

»In Martin und Jendrik«, ergänzte Jan.

»Vielleicht. Möglicherweise aber auch zunächst in eine andere Persönlichkeit. Opfer extremer Gewalt können sich in zwei, aber auch in hundert verschiedene Persönlichkeiten aufspalten. Ich kenne nur Martin und Jendrik, aber denkbar wäre auch, dass in dieser Nacht zunächst eine dritte Persönlichkeit die Kontrolle über Martins Innenleben übernommen hat, jemand, der stärker ist als Martin und die unerträglichen Schmerzen, Demütigungen und Ängste, die Martin durchmachen musste, besser aushalten konnte. Das könnte der starke Jendrik sein, aber Jendrik hat ja eigentlich eine andere Funktion in Martins Seele. Daher vermute ich, dass sich Martin zunächst in eine andere, uns unbekannte Person gespalten hat, vielleicht nur einmalig, in der Funktion, die Schmerzen aufzufangen. Zumindest hat Martins psychische Störung vermutlich mit diesem Ereignis angefangen. Und kurz darauf trat Jendrik als weitere neue Persönlichkeit in Erscheinung. Aber bei Martin ist der Fall noch außergewöhnlicher.«

»Wie meinen Sie das?«, fragte Jan.

Anke fuhr fort. »Was wir bisher in der Psychologie über dissoziative Persönlichkeitsstörungen wissen, ist, dass das Erleben der Betroffenen von innen kommt, das heißt, die verschiedenen Persönlichkeiten in einem

Menschen wissen nichts voneinander. Das hieße also, Martin würde mal als Martin, mal als Jendrik in Erscheinung treten – was zwar auch der Fall ist.«

»Aber?«, fragte Jan neugierig.

»Aber da ist noch mehr: Martin kommuniziert mit Jendrik wie mit einem Freund, vermutlich sieht er ihn sogar vor sich, wenn er mit ihm spricht. Das ist für das Krankheitsbild einer dissoziativen Persönlichkeitsspaltung unüblich. Daher habe ich den Verdacht, dass bei Martin gleichzeitig eine bestimmte Form von Schizophrenie vorliegt. Er erlebt seine innere Spaltung gewissermaßen auch von außen, als Halluzination. Ob diese Schizophrenie wie die Persönlichkeitsspaltung ihre Ursache im Trauma der Gewalterfahrung hat, kann ich nicht sagen. Martin ist meines Wissens der erste Fall, bei dem eine dissoziative Persönlichkeitsstörung und die Schizophrenie kombiniert auftreten. Wissenschaftlich gesehen ist das möglich. Mir ist aus der Fachliteratur kein anderer Fall bekannt, der dem von Martin ähnelt. Aber so ist das in der Psychologie: Ausnahmen bestätigen die Regel. Wir Psychologen sind ja nicht im Besitz der Wahrheit, sondern wir konstruieren immer wieder aus Beobachtungen neue Krankheitsbilder und psychologische Kategorien und erforschen dann, ob sie stimmen können. Jedenfalls: Diese neuartige Kombination macht Martin so gefährlich, und das ist mir erst jetzt klargeworden: Als Halluzination erscheint ihm Jendrik als realer Freund, der einen ungeheuren, äußeren Einfluss auf ihn hat. Und als dissoziativer Teil seiner Persönlichkeit übernimmt Jendrik in Martin manchmal vollständig die Kontrolle, das heißt, dass

Martin als Jendrik *handelt* – und eben als Jendrik tötet. Jendrik hat in Martins Psyche eine ganz besondere Aufgabe: Er soll Martin beschützen, er soll ihm Menschen, die ihm gefährlich werden können, vom Hals halten. Martin wäre nie dazu in der Lage, sich gewaltsam gegen andere zu wehren. Dafür ist er viel zu sanft, viel zu moralisch. Er könnte nie zuschlagen, weil er immer Sorge hätte, seinen Gegner ernsthaft zu verletzen, auch wenn er sich selbst dabei in Lebensgefahr bringen würde. Jendrik dagegen kennt solche Skrupel nicht. Er ist Martins bester Freund, ein Freund, zu dem Martin aufschaut, den Martin bewundert.«

»Und Sie haben diesen Jendrik auch kennengelernt?«, fragte Jan.

»Ja, das habe ich ein paar Tage, nachdem Martin misshandelt worden ist. Ich ahnte nichts von dem, was passiert ist, und wollte Martin einfach besuchen. Wir haben damals oft gemeinsam für Klausuren gelernt. Martin saß in seinem Zimmer, die Füße lagen lässig auf dem Schreibtisch, und Martin hat geraucht, was eigentlich undenkbar war, denn Martin war militanter Nichtraucher. ›Du rauchst?‹, fragte ich verwundert, und Martin antwortete mit einer verstörend fremden Stimme: ›Wir kennen uns noch nicht, oder? Ich bin Jendrik, ein alter Freund von Martin.‹ Zuerst erschrak ich, dann musste ich fürchterlich lachen, weil ich dachte, Martin nimmt mich auf den Arm. Aber dann merkte ich, dass es ihm ernst war. Alles an ihm war anders. Sein Blick, seine Bewegungen, sein Lachen. Ich unterhielt mich mit Jendrik auf einmal selbstverständlich über Gott und die Welt, und danach war mir klar: Martin spielt mir nichts vor, er ist ein anderer. Er sprach ganz anders als Martin, und er hatte ganz andere Ansichten als Martin. Als ich wieder nach Hause ging, war ich ganz schön durcheinander, aber es war nicht so unheimlich, wie Sie vielleicht denken. Jendrik war mir sympathisch. Weil ich damals schon wusste, dass ich nach dem Abi Psychologie studieren wollte und schon ein Handbuch über psychische Erkrankungen gelesen hatte, kam mir gleich der Verdacht, dass Martin schizophren war oder eine multiple Persönlichkeitsstörung hatte. Vielleicht hat mich Martins Auftritt als Jendrik deswegen nicht ganz so schockiert, wie er es vielleicht hätte, wenn ich nicht schon ein so ausgeprägtes Interesse an abnormalen psychischen Phänomenen gehabt hätte. Ich machte mir also meine Gedanken darüber, ob mit Martin etwas nicht stimmte, und besuchte ihn am nächsten Tag wieder. Da war Martin wieder der alte, und er konnte sich an meinen Besuch am Vortag nicht erinnern. Vorsichtig sprach ich ihn auf Jendrik an, und Martin erzählte mir von ihm wie von einem gemeinsamen Freund, den wir schon seit Ewigkeiten kennen. Von da an traf ich meistens Martin, selten auch Jendrik an. Und eines Abends dann, als ich mich mit Jendrik unterhielt, erzählte er mir davon, was Christian und Cornelius mit Martin gemacht hatten.«

»Wussten Martins Eltern von seiner Persönlichkeitsspaltung?«, wollte Jan wissen.

»Nein, sie haben nie davon erfahren.«

»Das nehme ich Ihnen nicht ab«, protestierte Wagner.

»Doch. Martins Mutter ist gestorben, als Martin elf Jahre alt war. Und sein Vater war viel beschäftigt und sah Martin selten. Martin war also viel allein, und so häufig trat Jendrik nicht in Erscheinung. Außerdem starb sein Vater kurz nach Martins Abitur.«

Jan und Wagner sahen sich fragend an.

»Nun gucken Sie nicht so. Nein, Jendrik hatte nichts mit dem Tod von Martins Vater zu tun. Er starb an einem Herzinfarkt. Es war wirklich ein natürlicher Tod.«

»Gab es sonst niemanden, der mitbekam, dass Martin sich verändert hatte? Kein anderer bemerkte, dass Martin eine Persönlichkeitsstörung hatte?«, fragte Jan weiter.

»Martin zog sich mehr zurück als früher und wurde in den Augen der anderen zunehmend komischer: Er veränderte sich äußerlich, wirkte ungepflegter, desinteressierter und verschrobener. Dadurch wurde er natürlich immer mehr zum Außenseiter und hatte außer mir kaum Freunde. Und außer Jendrik natürlich. Einmal gab es tatsächlich einen Vorfall in einer Dorfdisco, wo ich mit Martin hinging und er von einem prolligen Betrunkenen angemacht wurde. Auf einmal übernahm Jendrik die Kontrolle und wehrte sich, brach dem aufdringlichen Kerl die Nase. Aber der hat gar nicht mitbekommen, dass Martin da plötzlich seine Persönlichkeit gewechselt hatte. Und wie gesagt: Jendrik kam gar nicht so oft hervor.«

»Und was wurde aus Cornelius und Christian, nachdem sie Martin misshandelt hatten?«, fragte Wagner.

»Es gab keine weiteren Vorfälle mehr, soweit ich weiß. Vermutlich ging Martin ihnen, so gut es ging, aus dem Weg, in den ersten Tagen nach der Folter ließ er sich auch gar nicht in der Schule blicken. Christian und Cornelius hatten vielleicht auch erst einmal genug von ihren Spielchen. Und knapp drei Wochen nach dem Vorfall wurde Christian ja von einem Auto überfahren. Das hat Cornelius so mitgenommen, dass er andere Gedanken hatte, als sein Opfer Martin weiter zu drangsalieren.«

»Ahnten Sie denn, dass Jendrik für den Tod von Christian verantwortlich war?«

Anke schüttelte energisch den Kopf. »Nein. Es sah ja wirklich ganz nach einem Unfall aus. Wenn Christian damals erstochen oder erschlagen auf der Straße gefunden worden wäre, hätte ich sicher einen bösen Verdacht gehabt. Aber da er ja angetrunken vor ein Auto gelaufen war, hatte niemand einen Grund, anzunehmen, dass Christian ermordet worden sein könnte und dass sein Tod mit der Schikane gegen Martin zu tun haben könnte. Das kam erst in Zusammenhang mit dem Mord an Cornelius zu Tage.«

»Aber hier wussten Sie, dass es Jendrik war?«, bohrte Jan nach.

»Ich habe es vermutet, ja. Beim Abi-Wiedersehen hatte ich bemerkt, wie Cornelius immer wieder mit scharfem Blick zu Martin hinübersah. Als ich dann von Cornelius' Tod erfuhr, ahnte ich, dass es an dem Abend eine Konfrontation zwischen Martin und Cornelius gegeben haben könnte. Deswegen habe ich ausgesagt, dass Martin die ganze Nacht mit mir zusammen verbracht hat. Was für weite Teile des Abends ja auch stimmte.«

»Habe ich Sie richtig verstanden: Sie haben die ganze Zeit gewusst, dass Jendrik der mordende Persönlichkeitsanteil in Martin ist, und Sie haben uns nichts davon gesagt und Martin ein falsches Alibi verschafft?«, fragte Jan.

»Verstehen Sie denn immer noch nicht? Es war nicht Martin, sondern Jendrik. Martin weiß gar nicht, was in der Nacht genau passiert ist. Er hat keine Erinnerung an die Tat. Und jetzt, wo Sie wissen, was für miese Schweine Cornelius und Christian waren, müssen Sie doch Verständnis für die Tat haben.«

»Es ist nicht unser Job, Verständnis für die Täter zu haben«, konterte Wagner. »Können wir davon ausgehen, dass Sie Ihre Aussagen vor Gericht noch mal wiederholen werden? Es könnte Ihnen auch zugutekommen, schließlich haben Sie sich mit dem falschen Alibi strafbar gemacht. Unser Verdacht gegen Martin hat sich jetzt wohl erhärtet, nicht wahr, Kollege Grimberg? Ich denke, es ist dann jetzt an der Zeit, dass wir uns Martin schnappen.«

Anke weinte wieder, als Jan und Wagner sich umdrehten und die Praxis verließen. Plötzlich rief Sie ihnen hinterher: »Passen Sie auf sich auf! Jendrik kann sehr gefährlich sein. Er wird Martin vor Ihnen beschützen wollen!«

* * *

Ungefragt hatte Wagner Jan den Autoschlüssel weggenommen und beschlossen, selbst zu fahren, um schneller in Euskirchen zu sein. Wagner fuhr zügig über die Wuppertaler B7, über ihnen ratterte eine Schwebebahn durchs Tal. Wagner drückte aufs Gas. Dann bog er ab und steuerte die Autobahn an. Jan krallte sich am Haltebügel über der Beifahrertür fest, während Wagner zu

Martins Antiquariat raste und sie das ein oder andere Mal in lebensgefährliche Situationen brachte. Wagners Handy klingelte. Er nahm das Gespräch an, fuhr mit einer Hand weiter und hielt sich mit der anderen umständlich sein Mobiltelefon ans Ohr.

»Was sagen Sie da? Aha, das ist ja interessant. Ach, so ein Mist. Danke.«

Jan sah Wagner fragend an.

»Das war der Kollege Zimmermann. Karsten Schröder wird durchkommen, sein Zustand ist jetzt stabil.«

»Aber das ist doch eine gute Nachricht«, fand Jan.

»Aber er kann noch nicht vernommen werden.«

Dann schwiegen sie sich die ganze Fahrt über an. Wahrscheinlich musste Wagner die Geschichte, die Anke erzählt hat, genauso erst einmal verdauen wie er selbst, dachte Jan.

* * *

Bedrohlich still war es in Martins Antiquariat, als Jan und Wagner es betraten. Sie hörten nur ihre eigenen Schritte, und als sie stehen blieben, war kein einziger Laut zu hören. Kein Blättern in Büchern, kein Rascheln oder Tippen von Martins Arbeitsplatz, nichts. Sie hätten wenigstens ein oder zwei Kollegen hören oder sehen sollen, die sich unauffällig im Laden umsahen oder Martin um fachmännischen Rat fragen sollten, um ihn im Auge zu behalten. Aber der Laden schien leer zu sein.

Jan und Wagner schlichen durch das Antiquariat, fanden aber niemanden vor. Es war nur ein Laden mit alten Büchern, und Jan liebte Bücher für gewöhnlich. Aber diesmal war der Anblick der Regale mit tausenden von teils zerfransten, teils edlen Buchrücken einfach unheimlich. Jan gab Wagner ein Zeichen, dass sie sich im oberen Stockwerk mal umsehen sollten, und Jan ging leise die Treppe hoch, in die Abteilung für alte Zeitungen und Landkarten. Jan gefror das Blut in den Adern, als er oben ankam. Auf dem Boden lag ein lebloser Körper, mit dem Gesicht auf dem Teppich. Zuerst dachte er, es könnte Martin sein, aber als er näherkam, erkannte er seinen Kollegen Fabian Greinicke. Die Schädeldecke war ihm aufgeschlagen worden, und neben ihr lag ein alter, blutbeklebter Kerzenleuchter, der wertvoll aussah. Jan fühlte nach Greinickes Puls. Sein Kollege lebte nicht mehr. Jan sank auf die Knie und stieß einen verzweifelten Schrei aus. Er hätte wissen müssen, in welche Gefahr er seine Kollegen bringt, wenn er sie Martin Braun beschatten lässt, ohne sie einzuweihen, wer Martin wirklich war. »Es tut mir leid«, Herr Greinicke, flüsterte Jan. »Es ist meine Schuld.« Plötzlich besann sich Jan: Wo war Wagner? Er hätte ihm die Treppe hoch folgen sollen. Wo blieb er?

»Wagner, Martin hat Greinicke erschlagen! Er ist vermutlich nun auf der Flucht!«

In dem Moment hörte Jan ein lautes Poltern, als wenn eine Kiste zu Boden fiel. Schnelle Schritte trampelten aus dem Keller nach oben. Jan eilte ins Erdgeschoss und sah, wie Martin die Tür aufstieß. Jan ging ein paar Schritte die Kellertreppe hinunter. Wagner saß benommen auf dem Boden und rieb sich die Stirn. Neben Wagner lag der leblose Körper von Jens Möller, dem anderen Kollegen, der Martin beschatten sollte. Jan sah in die weit geöffneten

Augen eines Toten. Jendrik wurde immer gefährlicher, er geriet völlig außer Kontrolle! Jan hätte es wissen müssen. Wie hatte er so leichtsinnig sein können?

Dann blickte er rüber zu Wagner. Dessen Zustand sah nicht lebensbedrohlich aus. Daher beschloss Jan, Wagner sich selbst zu überlassen und Martin zu folgen. Er war sich sicher, dass Wagner an Jans Stelle genauso gehandelt hätte.

Jan stürmte nach draußen. Martin war noch in Sichtweite. Jan legte einen Schritt zu und nahm die Verfolgung auf. Martin zog es aus der Euskirchener Innenstadt raus, er rannte quer über den Alten Markt in Richtung Kirchwall und dann zur Kolpingstraße. Jan hätte nicht gedacht, dass Martin ein so guter Läufer war. Aber als Jendrik war es ihm ja schließlich auch gelungen, auf den Feldern von Antweiler Cornelius Beck einzuholen. Aber Jan blieb Martin dicht auf den Fersen. Martin bog an der nächsten Straße um die Ecke. Jan legte noch einen Zahn zu, um ihn nicht aus den Augen zu verlieren. Tatsächlich konnte er Martin in der nächsten Straße noch sehen. Jan versuchte, sein Tempo zu steigern, merkte aber, dass er an seine Grenzen kam. Er versuchte es dennoch.

Plötzlich wechselte Martin die Richtung und steuerte auf ein Baugrundstück zu. Wie eine Katze quetschte er sich flink durch den Bauzaun und verschwand im Rohbau eines neuen Mehrfamilienhauses, das hier entstehen sollte. Jan versuchte ebenfalls, durch die Lücke in der Absperrung zu kommen, zog es dann aber vor, ein Gitterelement aus dem Betonsockel zu heben, was ihn einige Sekunden kostete. Jan erreichte den Eingang des unfertigen Hauses. Zwischen den Mauern drückte sich ein wenig Tageslicht durch, ansonsten war es dunkel in den Räumen des Baus.

»Jendrik!«, rief Jan. »Jendrik, kommen Sie raus. Es ist vorbei!«

Jan bekam keine Antwort. Er sperrte seine Ohren auf und lauschte nach Geräuschen in den dunklen Mauern. Nichts.

»Jendrik?«, rief Jan erneut. »Jendrik?«

Bedrohliche Stille. Jan versuchte es erneut. »Martin schickt mich!«

»Halten Sie Martin da raus!«, rief plötzlich eine raue, wütende Männerstimme aus dem Dunkeln. Jan erkannte die Stimme wieder, die ihn gestern angerufen hatte. Dann kam eine Gestalt langsam wie ein Panther zum Vorschein. Jan sah in das verstörte Gesicht von Martin. Aber etwas war anders. Er wirkte nicht mehr so harmlos wie sonst. Er sah selbstsicherer aus, entschlossener, bedrohlicher. Es waren nicht Martins Augen. Es waren nicht mehr die scheuen Augen des immer unsicheren, nervösen Martin, der sein halbes Leben lang ein Opfer gewesen war. Jan sah in die entschlossenen Augen eines Mannes, der bereit war, Grenzen zu überschreiten und Tabus zu brechen. Jan hatte bisher nur die Stimme von Jendrik gehört. Ihn nun zu sehen, lehrte ihn das Gruseln. Die Verwandlung von Martin zu Jendrik war angsteinflößend, wenn man den stillen, braven Martin kannte und nun in dem gleichen Menschen den kalten Killer Jendrik sah.

»Was wollen Sie?«, fragte Jendrik drohend. Er war nun keine fünf Meter von Jan entfernt. Jan nahm seine Dienstwaffe in die Hand und zielte auf Jendrik.

»Kommen Sie zur Besinnung«, sagte Jan. »Jendrik, ich muss Sie mitnehmen!«

Jendrik trat einen Schritt nach vorne. Jan wurde nervös. »Nehmen Sie die Hände langsam hoch.«

Plötzlich griff Jendrik hinter sich und schlug Jan mit einem Brett die Waffe aus der Hand. Perplex sah sich Jan um, konnte aber nicht sehen, wo die Pistole gelandet war. Drohend hielt Jendrik die Holzlatte hoch.

»Jendrik«, versuchte Jan ihn zu beschwichtigen. »Sie haben drei Menschen umgebracht. Und Karsten wäre auch beinahe an seinen Verletzungen gestorben. Meinen Sie nicht, das reicht? Martin möchte, dass Sie aufhören, für ihn zu töten.«

»Mit Karsten habe ich nichts zu tun!«, bekräftige Jendrik.

»Und was ist mit den anderen?«, fragte Jan und steckte unauffällig die Hand in die Jackentasche.

»Die haben es nicht besser verdient. Wenn Sie wüssten, was Cornelius und Christian mit Martin gemacht haben, würde Ihnen das Blut in den Adern gefrieren.«

»Ich weiß bereits, was sie mit ihm gemacht haben«, erklärte Jan. »Das war grausam, aber Sie hatten kein Recht, die beiden zu töten.«

»Kommen Sie mir nicht mit Recht«, protestierte Jendrik. »Die beiden haben Unrecht getan, und Martin wäre fast dabei draufgegangen.«

»Es ging Ihnen also um Gerechtigkeit?«

»Nein, es ging mir einzig und allein um Schutz. Und ich habe wirklich viel Geduld mit den beiden gehabt. Ich habe Christian vorher sogar noch mit einem Brief gewarnt, sofort die Stadt zu verlassen. Aber er hat die

Warnung ignoriert. Nachdem ich Christian vor das Auto geschubst hatte, wollte ich mir eigentlich bald Cornelius vornehmen. Aber weil Cornelius sich nach dem Tod seines Freundes so zurückgezogen hatte und ich sicher sein konnte, dass er in diesem Zustand Martin kein Haar mehr krümmen würde, konnte ich ihn auch weiterleben lassen. Sie sehen, es ging mir nie um Gerechtigkeit. Nur um Schutz. Aber bei der Wiedersehensparty meinte Cornelius ja dummerweise, Martin wieder belästigen zu müssen.«

»Warum waren Sie auch da?«, fragte Jan und aktivierte blind sein Handy in der Jackentasche, in der Hoffnung, Wagner auf diese Weise zu erreichen. Auf einen Zweikampf, Mann gegen Mann, durfte es Jan nicht ankommen lassen.

»Martin hatte gefragt, ob ich komme, aber ich hatte eigentlich etwas anderes zu tun. Als ich dann in der Nacht vorbeikam, sah ich, dass Cornelius gerade vor Martin in bedrohlicher Haltung stand und ihn mit einem Elektroschocker angreifen wollte. Was hätten Sie denn gemacht? Natürlich habe ich meinem Freund helfen wollen. Und als ich näherkam, hörte ich, worum es ging. Cornelius glaubte, dass Martin seinen Freund Christian umgebracht hat, und wollte ihn zwingen, das zu gestehen. Das konnte Martin natürlich nicht, er wäre ja auch nie zu einem Mord in der Lage gewesen. Also bin ich eingeschritten und habe Cornelius zu Boden gerissen und mir dann die Heugabel geschnappt, die an der Wand lehnte. Cornelius war auf einmal so klein mit Hut und nahm seine Beine in die Hand. Aber mit den Jahren hat er ein paar Kilo zugenommen und war wohl nicht mehr so schnell wie früher, sodass ich ihn einholen konnte. Cornelius stolperte auf dem Feld, fiel mit dem Gesicht in den Dreck, und als ich bei ihm war, heulte er wie ein Kind und flehte mich an. Dieser kleine Sadist bat mich, ihn laufen zu lassen. Und was war damals mit Martin? Der hat auch geweint und gebettelt, sie mögen ihn gehen lassen. Wie er da so lag und erbärmlich wimmerte, hatte ich nur noch Hass auf ihn für das, was er damals gemacht hat. Sein Weinen und Flehen erinnerte mich an Martin. Und dann habe ich die Heugabel hochgestreckt und auf ihn niederfahren lassen. Ich rammte sie in seinen Rücken, aber nicht besonders tief. Cornelius schrie unerträglich, und um dem ein Ende zu bereiten, drückte ich die Gabel mit dem Fuß so tief in seinen Körper, wie es nur ging. Aus den Schreien wurde ein leises Gluckern, und plötzlich war es still. Glauben Sie mir jetzt, dass ich es war und nicht Martin? Martin war so gutmütig, er hätte es nie fertiggebracht, einem weinenden Mann, der auf dem Boden liegt, einen Dreizack in den Rücken zu stechen und dann nochmal nachzutreten – auch nicht bei seinem schlimmsten Feind.«

»Jendrik, ich verstehe jetzt, dass Sie mit Ihren Taten nur Ihren besten Freund beschützen wollten. Was Cornelius und Christian Martin angetan haben, ist unverzeihlich. Aber was ist mit meinen Kollegen in Martins Antiquariat?«

»Vor ihnen musste ich meinen Freund doch auch beschützen. Als ich in Martins Laden kam, standen sie schon eine ganze Weile in unterschiedlichen Ecken des Ladens, sahen sich um, kauften aber nichts. Als ich anfing, mich mit Martin zu unterhalten, kam einer von ihnen plötzlich auf uns zu und fragte Martin, ob alles in Ordnung sei. Ich sagte ihm, er solle sich verpissen, und der Typ ging wieder hoch in die Landkartenabteilung. Ich hörte, wie er telefonieren und Verstärkung anfordern wollte. Ich lief mit Martin nach oben, und er sagte Martin, er solle jetzt mit zur Wache kommen. Und da habe ich ihm eine verpasst. Der andere Zivilbulle wollte zur Hilfe kommen, aber ich war schneller wieder unten und habe ihn die Kellertreppe runtergeschubst. Niemand nimmt Martin fest, auch Sie nicht«, drohte Jendrik.

»Ich weiß doch, dass Martin unschuldig ist. Aber ich bin Polizist und muss Sie für Ihre Morde zur Verantwortung ziehen. Das will auch Martin. Kommen Sie nun mit mir, Jendrik. Hören Sie auf zu töten – tun Sie es für Martin!«

Plötzlich ging Jendrik in die Knie. Dann warf er Jan völlig überraschend eine Handvoll Nägel, die in einer Kiste auf dem Boden lagen, ins Gesicht, strauchelte nach hinten und stürzte rücklings zu Boden, während Jendrik plötzlich über ihm stand, die schwere Holzlatte mit beiden Händen anhob und zum Schlag ausholte. Doch er kam nicht mehr dazu, auf Jan einzuschlagen.

Jendrik stürzte fast im gleichen Moment zu Boden, in dem der Schuss fiel. Das Blut spritzte in großen Mengen aus Jendriks Bein, und während er in sich zusammensackte, sah Jan seinen Kollegen Wagner, der hinter Jendrik stand. Wagners Waffe, eine Walther P99, rauchte noch.

Routiniert ging Wagner mit vorgehaltener Pistole auf Jendrik zu, stieß den Knüppel mit einem gekonnten

Fußtritt von ihm weg und nahm die Handschellen vom Gürtel.

»Alles in Ordnung, Grimberg?«, fragte er.

Jan nickte erleichtert, aber er zitterte am ganzen Körper. »Danke«, flüsterte Jan.

»Ich übernehme das hier mal, ja?«, sagte Wagner und legte Jendrik die Handschellen an.

Dann reichte Wagner Jan seine Hand und half ihm auf die Beine.

»Geht es denn?«, vergewisserte er sich und klopfte Jan auf die Schulter.

Plötzlich stürmten einige Kollegen das Gebäude. Die Verstärkung war endlich da.

* * *

Nachdem Martin im Streifenwagen abtransportiert worden war, fuhren Jan und Wagner zur Kreispolizeibehörde zurück. Jan überließ Wagner das Steuer, denn er hatte immer noch weiche Knie. Um ein Haar hätte Martin – oder vielmehr Jendrik – ihm den Schädel zertrümmert.

»Danke noch mal, dass Sie mir das Leben gerettet haben«, sagte Jan zu Wagner.

»Gern geschehen. Fühlt sich unangenehm an, dem Tod so knapp von der Schippe gesprungen zu sein, was?«, antwortete Wagner.

»Ja«, lächelte Jan.

»Sie werden noch lernen, schneller zu werden«, sagte Wagner. »Beim nächsten Mal helfen Sie mir aus der Klemme. Übrigens: Gute Arbeit mit der Spur zu Martin.«

* * *

Im Büro wurden Jan und Wagner mit lautem Applaus begrüßt. Wagners strahlende Augen verrieten, dass er sich mehr feiern ließ, als er es eigentlich verdient hatte. Ohne Jan Grimberg und Anselm von Canterbury würden Jendrik und Martin immer noch frei herumlaufen. Bilinski, der Euskirchener Kripo-Chef, zitierte Jan und Wagner umgehend ins Büro und ließ sich die wichtigsten Hintergründe zu Martins Mordmotiven und Ankes Ausführung zu Martins psychischer Erkrankung erläutern.

»Der Fall ist aber noch nicht ganz gelöst«, warf Jan schließlich ein.

»Richtig«, stellte Bilinski klar. »Ich höre …«

»Martins alter Ego Jendrik beharrt darauf, dass er nichts mit dem Anschlag auf Karsten zu tun hat. Und in Ankes und Jendriks Schilderungen über die Schikane gegen Martin vor zwanzig Jahren ist der Name Karsten Schröder auch nicht erwähnt worden. Jendriks Abstreiten der Tat ist glaubwürdig, die anderen Morde hat er ja ohne mit der Wimper zu zucken gestanden. Außerdem war Martin zur Tatzeit hier und konnte nicht als Jendrik irgendwo anders sein Unwesen treiben. Wir müssen also davon ausgehen, dass jemand anderes versucht hat, Karsten Schröder zu töten«, erklärte Jan.

»Wissen Sie denn auch schon, wer es war, Kollege Grimberg, oder müssen Sie erst nach Hause gehen und in Ihrer Philosophenbibliothek blättern, um sich inspirieren zu lassen?«, grinste Wagner, und Bilinski sah ihn fragend an. Dass Jan über die Lektüre eines Philosophiebuches auf den Mörder gekommen war, hatte Wagner ihrem Chef natürlich nicht erzählt. Dafür hatte er in seiner Darstellung umso mehr betont, wie er Jan in letzter Sekunde das Leben gerettet hatte.

»Wer könnte Karsten denn umbringen wollen?«, fragte Jan rhetorisch.

»Spontan fällt mir jemand ein, dem Karsten mal wieder zu nahe kommen wollte«, antwortete Wagner, und dann sprachen Jan und Wagner gleichzeitig: »Daniela Ginster!«

»Ich komme gleich wieder«, sagte Jan und sprach kurz mit Frauke. Dann steckte er den Kopf wieder in Bilinskis Büro und gestikulierte, dass Wagner ihm folgen sollte.

»Fahren wir nochmal ein Stück«, sagte Jan. »Es ist nicht weit.«

* * *

Als sie die Türklingel hörte, ergriff sie die neuartige Angst, die erst vor ein paar Tagen gekommen war. Sie kam von dem Gefühl, dem Schicksal endgültig ausgeliefert zu sein. Sie setzte sich steif auf das Bett in ihrem Kinderzimmer und schlang die Arme um die angewinkelten Beine, legte den Kopf auf die Knie und fixierte das Axl-Rose-Poster, das an der Dachschräge mit Reißzwecken angebracht war, gleich neben dem Kruzifix, das ihre Eltern ihr, als sie zehn Jahre alt war, ins Zimmer gehängt hatten. Das Kreuz war ein Relikt aus ihrer frommen Kindheit, das Poster eines aus ihrer wilden Jugend. Mit den Portraits des tätowierten, langhaarigen

Rockstars hatte sie in den 90er Jahren gegen ihre Eltern rebelliert, wie viele andere aus ihrer Schule auch.

Du versündigst dich, Kind, hatten ihre Eltern ihr damals gesagt. Das Poster hatten sie aber nicht angerührt, weil sie ihre Privatsphäre trotz aller Strenge respektiert hatten. Sünder würden irgendwann im Leben bestraft, das war die tiefe Überzeugung ihrer Eltern gewesen, und nachdem sie lange nicht mehr daran geglaubt hatte, hatte sie in den letzten Wochen gespürt, wie Gottes strafende Hand nun nach ihr griff. Alles, was ihre Eltern ihr je gesagt hatten, war wahr geworden!

Sie hörte, wie ihr Vater die Haustür öffnete. Zwei Männerstimmen drangen in den Flur. Sie hörte, wie ihr Vater überrascht fragte, was die Kripo denn von ihrer Tochter wolle. Dann vernahm sie Schritte im Flur. Sie kamen die Treppe hoch. Gleich würden sie in ihr altes Kinderzimmer kommen, in dem sie gestern Zuflucht gesucht hatte. Ihr Vater öffnete ihre Zimmertür, ohne anzuklopfen.

»Daniela, hier sind zwei Männer von der Kripo. Sie sagen, es sei dringend.«

Daniela nickte mit starren Augen ihrem Vater zu.

Dann kamen zwei junge Männer herein, beide ungefähr in ihrem Alter, vielleicht sogar etwas jünger, die sich als Grimberg und Wagner vorstellten.

»Frau Ginster, wir müssen leider noch mal stören«, sagte Herr Grimberg bedauernd.

Daniela sagte nichts und sah die beiden Männer mit furchtsamen Augen an, als wären sie zwei Boten Gottes.

»Wir haben am Freitag versucht, Sie in Ihrer Kölner Wohnung zu erreichen«, fuhr Herr Grimberg fort.

»Ich wollte einfach ein paar Tage hier nach Großbüllesheim zu meinen Eltern«, erklärte Daniela und dachte: Als ob damit noch alles gut werden könnte.

»Dann haben Sie wohl gar nicht mitbekommen, was gestern vor Ihrer Wohnung in Köln passiert ist?«, fragte Herr Wagner. Seine Stimme machte ihr Angst.

Sie verneinte.

»Karsten Schröder ist vor dem Haus, in dem Sie wohnen, mit einem Messer angegriffen worden.«

»Was?«, fragte sie. Natürlich wusste sie das. Das fünfte Gebot hallte plötzlich durch ihren Kopf: *Du sollst nicht töten! Du sollst nicht töten!* Daniela hielt sich die Ohren zu, dann fing sie sich wieder und nahm die Hände von ihrem Kopf.

»Alles in Ordnung?«, fragte Herr Grimberg.

»Ja, ich habe nur Kopfschmerzen«, sagte Daniela.

»Es freut Sie sicher zu hören, dass Karsten auf dem Weg der Besserung ist«, sagte Herr Grimberg. »Er schwebt nicht mehr in Lebensgefahr.«

Was hatte er da gesagt? Karsten war nicht tot? Wie ein schwarzer Pechmantel fiel die Erleichterung von ihr ab, sodass sie hemmungslos in Tränen ausbrach. Sie hatte doch keinen Menschen getötet! Sie hatte noch Hoffnung auf Erlösung!

»Aber vielleicht können Sie uns sagen, wo Sie Freitagnachmittag zwischen 16 und 20 Uhr waren?«, forderte sie Herr Wagner auf.

Daniela weinte einfach nur.

»Seit wann sind Sie hier bei Ihren Eltern, oder soll ich Ihren Vater selbst fragen?«, bohrte Herr Wagner weiter.

Daniela weinte einfach stumm vor sich hin.

»Sie sind hier in die Eifel geflohen, nachdem sie Karsten fast erstochen haben, nicht wahr?«, fragte Wagner, und Daniela nickte reflexartig und merkte dann erst, dass sie gerade so etwas wie ein Geständnis abgelegt hatte.

»Warum haben Sie das getan, Frau Ginster? Hat er Sie weiter gestalkt?«, fragte Herr Grimberg.

»Ich … ich weiß nicht, was er vorhatte«, sprudelte es plötzlich aus ihr heraus. »Er stand plötzlich vor meinem Haus. Ich sah ihn da stehen, als ich von einem Casting nach Hause kam. Das kann doch nicht sein, dachte ich. Ich hatte doch einen Tag vorher gesehen, wie Sie ihn festgenommen haben. Nachdem Sie ihm Handschellen angelegt hatten, spürte ich zum ersten Mal nach Cornelius' Tod wieder Frieden in mir, und am nächsten Tag fühlte ich mich wie neu geboren und sah mich in der Lage, wieder arbeiten zu gehen. Ich hatte endlich Hoffnung, dass ich mein Leben doch einfach wie früher weiterleben konnte, weil Karsten jetzt seine gerechte Strafe für den Mord an Cornelius bekommen würde. Und um wieder am Leben teilzunehmen, bin ich nachmittags gleich zu einem Casting für eine neue Fernsehserie gegangen. Und dann stand er da. Verstehen Sie, wie ich mich gefühlt habe? Gerade fing mein Leben wieder an, und einen Moment später stand da dieser Kerl, der mein Leben zerstört hat. Ich dachte sofort, er wäre Ihnen entkommen. Ich wusste überhaupt nicht, was er jetzt von mir wollte, aber ich glaube, ich hatte Angst, er würde mich nun auch umbringen wollen. Ich habe mich umgedreht und bin in den nächsten Laden rein, um von ihm nicht gesehen zu werden. Und dann sah ich, dass ich in einem Haushaltsladen gelandet war. Ich lief eine Weile orientierungslos herum und sah dann einen Block mit Küchenmessern. Und dann habe ich einfach eins genommen, habe es an der Kasse bezahlt und bin zurückgegangen. Karsten stand natürlich immer noch da. Ich habe ein paar Mal das Messer in ihn hineingestoßen. Danach fühlte ich mich wie betäubt. Ich bin dann zum Bahnhof gegangen, um zu meinen Eltern zu fahren.«

»Warum haben Sie nicht einfach die Polizei gerufen, als sie ihn vor Ihrem Haus gesehen haben? Karsten Schröder war uns als Stalker bekannt. Wir hätten ihn von Ihnen fernhalten können«, meinte Herr Grimberg.

»Ich habe einfach nicht nachdenken können«, sagte sie. Eine Mischung aus Angst, Verzweiflung und Wut hatte sie überkommen, als sie entschlossen mit dem Messer auf Karsten losgegangen war. »Ich konnte ja auch nicht verstehen, warum er schon wieder frei herumlief. Er hat meine große Liebe getötet. Für ein paar Stunden war ich richtig glücklich mit Cornelius, und dann tötet ihn dieser Mistkerl.«

»Er hat ihn nicht getötet«, sagte Herr Grimberg. Es klang so beiläufig, dass Daniela seine Worte in ihrem Kopf wiederholen musste: *Er – hat – ihn – nicht – getötet.*

»Wir haben ein Geständnis des Mörders, und es war nicht Karsten Schröder«, fügte Herr Grimberg hinzu.

Daniela wurde schlagartig bewusst, was das bedeutete. Eine innere Stimme hallte wieder durch ihren Kopf und sprach immer wieder ein Wort, das sie erst allmählich verstand: Sünderin! Sünderin! Sie hatte Unrecht getan. Sie hätte beinahe Karsten getötet, zu Unrecht. Diese Erkenntnis war die Strafe Gottes! Ihre Eltern hatten mit allem, was sie ihr je über Gottes Gerechtigkeit erzählt hatten, die Wahrheit erzählt. Ihr Leben, wie sie es früher gelebt hatte, bevor sie mit Cornelius zur Ehebrecherin geworden war, würde sie nie wieder führen. Sie wusste, dass sie nun ein Leben im Gefängnis und ein Leben in ewiger Schuld erwartete.

Sie stieß einen lauten Schrei aus.

12. Kapitel

18. November 2015

Er saß zusammengesunken auf einem Küchenstuhl in einer Wohnung, in der bis vor Kurzem das pralle Leben getobt hatte. Den Ellbogen stemmte er auf den Tisch, der Kopf lag in der flachen Hand. Immer waren hier in der Wohnung Stimmen zu hören gewesen, Kinderlachen, Kinderstreit, die sanfte Stimme einer Frau. Die Stille, die nun alle vier Zimmer durchdrang, konnte er kaum ertragen. Die Herbstsonne strahlte durch die Fenster. Was für ein herrlicher Sonntagmorgen. Sonntag, Familientag. Beim Frühstück hatte Dirk mit seiner Frau und seinen Kindern immer überlegt, was sie an diesem Tag unternehmen würden. Wenn Erika und die Zwillinge noch hier wohnen würden, wären sie heute vielleicht in den Kölner Zoo gegangen. Oder ins Schwimmbad. Oder sie hätten einen Ausflug in den Nationalpark Eifel gemacht.

Aber Erika und die Kinder wohnten nicht mehr hier.

Sie waren am Donnerstagabend ausgezogen. Bis Erika eine neue Wohnung gefunden hatte, wollte sie mit den Zwillingen in der Stadtvilla ihrer Eltern wohnen, die genügend Platz für drei Personen und mehr bot. Dirk wollte auch nicht mehr zu Hause sein. Aber wo sollte er hin?

Auf dem Tisch lag immer noch der Wellnessgutschein. Daneben stand der Obstkorb mit verschrumpelten Kiwis und verschimmelten Mandarinen. Er ekelte sich nicht davor, es war ihm gleichgültig.

Er dachte nach.

Warum war das alles geschehen?

Dirk dachte daran, dass er Männer immer schon attraktiv gefunden hatte. Diese Einsicht, die er seit der Pubertät hatte, war latent immer dagewesen, hatte aber nie eine große Rolle in seinem Leben gespielt. Für ihn war es selbstverständlich gewesen, bei der Partnersuche immer nach Frauen, nicht nach Männern Ausschau zu halten. Und dann hatte Alex alles infrage gestellt. Alex hatte ihn am letzten Samstag angezogen wie noch kein Mann zuvor, was sicher auch durch Alex' aufdringliche Flirtversuche unterstützt worden war. Dirk hatte an diesem Abend sein ganzes bisheriges Leben infrage gestellt, und was mit Alex wie von selbst passiert war, hatte sich einfach richtig angefühlt. Aber noch in der Nacht hatten ihn Zweifel und Gewissensbisse eingeholt. Wäre das doch alles nicht passiert. Dieses verdammte Klassentreffen, dieser verdammte Mord, dieser verdammte Alex.

Er sehnte sich nach Erika, er sehnte sich nach der wärmenden Umarmung seiner Frau. Er war sich jetzt sicher, dass er nicht mit einem Mann zusammenleben wollte, sondern mit einer Frau. Er wollte das Leben zurück, das er innerhalb einer Woche ruiniert hatte. Aber es gab nichts, was er tun konnte, um sich sein altes Leben zurückzuholen.

Dirk erwachte plötzlich aus seiner Lethargie, stand auf und schmiss mit einem Handgriff die Obstschale vom Tisch. Dann hob er den Tisch an und kippte ihn zu Boden, und dann ging er in die Küche, fegte das Geschirr aus den Schränken, das klirrend zu Boden ging, und zertrümmerte mit einem Besenstiel die Glasvitrine im Wohnzimmer, riss die Bilder von den Wänden und zerschnitt mit einem Fleischmesser die Sofapolster. Als er damit fertig war, machte er sich an die Einrichtung im Flur, dann im Schlafzimmer. Er verwandelte sein gemütliches Heim in ein Trümmerfeld.

* * *

Der Hall der Schritte klapperte durch den Gefängnisflur, ansonsten herrschte hier eine angenehme Stille. Jan Grimberg folgte dem Justizvollzugsbeamten in den Besucherraum und machte sich bewusst, dass er nun Martin Braun an einen solchen Ort gebracht hatte. Normalerweise sagte man, die Täter würden hier eine gerechte Strafe verbüßen. Traf das auch auf Martin zu? War es gerecht, dass Martin eine Strafe absitzen musste für Taten, die ein anderer, ihm fremd erscheinender Teil seiner Persönlichkeit verübt hatte? Jan fand keine Antwort darauf. Er setzte sich an einen Tisch. Zehn Minuten später erschien Steiner.

»Was verschafft mir die Ehre, so früh am Tag?«, grummelte Steiner.

»Hab' mir heute mal frei genommen«, sagte Jan.

»Frei genommen? Ausgerechnet am Sonntag? Wie kommt's? Müsste bei euch nicht die Hölle heiß laufen?«

»Nicht mehr. Es könnte doch durchaus sein, dass wir den Fall gelöst hätten, nicht wahr?«

Steiner lächelte. »Ich verstehe, du willst immer noch nicht offiziell mit mir über deinen Fall reden. Wenn ich dürfte, würde ich dich umarmen und gratulieren, aber das wird hier nicht gerne gesehen.«

»Wenn ich könnte, würde ich dich auch umarmen, Ralf. Denn es wäre ja denkbar, dass du mir einen kleinen, aber am Ende sehr entscheidenden Hinweis gegeben hättest«, sagte Jan.

»Eine unscheinbare Person, die noch nicht in den Verdächtigenkreis aufgenommen worden war?«

»So ist es. Nun ja – fast zumindest. Eigentlich war es eine ganz andere Person, die aber nicht ohne diese unscheinbare Person existieren kann«, erklärte Jan.

»Du sprichst in Rätseln«, murmelte Steiner und legte fragend den Zeigefinger senkrecht auf die Lippen.

»Vielleicht war es auch das größte kriminalistische Rätsel, das ich bisher zu lösen hatte. Na ja, so viele Fälle hatte ich ja auch noch nicht. Weißt du eigentlich, was eine dissoziative Persönlichkeitsstörung ist?«

»Ein Mensch, in dem mehrere Persönlichkeiten wohnen?«

Jan nickte.

»Das klingt nach einem verdammt interessanten Fall«, seufzte Steiner. »So interessant, dass ich selbst gerne mit dabei gewesen wäre.«

»Glaub mir, die Geschichte ging ganz schön unter die Haut, richtig gruselig, wenn jemand vor dir steht, der plötzlich sein ganzes inneres Wesen ändert. Und tieftraurig noch dazu. Wir mussten die anderen Personen in diesem Körper ja quasi mit verhaften. Das klingt wie ein absurder Witz, ist aber einfach tragisch. Der Täter ist eigentlich das Opfer. Eine zutiefst bemitleidenswerte Kreatur. Er musste erst seine Persönlichkeit wechseln, um seine Peiniger zu ermorden.«

»Das ist doch gar nicht so selten, dass Täter erst zu Mördern werden, weil sie vorher Opfer ihrer Umstände waren.«

»Redest du gerade über dich selbst?«

Steiner zog die Schultern hoch. »Schon möglich.«

»Lassen wir das lieber«, sagte Jan.

»Ich habe auch nur getötet, weil man mir etwas sehr Kostbares genommen hat.«

»Das kann doch nicht dein Ernst sein«, sagte Jan und winkte ab.

»Für was hältst du mich, Kriminalkommissar Grimberg?«, fragte Steiner mit der alten Arroganz, mit der er Jan damals begegnet war. »Für ein gefühlloses Monster? Glaube mir, mein lieber Jan: Ich trage die volle Verantwortung für das, was ich getan habe. Aber ich sage dir auch: Die meisten Menschen werden aufgrund einer Verkettung von Lebensereignissen zu Verbrechern, und nicht, weil sie von Geburt an böse sind. Und so kann jeder – ich betone: *jeder* – irgendwann zum Verbrecher werden. So ist es mir ergangen, und es kann auch dir einmal passieren. Ganz normale Menschen können von einem Tag auf den anderen zum Mörder werden. Das wirst du in ein paar Jahren, wenn du mal ein bisschen länger bei der Kripo bist, genauso sehen.«

Jan sah Steiner verlegen an und wusste nichts darauf zu entgegnen. Das war wieder typisch für Steiner. Er war ihm überlegen. Die Frage nach Schuld war alles andere als leicht zu beantworten, das hatte Jan in diesen Tagen wieder gelernt. War Martin wirklich schuldig, wenn er keine Wahlfreiheit hatte, sondern von tief in ihm liegenden psychischen Kräften in die Rolle des Killers Jendrik gezwungen worden war? »Mag sein, dass es so ist«, sagte Jan schließlich. »Danke, Ralf. Und wenn ich beim nächsten Fall wieder Hilfe brauche …«

»Darfst du gerne auf mich zählen«, antwortete Steiner. »Du weißt ja, wo du mich findest. Und es bleibt unter uns.«

Kurz darauf verabschiedete sich Jan von Steiner und fuhr erleichtert nach Hause. Die Anspannung der letzten Tage löste sich jetzt. Und das fühlte sich gut an. Jan hatte zwar keine Antwort auf die alles entscheidende Frage nach Gott gefunden. Gott blieb für ihn ein großes Mysterium. Aber er hatte die entscheidende Antwort auf seinen zweiten großen Kriminalfall gefunden, und das war doch eigentlich viel wichtiger.

Epilog

Irgendein furchtbares Geräusch hatte ihn aufgeweckt. Er konnte es nicht einordnen. Als er aufstehen wollte, spürte er, wie sehr sein Rücken schmerzte. Seine Matratze war ungewöhnlich hart. Dann sah er die engen Wände, so eng, dass er glaubte, sie könnten ihn erdrücken. Er war nicht in seiner Wohnung, das war ihm nun klar. Aber wo war er dann? Als er sich bewegte, spürte er wieder starke Schmerzen, diesmal in seinem Bein. Er hob die Decke an. Sein Bein war mit einem dicken Verband umwickelt. Sein linker Arm hing an einem Tropf. Sein Bewusstsein war noch getrübt, und erst allmählich erkannte er, dass er sich in einem Krankenhaus befand. Aber es war kein gewöhnliches Hospital, irgendetwas war hier anders. Er sah sich um und erschrak sich zu Tode: Am Fenster waren hässliche Gitterstäbe. Jemand hatte ihn eingesperrt! Er war im Gefängnis, aber er konnte sich nicht erklären, wie er hierhergekommen war.

Er konnte sich an nichts erinnern.

Totaler Blackout.

Martin saß aufrecht im unbequemen Bett seiner Zelle, atmete schnell wie ein Läufer, der am Ende seiner

Strecke angekommen ist. Plötzlich fragte er sich, ob der laute Knall, der ihn aufgeschreckt hatte, wirklich von draußen gekommen war oder aus seinem Kopf. Panik ergriff ihn. Er glaubte, an seinem schnellen Atem zu ersticken.

Um sich zu beruhigen, versuchte er, sich seine Situation zu vergegenwärtigen.

Mein Name ist Martin Braun, flüsterte er sich selbst zu. *Martin Braun heiße ich, ich bin 39 Jahre alt, ich wohne in Euskirchen, und ich weiß nicht, warum ich hier bin. Ich weiß nicht, warum man mich in diese Zelle gesperrt hat, aber es wird sich aufklären. Wir leben in Deutschland, Deutschland ist ein Rechtsstaat, und ich werde bald mit einem Anwalt hier rauskommen. Oder mit Jendriks Hilfe. Wo ist Jendrik? Wo bleibt Jendrik?*

Er dachte wieder kurz nach, dann sprach er leise weiter: *Auch Jendrik wird mir helfen. Er ist mein bester Freund. Ich bin unschuldig. Vor zwanzig Jahren ist ein Verbrechen passiert, und ich war nicht der Täter, sondern das Opfer. Gequält haben sie mich. Umbringen wollten sie mich. Dann hat Jendrik mir geholfen, indem er mir einen der Verbrecher, Christian, vom Hals gehalten hat. Seitdem lebe ich in Frieden und konnte irgendwann fast vergessen, was mir die beiden Verbrecher angetan haben.*

Der Blackout ließ langsam nach. Die Erinnerung kam wieder. Martin flüsterte sich weiter zu: *Ich hatte einen guten Freund, Jendrik, der regelmäßig vorbeikam, und alles war gut. Dann kam das Klassentreffen. Ich wollte ja zuerst gar nicht hingehen, aber dann dachte ich, dass sich Cornelius wohl nicht mehr trauen würde, zu dem Treffen zu kommen. Aber er war da, und er bedrohte mich. Auch diesmal kam mir*

Jendrik wieder zur Hilfe und hielt mir Cornelius vom Hals. Dann kam irgendwann die Kripo zu mir und hielt mich für den Mörder von Christian und Cornelius, warum auch immer. Ausgerechnet ich, der keiner Ameise etwas zuleide tun kann. Und wieder half mir Jendrik und übernahm die Verantwortung dafür, dass er Christian und Cornelius für mich getötet hat.

Martins Atem wurde ruhiger. Er legte sich flach ins Bett zurück und versuchte, sich zu entspannen. Jetzt kam ein weiteres Stück Erinnerung wieder. Ihm fiel ein, dass er vor Kurzem – war es gestern, war es heute? – bei der Polizei gewesen war. Sie hatten ihm Fragen über Jendrik gestellt und ihn gebeten, bei der Zeichnung eines Phantombildes zu helfen. So war es gewesen. Und dann? Was war dann passiert?

Sie wollen mich über Jendrik ausfragen, weil sie ihn nicht finden können. Er ist auf der Flucht. Ich habe ihn zuletzt in der Flamersheimer Kirche gesehen. Als uns die Polizisten überraschten, ist er abgehauen. Ich hoffe, es geht ihm gut. Wo ist Jendrik nun?

Martin überlegte, wo Jendrik hingegangen sein könnte. Zu Hause würden sie ihn wohl kaum finden. Dort würde die Polizei ihn wohl zuerst suchen. In seiner Wohnung in …

Schon wieder ein Blackout. Ich erinnere mich nicht einmal an seine Wohnung. Wie sieht sie noch mal aus? Hat sie zwei oder drei Zimmer? Sie hat zwei Etagen und einen großen Balkon, richtig? Oder keinen Balkon?

Martin schlug sich mit der flachen Hand mehrmals gegen die Stirn, als könnte das sein Gedächtnis wieder in Gang bringen.

Das kann doch nicht sein, dass ich mich nicht an die Wohnung meines besten Freundes erinnere. Wo wohnt Jendrik noch gleich? In Euskirchen? Oder in Wißkirchen? In Köln? Hamburg? Hat er überhaupt eine Wohnung? Oder wollte er sie aufgeben, weil er so viel auf Reisen ist?

Martin setzte sich wieder aufrecht hin. Dann riss er sich den Tropf aus dem Arm und versuchte, langsam aufzustehen. Er knickte kurz ein, aber beim zweiten und dritten Versuch gelang es ihm, mit dem verletzten Bein vorsichtig aufzutreten. Er trippelte wie eine gefangene Fliege unter einem Glas auf und ab. Was ging hier vor? War es wirklich ein Irrtum, dass man ihn eingesperrt hatte? Oder hatten sie etwas mit ihm vor? Vielleicht hatten sie ihm Medikamente gegeben, die nun seine Erinnerung trübten. Er musste darauf hoffen, dass die Erinnerungen zurückkommen würden, sonst würde er verrückt werden. Irgendetwas beunruhigte ihn gerade, als er seine Gedanken sammelte. Irgendetwas stimmte hier nicht. Er wollte weiter an seiner Erinnerung arbeiten.

Jendrik ist also beruflich viel unterwegs, das weiß ich. Als was noch gleich? Er ist Freiberufler, das weiß ich. Macht er nicht etwas mit Kunst? Ja, er hat Kunst studiert. Dafür muss man doch studieren, nicht wahr? Wo hat er studiert? In Bonn? Oder Münster? Düsseldorf? Wie lange dauert so ein Studium? Vier oder fünf Jahre? War Jendrik denn nach der Schule so lange weg? Ich kann mich nicht erinnern. Habe ich ihn mal in seiner Studentenstadt besucht? Oder haben wir uns in all den Jahren nicht mehr gesehen? Ich kann mich nicht erinnern.

Martin zog sich an den Haaren und verzog das Gesicht. Er wollte alles aus seinem Kopf herausreißen, bis er seine Erinnerungen wiederfand.

Wir kennen uns doch aus der Schulzeit, oder? Ja, natürlich. Sonst könnte Jendrik mich doch nicht vor Cornelius und Christian gerettet haben. Natürlich. Ich erinnere mich an die erste Begegnung mit Jendrik. Er war im Theaterkeller der Schule, als Cornelius und Christian mich in der Kiste verrecken lassen wollten, und Jendrik hat mich da rausgeholt. Oder etwa nicht? Haben wir uns im Unterricht zum ersten Mal gesehen? Auf einer Party? Auf dem Schulhof? Es ist wahr, wir kennen uns schon seit über zwanzig Jahren. Er hat die Kiste geöffnet, und ich sah in das Gesicht eines gutaussehenden, jungen Mannes mit Dreitagebart und markantem Kinngrübchen. Er sah damals schon so gut aus wie heute. Jendrik hat sich wirklich kaum verändert. Mit seinen vierzig Jahren hat er sich gut gehalten.

Allmählich beruhigte sich Martin. Der Blackout schien nachzulassen. Er hatte die erste Begegnung mit Jendrik genau vor Augen. Die anderen Erinnerungen würden gleich wiederkommen. Martin ließ sich auf der Bettkante nieder und atmete ruhig und gleichmäßig. Es schien früher Morgen zu sein, denn durch die Gitterfenster drang das erste Tageslicht hindurch. Martin lächelte und wurde schläfrig.

Plötzlich schreckte er hoch und riss seine Pupillen weit auf.

Nein!

Das Entsetzen kam wie ein plötzlich einsetzender Eisregen auf der Fahrbahn.

Nein, das ist nicht wahr! Dafür muss es eine einfache Erklärung geben!

Martin dachte eifrig nach. Doch er ahnte, dass sich in diesem Moment sein ganzes Leben änderte.

Er hat sich in den zwanzig Jahren nicht verändert! Er hat sich in dieser Zeit wirklich kaum verändert! Wir alle sind älter geworden: Anke, Cornelius, Markus, Daniela, ich – aber Jendrik hat sich in zwanzig Jahren nicht verändert. Nein, er hat sich gar nicht verändert! Er ist der junge, gutaussehende Mann von damals geblieben.

Und plötzlich ergab alles einen Sinn. Wie ein scharfes Messer schnitt sich die Wahrheit in seinen Kopf.

Also, wo ist Jendrik? Kann es sein, dass es einen einfachen Grund gibt, warum sie Jendrik nicht finden können? Und warum ich hier bin, in einer tristen Zelle? Und warum Jendrik immer noch so aussieht wie in den 90er Jahren? Warum ich mich nicht erinnere an seine Wohnung, seine Studienzeit, seinen Job, seinen Geburtstag? Und warum Jendrik manchmal plötzlich in der Wohnung steht, obwohl ich mich nicht erinnern kann, ihn reingelassen zu haben?

Martin schlug sich die Hand vor den Mund, so entsetzlich war die Erkenntnis, die er gerade hatte:

»Sämtliche Hinweise auf eine Identität von Jendrik laufen ins Leere«, hatte Herr Grimberg gestern zu mir gesagt. Jetzt habe ich verstanden, was er mir damit sagen wollte. Ich weiß es jetzt: Jendrik ist nicht real. Er ist nicht real, oh mein Gott! Nicht Jendrik hat die Morde begangen. Ich war's. Ich war es, der Christian gefolgt ist und ihn auf die Straße gestoßen hat. Ich habe Cornelius mit der Heugabel verfolgt. Und der nächtliche Überfall in Euskirchen – ich habe selbst die jugendlichen Räuber in die Flucht geschlagen.

Die Erinnerung kam wieder, als ihm die beiden Jugendlichen auflauerten und er einem von ihnen das Messer aus der Hand schlug. Nicht Jendrik war dazugekommen, um ihm zu helfen – er selbst war es gewesen, der sich einfach gewehrt hatte. Dann schluchzte Martin und konnte eine ganze Weile gar nicht mehr damit aufhören, um den Freund zu weinen, den er gerade für immer verloren hatte. Aber dann, nach dieser langen Schrecksekunde, begann Martin plötzlich zu lachen. Es war ein lautes, befreiendes Lachen.

Dann steckt also doch mehr in mir, als ich dachte. Ich bin gar nicht so ein Feigling, wie alle immer denken.

Martin lachte noch lauter, und er war froh, dass er Christian und Cornelius nie mehr wiedersehen musste.